MICHAËL MENTION

LES GENTILS

belfond

Retrouvez-nous sur www.belfond.fr
ou www.facebook.com/belfond

Éditions Belfond,
92, avenue de France, 75013 Paris.
Pour le Canada,
Interforum Canada, Inc.,
1055, bd René-Lévesque-Est,
Bureau 1100,
Montréal, Québec, H2L 4S5

ISBN : 978-2-7144-9733-8
Dépôt légal : février 2023

Belfond | un département **place des éditeurs**

place
des
éditeurs

« Ici l'âme se plonge en une paix profonde,
Et cette paix n'est pas la mort. »

Alphonse de LAMARTINE,
« La Semaine sainte à La Roche-Guyon »,
Méditations poétiques, 1820

- 1 -

5 janvier 1978, Paris, 14e arrondissement

Atomic Rooster.

Un bon groupe. Juste bon, pas mythique comme Led Zep ou Purple. L'histoire du rock, Atomic y est entré par la petite porte, faute de génie. Les gars étaient là pour se faire plaisir, et c'est tout. Du psyché-rock efficace, voilà ce qu'était Atomic. Entre 70 et 75, il a produit pas mal de titres, tous cool. Tous, sauf un : *Death Walks Behind You*. L'intro, déjà... ces quelques notes de piano, insidieuses, et ces grattements inquiétants. Un cauchemar qui s'échauffe en coulisses. Puis le piano reprend, pesant, entrecoupé d'une guitare stridente, crescendo malsain jusqu'à la batterie, lourde, à l'image de ce morceau, celui que j'écoutais quand le téléphone a sonné.

Quand j'ai décroché.

Quand j'ai entendu ses sanglots.

Quand elle m'a annoncé ta mort.

« DEATH WALKS BEHIIIIND YOU ! »

Ç'aurait pu être une autre chanson, pop ou disco, mais non. Ce jour-là, à cet instant précis, c'est elle qui tournait sur la platine. Et je ne crois plus aux coïncidences. Plus en rien, depuis que tu es partie.

« DEATH WALKS BEHIIIIND YOU ! »

Je coupe l'autoradio, sors de la R5. À cran, clope au bec et rage au ventre. Ce brasier avec lequel je vis désormais. Survis. La portière claque, suivie du vent glacé, qui me fouette. Je ferme mon blouson, traverse cette rue que j'ai tant traversée, foule ce trottoir où j'ai tant pleuré. Vertige. Tachycardie. Trois heures de sommeil, malgré les somnifères. Et Paris qui rugit, me crache sa pollution à la gueule.

Dernière taf', et j'écrase le mégot, franchis la porte du commissariat. 8 h 30 et ça sent déjà la fin de journée, des uniformes froissés à la grisaille des murs. Atmosphère d'autant plus anxiogène qu'ils ont laissé le sapin de Noël à l'accueil, croyant égayer ce début d'année. Sapin au sommet duquel, sur l'étoile, est scotchée une photo de Mesrine, enfin en taule, lui. J'avance, aspiré par la cacophonie. Blabla, transistors ; chaque son m'apparaît amplifié à l'extrême, comme si tout était hostile à ma présence, jusqu'à l'égouttement tonitruant d'une cafetière, quelque part. Je me plante devant l'accueil, confronté au sapin décoré, à côté duquel une jeune flic est en train de téléphoner. J'attends qu'elle raccroche, ce qu'elle fait au terme de dix secondes insupportables.

— Bonjour, monsieur.

Premier mot, premier affront. Non, c'est pas un « bon jour », connasse. Les bonnes journées, pour moi, c'est fini depuis le 28 juin, mais puisqu'il le faut, puisqu'on vit dans une société *civilisée*, je me plie à son rituel arriéré.

— Bonjour. Je viens voir le commissaire Berthier.

— C'est à quel sujet ?

— Il me connaît.

— Je peux voir votre carte d'identité, s'il vous plaît ?

Je la lui tends, elle l'examine et décroche son téléphone. Moi, horripilé par ce putain de sapin, je détourne le regard. Pas grand monde, ce matin : un trav' à la gueule cabossée, deux Maghrébins menottés et trois putes en cellule, dont une ado en minijupe. La flic parle dans le combiné – « Il y a un Franck Lombard qui... OK ! » – et raccroche :

— Désolée, le commissaire est absent.

— Il revient quand ?

— Je ne sais pas. Il est en vacances.

Elle ment. Comme son boss, qui a bien changé à mon égard. Au début, il me recevait chaque fois, puis, au fil des semaines, il est devenu indisponible, *en réunion* ou *en intervention*, et maintenant, *en vacances*. Tu vois, ma chérie, c'est ça, les adultes : ça ment. Ça commence par le Père Noël, ça continue avec la Petite Souris, ça empire avec la religion et les élections. Je remets la carte dans mon portefeuille.

— Et l'inspecteur Fayard ? Il me connaît, lui aussi.

— Je peux lui laisser un mess...

— Bonjour, intervient une voix familière.

Fayard, fidèle à lui-même, avec son collier de barbe et sa veste en tweed.

— Je peux vous renseigner ?

— Je voulais voir le commissaire.

— Venez avec moi.

Il fait un geste à la fille, entre « C'est bon » et « Je gère », s'engage dans le couloir. Terne. Je le suis. Terne et déprimant, avec ses néons d'hôpital. Sur le trajet, on croise un flic en civil qui éternue, et ses reniflements rythment les derniers mètres jusqu'au bureau de Fayard. Local exigu, empuanti de tabac. Machine à écrire. Armoire en métal. Affiche de *Peur sur la ville* où Belmondo me sourit, le flingue ostentatoire. Fayard ferme la porte derrière moi, s'installe lourdement dans son fauteuil :

— Asseyez-vous, je vous prie.

— C'est bon.

— Voulez-vous un café ?

— Non. Alors, vous avez du nouveau ?

Il marque un temps d'arrêt, prend conscience de la vacuité de sa courtoisie. Il saisit son paquet de gauloises, en allume une, croise les mains sur son bureau :

— Tout d'abord, sachez que nous mettons tout en œuvre pour...

— Vous avez du nouveau, oui ou non ?

— Pas encore.

Là, je me contiens. Je n'avais pas vraiment d'espoir – s'ils l'avaient retrouvé, on m'en aurait informé – mais j'y croyais tout de même un peu, comme les autres fois. Et j'ai eu tort, comme les autres fois. Si je ne lui saute pas à la gorge, si je ne lui éclate pas la gueule avec sa machine à écrire, c'est que je ne veux pas que tu me voies ainsi.

— Vous n'avez toujours aucune piste ? En six mois ?

— Monsieur...

— Vous arrivez à coffrer Mesrine, mais pas un p'tit braqueur de merde ?

— Je comprends votre colère, mais...

— « Colère » ? Non, c'est pas de la colère, c'est autre chose ! Quelque chose que vous ressentiriez si un fils de pute avait tué votre enfant !!!

À bout de souffle, je suis incapable de poursuivre. Les mots, les insultes sont là, mais restent prisonniers de mon larynx. Mal à l'aise, Fayard tire sur sa clope, baisse la tête et, lorsqu'il la relève, c'est pour m'imposer son air compatissant. Peut-être est-il sincère, sûrement, mais je m'en fous. On toc-toque à la porte, qui s'ouvre sur un flic bedonnant :

— Tout va bien ?

— Oui, répond Fayard, laisse-nous.

Son collègue me dévisage, détaille mon look négligé, avant de refermer. Fayard enchaîne :

— Bien sûr, je ne peux pas comprendre l'étendue de votre... souffrance... mais vous savez, je suis un père moi aussi et...

— Et votre gamin est en vie, lui.

— Monsieur, je vous l'ai dit, l'enquête se poursuit. Nous recherchons activement cet homme, mais les témoins étaient sous le choc et nous disposons de peu d'éléments.

— Homme blanc, la vingtaine, brun...

— Un profil commun, hélas.

— ... et logo Anarchie tatoué sur l'épaule gauche. C'est pas commun, ça !

— Si, justement. L'anarchie est à la mode avec tous ces punks.

— Alors, puisque c'est si courant, pourquoi vous n'avez aucun suspect ?

— Vous savez...

— LA FERME ! J'EN AI MARRE ! ÇA FAIT SIX MOIS QUE ÇA TRAÎNE ! SIX MOIS QUE J'AI TOUT PERDU ! MA FILLE, MON COUPLE, TOUT !

— Monsieur...

— ALLEZ VOUS FAIRE FOUTRE ! ALLEZ TOUS VOUS FAIRE FOUTRE !

Je me casse, claque la porte de toute ma fureur. Fayard m'interpelle, me dit de revenir, mais je trace. Me tirer d'ici, du couloir à l'accueil, de l'accueil à la rue, que je traverse, étranger au monde. J'entends des klaxons, des gens, mais ne vois que toi et tes yeux plissés de sourire, sur la banquette arrière. Je m'enferme dans la bagnole. Six mois d'attente, six mois pour rien. Et je le sens dans mes veines : fini, terminé. Plus jamais je n'attendrai quoi que ce soit de la police de mon pays. La France, celle de Giscard. Celle de Barre, Chirac et tous ces pourris.

La France des droits de l'homme et des ratonnades.

Celle de l'IVG et des CRS.

Celle de *Hara Kiri* et de *Minute.*

Celle de Coluche et de la guillotine.

Ma France, où je chiale aujourd'hui encore.

- 2 -

L'enseigne, c'était Au Bon Pain, mais pour nous, ça a toujours été la « boulangerie des deux sœurs ». Lorsqu'elle avait ton âge, ta mère l'appelait déjà ainsi, et à l'époque, les deux sœurs étaient déjà moches. Des jumelles aux visages porcins, avec un truc bizarre au niveau des lèvres et une affreuse coupe au bol. La coiffure était de leur responsabilité, mais pas le reste. C'est ainsi, la nature est souvent injuste avec les plus purs, comme si la gentillesse avait un prix à payer. Ouais, les sœurs étaient la bonté incarnée, si bienveillantes envers les gamins. Dans le quartier, il y a toujours eu trois boulangeries, mais c'est ici que tu passais tous les jours, en revenant de l'école.

Ce mardi 28 juin.

Je t'imagine avec ta robe violet prune, te vois pousser la porte, t'entends les saluer de ta voix fluette. Vos « Bonjour ! » se répondent, puis l'une des sœurs te demande si tu vas bien. Tu réponds oui, sans lui renvoyer la question, trop impatiente de passer à l'étape suivante. La baguette t'attend sur le comptoir, tiède et dorée, mais tu ne vois que les bocaux de bonbons. Tes préférés sont les sucettes Pierrot Gourmand ; ce que tu convoites en ce moment même. Les pièces au creux de ta paume, tu trépignes en parcourant les parfums. Caramel ? Fraise ? Le choix est cornélien. Attendries, les sœurs échangent un sourire, l'une regagne l'arrière-salle, et c'est là qu'il entre.

Nerveux.

Suant de vice.

Il avance, le pas lourd. La porte se ferme, fait tinter le carillon, mais tu ne l'entends pas, obnubilée par les sucettes. Il passe dans ton dos, se présente au comptoir.

— Bonjour, monsieur !

— Une baguette, s'il vous plaît.

Sa politesse ; l'intonation n'y est pas. La boulangère se tourne pour saisir le pain, il lorgne la rue – personne – puis la tire par les cheveux, lui colle une lame sous la gorge.

— Le fric ! Vite !

Elle panique, tu sursautes et te voilà hypnotisée par ce couteau. Tu ne comprends pas. Si, un peu. Ça ressemble à ces « films de grands » dont tu entends parler à la récré et que l'on regardera ensemble, un jour. *Marathon Man, Le Parrain*... j'ai hâte qu'on partage ça et je sais que toi aussi. Pour l'heure, tu es pétrifiée. La boulangère supplie, sa sœur découvre la scène avec terreur. Il hurle, la renvoyant dans l'arrière-salle, appuie davantage la lame.

— Grouille ou je te saigne !

En larmes, elle ouvre le tiroir-caisse et, de ses mains tremblantes, récolte la recette du jour. Toi, tu sens qu'il faut partir. L'instinct. Alors, tu recules lentement, sans le quitter des yeux. Plus tu t'éloignes, plus il a l'envergure d'un géant. Ton petit cœur tambourine sous ta robe, qui n'en finit plus de frémir. Encore deux pas, et tu butes contre la porte. Il n'a rien entendu, trop occupé à remplir ses poches. Une vingtaine de billets, maigre butin qu'il claquera dans l'heure. Tu avales ta salive, te tournes pour ouvrir la porte, mais il s'enfuit et te pousse fort, si fort que ta tête heurte le mur, se fracture...

CRAC !

... et je me réveille en larmes, dans le lit. Me recroqueville de détresse. Mords mon poing jusqu'au sang. Et ce hurlement qui ne vient pas, muselé par l'indicible, hanté par les mots du médecin chef : « hémorragie cérébrale ». Le même cauchemar depuis six mois, et toujours ce vide aliénant. Inspirer, expirer, inspirer, expirer, pleurer dans l'indifférence de la nuit.

- 3 -

Salopes en chaleur. Le ciné d'en face a changé sa prog' : Pigalle va faire le plein, cette semaine. On peut dire ce qu'on veut des films pornos, mais ils ne trompent jamais sur la marchandise, ils respectent leur public. Pas comme les politiciens, à commencer par Giscard, qui avait promis plus de justice. Ses statistiques, je m'en fous. Tout ce que je vois, c'est que ton assassin est toujours en liberté.

Tu sais, peu après ton enterrement, ta mère s'est mise à voir un psy. Peut-être qu'elle continue. Je le saurais si elle me parlait encore. Aux dernières nouvelles, ces séances lui faisaient du bien, alors moi aussi, j'ai essayé. Psy, groupe de parole... mais j'ai vite laissé tomber : j'ai pas supporté, surtout les témoignages des autres parents. Rien à foutre de leurs gamins morts d'une leucémie ou écrasés par une bagnole.

Je renoue avec *Mr Skin* de Spirit, regarde le disque tourner, quand la fatigue me monte au cerveau. Je finis mon troisième café, tassé sur la chaise, observe les bacs de trente-trois tours. Mon job, passion devenue refuge. La boutique, c'est tout ce qu'il me reste. Carl, Amadou – mes potes ont été surpris que je reprenne le boulot, mais ils ne peuvent pas comprendre. Personne. Face au pire, chacun sa réaction. D'autres auraient sombré dans l'alcool ou se seraient foutus en l'air, mais moi, j'ai choisi de me suicider à la vie.

Car vivre, c'est rester avec toi.

Manger avec toi.

Dormir avec toi.

Et tant pis si ça s'accompagne d'une torture permanente.

Je pose la tasse, balade mon regard des vinyles aux cassettes. Toute l'histoire du rock, de AC/DC à ZZ Top. Didier, il s'en fout, du rock. Ce qu'il aime, c'est le jazz. Il s'accroupit, ajuste ses lunettes, explore le bac à la recherche de la prochaine pépite qui complétera sa collection. L'un de mes meilleurs clients, prof de maths à la retraite. Dans quelques secondes, il poussera un cri de joie, alors j'attends, bras croisés, et ça y est :

— Non ! Incroyable !

Il extrait un pirate de Miles. Stuttgart, 10 avril 1960, son dernier live avec Coltrane. Acheté cinquante balles, vendu le triple. Didier se relève, en extase, contemple la pochette et sort précieusement le vinyle pour l'examiner de près.

— J'en reviens pas ! Des années que je le cherche !

— Je l'ai reçu samedi.

— Et tu me l'as pas mis de côté ? Un autre aurait pu...

— Aucun risque. Tu sais bien que t'es mon seul « jazz ».

— Le seul qui ait du goût. Et le rock, c'est pas de la musique, c'est du bruit.

— Et le funk ?

— Pareil. De la merde.

— Même *Agharta* ?

— Me lance pas sur le sujet. Miles, après 67, c'est plus du jazz.

— On s'en fout, de ce que c'est, tant que c'est bon.

— Me lance pas, je te dis !

J'encaisse le fric, glisse l'album dans un sac plastique. Didier le ressort pour le remettre à l'intérieur avec la délicatesse d'un archéologue :

— Et toi ? Tu tiens le coup ?

— Faut bien.

Il est le seul à savoir. Un jour, il m'a vu pleurer, alors je lui ai expliqué. Il me tape chaleureusement sur l'épaule et sort, pressé d'écouter son Graal. Un bon gars, Didier. Sa retraite, il aurait aimé la passer dans une boutique comme la mienne, mais uniquement consacrée au jazz. Son vieux rêve ; il m'en parle une fois sur deux.

Un blouson noir entre, me salue et se dirige vers le bac fifties. Moi, je pense à ta mère, me demande si elle est toujours en arrêt ou si elle a repris les AGF. Elle qui m'a quitté en septembre, la veille de la rentrée scolaire. Trop insoutenable pour elle. *« Désolée, je peux plus, j'ai besoin de me reconstruire seule. »* C'est vrai ; se reconstruire seule avec un autre. Je ne lui en veux pas, tu sais. Je la comprends. Et puis, Alexandre prend soin d'elle. Ta mère me manque, c'est sûr, mais pas autant que toi. Désormais, ma vie, c'est la boutique. Mes plus belles années, où tu passais tes mercredis après-midi à lire des BD, assise sur le grand coussin, au son de Lavilliers et de Magma.

— *Papa, c'est du rock qu'on écoute ?*

— *Non.*

— *Eh ben, j'aime beaucoup quand même !*

- 4 -

« Mes chères Françaises, et mes chers Français, le moment approche où vous allez faire un choix capital pour l'avenir de notre pays, mais aussi un choix capital pour vous. Je suis venu vous demander de faire le bon choix pour la France. Ce choix, c'est celui des élections législatives. »

Après Giscard à la plage, Giscard à la montagne et Giscard devant la cheminée, voici Giscard en Bourgogne, à Verdun-sur-le-Doubs. De quoi animer un peu mon intérieur, cet appart désormais trop grand pour moi, où je cohabite avec ma solitude. Elle, ma tranche de jambon industriel et mes coquillettes Panzani. J'ai pas faim, mais le docteur Perrin l'a dit, « il faut manger ». Alors, je mange. Coupe un morceau. Mastique. Avale et recommence, tandis que l'autre fait son show à l'écran. Ce soir, l'enjeu est de taille : défendre la première moitié de son septennat, qui sent la fin de règne.

« Il faut regarder la réalité en face, et elle vous répond ces quatre vérités : il faut achever notre redressement économique, il faut que la France puisse être gouvernée,

il faut avancer vers l'unité et la justice, il faut assurer le rôle international de la France. »

Il m'exaspère déjà. Sa gueule d'endive, son chuintement aristo, cette manière de nous parler comme si on était à l'école. Au moins, Pompidou avait une bonhomie, une tronche de voisin sympa qui débarque avec une bonne bouteille. Mais Giscard, c'est pas possible. Le Luron l'a bien cerné avec sa fausse proximité. Vas-y que je joue au foot devant les caméras, que j'invite les éboueurs à l'Élysée… quand je vois ça, j'approuve les Brigades rouges.

« Je comprends bien que certains d'entre vous soient tentés de voter contre la crise. Vous qui travaillez dur, vous qui avez peur que vos enfants ne trouvent pas facilement un emploi, et auxquels on explique que tout s'arrangerait si vous vous contentiez de changer ceux qui vous gouvernent, je vous comprends. »

T'as vu, ma chérie ? Il parle de nous, et en plus, il nous *comprend*. Quel que soit leur parti, ils nous *comprennent* tous. On en a, de la chance. Une gorgée d'eau, et je mâche en regardant Giscard mentir. Il nous avait promis la croissance, on se retrouve avec l'inflation et un million et demi de chômeurs. Ouais, t'as raison, c'est pas entièrement sa faute, c'est vrai qu'il y a eu le choc pétrolier, mais il n'en reste pas moins un incapable.

« Il faut donc que vous posiez aux candidats la question suivante : puisque vous ne pouvez pas gouverner tout seuls, quels alliés avez-vous choisis ? Et deux alliances se présentent à vous : l'une est l'alliance de la majorité UDF, RPR, CDS actuelle. Elle a démontré qu'elle pouvait fonctionner, malgré des tiraillements regrettables. »

Ça, c'est pour Chirac, son ancien Premier ministre. « La Corrèze à l'aise » ; il me débecte, lui aussi. Giscard enchaîne, dézingue la Gauche et son Programme commun. Mitterrand l'ancien vichyste, qui a envoyé des tas d'Algériens à la guillotine. Marchais le gueulard, qui continue de sucer l'URSS malgré les crimes de Mao. Tout ça me file la gerbe, alors je croise mes couverts, m'enfonce dans le canapé. Le discours s'éternise, de libéralisme assumé en statistiques tronquées.

« Si au fond de moi-même, je vous fais confiance, c'est parce que je suis sûr qu'au moment de choisir, oubliant tout à coup les rancunes, les tentations, les appétits, vous penserez qu'il s'agit d'autre chose, et que, qui que vous soyez, inconnu ou célèbre, faible ou puissant, vous détenez une part égale du destin de notre pays. Et alors, comme vous l'avez toujours fait, vous ferez le bon choix pour la France. »

J'éteins la télé, coupant *La Marseillaise.* Si mes vieux étaient encore là, j'aurais droit à un débrief « Giscard gnagnagna », « Le Général, c'était aut' chose ». Heureusement qu'ils sont partis avant toi, ils n'auraient pas supporté.

J'ouvre la fenêtre. Ça caille, mais j'ai besoin d'air. L'hiver se répand dans l'appart, glace ce qu'il y restait de chaleur, tes dessins lumineux punaisés aux murs. J'allume une clope, fixe la tour Montparnasse, puis observe le quartier, du carrefour aux passants. À l'angle de la rue, un clochard enveloppé dans une couverture fouille une poubelle. Je l'épie en fumant, pense à Giscard, à ton assassin.

Le bon choix.

- 5 -

… et toujours ce vide aliénant. Inspirer, expirer, inspirer, expirer, pleurer dans l'indifférence de la nuit, en respirant ta robe, ton odeur, ta joie de vivre dont je m'enivre jusqu'à l'étouffement, alors je crache et dégueule, agenouillé devant les chiottes. De la rue me parviennent les beuglements de soûlards, qui se perdent dans une sirène de flics. Je me rétablis en prenant appui contre le lavabo, me rince la tronche, puis fixe le miroir. Je n'y vois que toi, comme hier, comme demain.

Février.

« L'information est officielle : Roman Polanski, réalisateur de Chinatown *et de* Rosemary's Baby, *a fui les États-Unis pour se réfugier en France, à Paris. Accusé de viol sur une mineure de treize ans, il devait comparaître devant un tribunal… »*

Mars.

« … en s'électrocutant dans son bain. Âgé de trente-neuf ans, Claude François était une icône de la chanson française,

aujourd'hui sous le choc. Dès l'annonce du décès, des milliers de fans se sont réunies devant le domicile du chanteur... »

Avril.

« ... où la Droite reste divisée malgré sa victoire aux législatives. De son côté, François Mitterrand apparaît comme le chef de file de la Gauche avec le bon score réalisé par le PS. Grand perdant des élections, le PCF confirme son déclin... »

Mai.

« ... à la stupeur générale. En effet, ce matin, Jacques Mesrine s'est évadé de la prison de la Santé où il était incarcéré depuis un an, avec la complicité du criminel François Besse. Toutes les polices sont à leur recherche... »

Juin.

« ... trois mois après le naufrage du pétrolier Amoco Cadiz, *dont les 230 000 tonnes de pétrole se sont déversées sur les côtes bretonnes... »* – RTL se répand dans le bistrot, où je fixe connement mon expresso, accoudé au comptoir. Trois heures de sommeil, encore. Et après avoir chialé, quand j'aurais pu me rendormir, les marteaux-piqueurs ont repris au carrefour. Putains de travaux.

J'avale une gorgée, écoute les habitués commenter la marée noire. Chacun y va de son opinion, et bientôt, ces experts en écologie se transformeront en journalistes sportifs avec la Coupe du monde de foot. Gitanes, cafés-calva, camaraderie virile et dérisoire... on dirait un film de Sautet, à la différence que la star n'est pas Romy, mais Josiane, la gérante : un mètre cinquante de gentillesse et une mine ravagée par une vie d'efforts.

Josiane, devant moi, en train de faire son loto. Elle sent que je l'observe, se croit obligée de me parler.

— Ouais, je m'y suis mise, moi aussi.

— Je vois ça.

— Je joue mon numéro de Sécu. On verra bien.

Je termine mon café, pose la pièce sur le zinc, me dirige vers la porte. Josiane me dit « À demain ! », je réponds par réflexe et sors. Retour à Pigalle, ses senteurs de pisse et de viennoiseries. Didier apparaît, jovial, avec son exemplaire du *Figaro* :

— Alors ? On va bosser ?

— Mm.

— Moi, si j'avais un magasin jazz, je serais déjà ouvert !

Je simule un sourire. Un bus passe, et je traverse en direction du rideau de fer. Là, je sors mon trousseau, puis hésite, m'oriente finalement vers la cabine téléphonique. Une pièce, un numéro, une grande inspiration, et la voix de ta mère me parvient :

— *Allô ?*

— C'est moi.

— *Que... qu'est-ce que tu veux ?*

— Parler un peu.

— *Heu...*

— Ça fait longtemps. Et ça fait du bien de t'entendre. Comment tu vas ?

— *Pas envie de parler... je dois y aller.*

— Attends...

— *Désolée... il faut que je te laisse.*

Elle raccroche et moi, cramponné au combiné, je baisse la tête.

Un an.

- 6 -

— Vous avez le nouveau Kiss ?

— Non.

— Ah... et vous l'aurez quand ?

— Je sais pas.

Le mec est déçu. Déçu et ridicule dans son tee-shirt T. Rex trop grand. Ce qui m'irrite chez les fans de glam, c'est qu'ils écoutent le meilleur comme le pire. Et Kiss, c'est vraiment de la merde. L'autre se casse, me laissant avec la punkette à gros mollets : une fan de Wire, dont elle a deux cassettes à la main. Je la regarde en chercher une troisième, qu'elle ne trouve pas, puis encaisse son billet. Elle sort, et me revoilà avec le dernier Roxy Music. Album inégal, mais sur lequel figure *Sentimental Fool*, un joyau de spleen.

Le chant de Ferry.

« A wooooman in love ! »

La guitare.

« Can make you feel good ! »

La batterie.

« You'll know what you're living for ! »

Et toi, qui me manques tellement que j'en ai le souffle coupé. Je sais que je suis fort, je l'ai constaté chaque jour durant un an, mais aujourd'hui, je sens que je n'y arriverai pas, psychologiquement, physiquement. Je sais même pas comment j'ai fait pour passer juillet. J'aimerais tant te prendre dans mes bras encore une fois, juste une dernière fois, et après, je te laisserai tranquille, c'est promis, te serrer de tout mon amour, sentir ton souffle dans mon cou, ta petite main dans la mienne sur le chemin de l'école, lorsqu'on passe devant le portail des voisins, que leur chien aboie et que tu serres ma paume, y injectant toute ta foi en moi.

Là, maintenant.

Et je le sens.

Après tant de jours, de nuits, je suis prêt. Quitte ma caisse. Sors et verrouille la porte. Un robot, ouais. Je traverse la rue, m'enferme dans la R5, mets le contact…

Plus tard,
14e arrondissement.

… et me gare à trois cents mètres de chez moi. Cramponné au volant, embrasé d'appréhension. À travers le pare-brise, la boulangerie des deux sœurs. Un an que j'évitais de passer devant, que je faisais des détours dans le quartier pour ne pas m'y confronter.

Plus je fixe l'enseigne, plus le courage m'abandonne. Ce qui m'a conduit ici n'était qu'une impulsion, un aplomb chimérique que la réalité a vite balayé. Mes pensées s'entrechoquent – toi, lui, toi, ta mère, toi, lui, toi – et j'étouffe dans l'habitacle, alors je sors brusquement, ouvre mon paquet de Winston. Mes mains ; tremblements. Je me concentre, parviens à extraire une clope, actionne mon briquet.

Une bouffée...

(Stress)

... et j'arpente le trottoir, aveuglé par le soleil. Brasseries, touristes – l'atmosphère de vacances m'horripile, booste ma rage en direction de la boulangerie, ce qu'il en reste. Vitrine éclatée. Porte défoncée. Intérieur anéanti. Ce commerce autrefois chaleureux est aujourd'hui un taudis dégueulasse, et ça fait mal. C'est que le début.

J'écrase ma clope, me décide à entrer. Pénombre grouillante de mouches. J'enjambe les gravats, les merdes, les restes de bouffe moisie. Nausée. La puanteur, mais pas que. Il y a autre chose, un truc implicite, comme un avertissement. La sensation viscérale que je n'aurais pas dû venir ici, que cette porte franchie en ouvrira d'autres, abyssales. Mais c'est plus fort que moi et j'avance. Tu es là, je le sens. Ta dernière seconde de vie hante ce lieu. C'est sans doute pour ça que les deux sœurs n'ont pas rouvert, ç'aurait été terrible pour elles au quotidien. Je continue d'avancer, balaie les mouches de la main, m'efforce de ne pas *le* regarder. Ce mur, que ta tête a violemment percuté. *Il* m'appelle, m'ordonne de me retourner, mais je résiste, avant de capituler, faible que je suis, les larmes aux yeux, en découvrant l'impact.

Petites fissures.
Peinture écaillée.
Sang séché au sol.

Le deuil me transperce. Je recule, m'enfonce dans l'arrière-salle, capharnaüm tapissé de débris, de boîtes de conserve. J'avance, dépasse l'ancien four à pain et – « AÏE ! » – marche sur quelqu'un. L'obscurité s'anime, enragée, révélant une masse informe :

— Fait chier !

Je me décale, reconnais le clodo du feu rouge. Une légende dans le quartier. Il peste, tousse, grogne, et tout ça en même temps, dans une agitation qui effraie les mouches.

— Désolé... je ne vous avais pas vu...

— C'est ça ! Tu voulais me tirer mes pompes, ouais !

Il s'assoit sur son matelas pouilleux. Chauve, trapu, le bide débordant sur son slip kangourou – il doit avoir la soixantaine, mais une soixantaine du XVIe siècle, énorme et impétueuse. Une sorte de Falstaff, la verve shakespearienne en moins :

— Qu'est-ce tu fous là ? T'es pédé ?

— Non... je vais vous laisser.

— Attends, mec ! T'aurais pas une clope ?

J'hésite, cède devant son insistance. Ma bonne action de la semaine. Je lui tends une Winston, qu'il m'arrache avant de chercher son briquet – « Où c'est qu'il est ? » Je sors le mien et lui allume sa clope, il tousse et crache son cancer stade trois. Je le regarde reprendre son souffle, et ce n'est qu'après que je découvre un mec à sa droite, en train de dormir, le cul à l'air. Le clodo, recrachant un nuage de fumée :

— Ça fait longtemps que t'es là ?

— Heu... cinq minutes.

— Moi, depuis mai. Trop dangereux, les foyers. Ici, je peux pioncer sans risquer de me faire enculer. Et je te préviens, si t'es pédé...

— Je ne suis pas venu pour ça.

— Pour quoi, alors ?

Sa question ravive le mal en mes tripes. Sortir. Vite. Je remets le briquet dans ma poche, reviens sur mes pas et me fige, confronté au mur. *Ton* mur.

— Ça va, mec ?

— ...

— C'est le sang ? Ouais, il y a eu un braquage, ici. C'est pour ça que les sœurs ont fermé. Dépression et tout !

Je me retourne, le fixe dans la pénombre :

— T'en sais, des choses.

— Un bail que je suis dans le quartier, alors forcément, les deux sœurs...

— T'as des infos ?

— Paraît qu'elles sont retournées dans la Drôme et...

— Je parle du braqueur.

— Beuh ! Comment je pourrais savoir ? Et c'est quoi cette question ? T'es flic ?

— Non. Alors ? T'as entendu des trucs ?

— Que dalle. Mais le quartier se dégrade, c'est plus tranquille comme avant. Pas étonnant, avec les craignos d'à côté.

Il ponctue par un sourire, fier de sa réponse. Je m'éloigne, l'abandonne à sa vie de merde pour aller retrouver la mienne. L'autre m'interpelle, me dit de rester, mais il n'est déjà plus qu'un souvenir.

- 7 -

Bien sûr, j'ai pensé à Pigalle, à Belleville. J'ai aussi pensé au souk de Vincennes, à Suresnes et à la banlieue sud-est. Toutes ces zones dont ils parlent parfois au JT, entre un reportage sur le Larzac et une interview de Joe Dassin. J'ai pensé à tous ces coins, mais cette nuit, c'est dans le 14e que j'irai. En bordure de mon quartier, là où le deal s'est enraciné.

« Le quartier se dégrade, c'est plus tranquille comme avant. Pas étonnant, avec les craignos d'à côté. »

Ton assassin : un tox.

Je n'y avais jamais pensé.

En général, ils braquent les pharmacies, mais il y a un an, celle du quartier était fermée pour cause d'inondation et la plus proche était vers Plaisance. Trop loin pour les tox : quand t'es en manque, tu braques au plus près. Dans la rue, il y avait plusieurs commerces (librairie, fleuriste, épicerie), mais il a opté pour la boulangerie. Pas de vigiles, ni de mari baraqué. Et non, il n'y a rien de plus inoffensif qu'une boulangerie.

Cloîtré dans la R5, je repense au clodo, termine ma clope en écoutant Santana. *Every Step Of The Way* en live, où guitare et percus font monter la sauce, mon impatience, ma haine. Je stoppe la cassette, mets l'autoradio dans la boîte à gants et sors. 23 heures, quartier Montparnasse. La nuit me capture, électrique, nourrie de la foule. J'arpente le trottoir, dépasse les snacks et leurs senteurs de friteuses, les cinémas et leurs files d'attente, les tablées et leurs fêtards. Paris transpire et s'enivre, oubliant un peu la crise.

Au fil des pas, le brouhaha s'amenuise, tandis que les enseignes font place aux murs tagués et aux immeubles délabrés. La ville mute pour accoucher d'une zone sinistrée, avec la lune pour seul éclairage : rue de l'Ouest, nouvel eldorado de la came. Les premiers tox se dévoilent dans l'obscurité, voûtés, rachitiques, les doigts crochus d'avidité. Ils déambulent, me regardent passer comme si j'étais le messie.

« T'as quoi... t'en as ? »
« Mec... attends... »

Les voix sont rauques, les yeux, vitreux. Conséquences humaines de la rénovation urbaine. Ah, l'Élysée est content de sa tour Montparnasse, il en est fier comme un gamin contemplant sa première merde, si fier qu'il oublie qu'elle s'est érigée sur l'infamie. Quatre ans de travaux : du chantier au chaos, du chaos à la délinquance, de la délinquance au deal. Et plus leur building s'élevait, plus la came gangrenait le quartier. L'enfer sur terre, à cinq cents mètres de chez moi. Avec ta mère, on faisait nos courses à l'opposé, du côté de Montsouris. On ignorait ce qu'il se passait ici. On ne voulait pas savoir, comme les autres. Maintenant, je sais.

« Fix... b'soin d'un fix... »
« T'as pas... un gramme... s'te plaît... »

Je les évite, rebuté par leur déchéance, m'enfonce dans la nuit. On me scrute, convoite ma super montre Tag Monaco. J'aurais dû la retirer. L'atmosphère s'alourdit d'une moiteur mêlée de sueur et de crasse. À chaque regard, chaque corps, le malaise me compresse un peu plus la cage thoracique. Je n'en reviens pas. Dire qu'il y a cinq minutes, le quartier palpitait de gaieté... Paris la schizophrène, qui passe du rire au pire. Envie de me tirer d'ici, mais je tiens bon. Les dévisage. Détaille leurs torses nus. Scrute leurs épaules à l'affût du moindre tatouage.

« T'as pas... dix... balles ? »
« Fix... b'soin d'un fix... »

Seuls les consommateurs m'interpellent. Les dealers, eux, attendent tranquillement avec leurs bières. Une main, un billet, une dose... le cash et le trash se répondent d'un trottoir à l'autre. Si ta mère me voyait ici, elle me ferait une scène. Elle qui doit être en train de dormir contre son mec, à moins qu'ils baisent. Tu sais, ma chérie, je ne devrais pas te le dire, mais c'était si bon de faire l'amour avec elle. On était comme des dieux, et nos soupirs, nos orgasmes s'évaporent dans ce quartier que la mairie de Chirac laisse pourrir avec la complicité des flics : encore plus de squats, plus de deal, plus de pression sur les riverains qui fuient le 14e, bientôt bradé aux promoteurs. En attendant, ça se pique sous l'escalier et ça suce entre deux poubelles.

— Sa... lut... chéri...

On me retient par le bras. Je me libère et découvre un tox en minishort. Un zombie qui, avant, était une femme.

— T'as pas... un fix ?

— Non.

— Je serai gentille… la plus gentille… du monde…

Ses yeux mendient, son sourire m'impose des chicots. Pour un shoot, elle est prête à tout, au-delà des viols qu'elle a déjà subis. Je pourrais l'emmener dans un hôtel miteux et lui déchirer le cul – ça me ferait du bien – mais je repars, croise d'autres fantômes, frotte ma peau contre leurs bras croûtés, observe leurs épaules et repère un tatouage, à la lueur d'une fenêtre. Un mec en marcel, le torse bombé d'arrogance : sûrement un dealer. Un parasite à l'épaule tatouée du logo Anarchie.

Pulsion.

J'accélère, focalisé sur ma cible. Je n'ai ni couteau ni flingue, mais je le tuerai quand même. Plus que quelques pas, et me voilà devant son tatouage… qui s'avère être un hématome. Le dealer, sur un ton sec :

— Tu veux quoi ?

J'accuse le coup, déstabilisé par son regard pénétrant.

— Oh ! Je te parle ! Qu'est-ce tu veux ?

— Heu… rien…

— Alors, tire-toi !

Je m'éloigne aussitôt, manquant de perdre l'équilibre. Mes jambes me trahissent, tiraillées entre le soulagement et l'angoisse qu'il me rattrape, me tire par le col, me défonce la gueule, mais rien de tout ça ne se produit. Je me remets à sonder les environs, croisant d'autres épaves, traquant d'autres épaules, toute la nuit jusqu'à la rue du Moulin-Vert, puis Raymond-Losserand, avant de regagner la rue de l'Ouest. En vain.

- 8 -

— C'est bon, ça ?

Je me réveille, la joue contre le tiroir-caisse. Péniblement, je lève la tête et me retrouve face à un album de Brian Eno, tenu par un rouquin acnéique. Il l'agite :

— Alors ?

— Ouais... c'est bon.

— Je demande car c'est un peu cher.

— C'est très bon.

Il hésite, le remet finalement dans le bac, sort sans me saluer. Pauv' con. Je le regarde s'éloigner à travers la vitrine et bloque sur la rue, le mur d'en face, l'affiche du Front national – *« Un million de chômeurs, c'est un million d'immigrés en trop ! »* – lorsque la fatigue m'engourdit. Deux heures de sommeil. S'il n'y avait pas les travaux en bas de chez moi, je rentrerais me coucher. Je m'enfonce dans la chaise, croise mes bras sur la caisse, y appuie mon front. Tellement crevé. Faut que je dorme ou j'aurai des crampes. Dormir, pour être en forme cette nuit.

Le bon choix.

- 9 -

Quatre nuits.

Quatre nuits à zoner parmi les tox, de 23 heures à l'aube.

Quatre nuits d'échec et rentrer chez moi, comme un con.

J'ai tant traîné avec eux que leur misère me colle à la peau. Douche : 30 °C. Lessive : 60 °C. Détresse : 1 000 °C en respirant ta robe, avant de me réveiller en sursaut, ici, rue de l'Ouest, encore. Mêmes freaks, mêmes haleines de bière et de sperme. Ça me tord les tripes, mais je continue, m'enlise dans le sordide. Je le trouverai, lui arracherai le cœur avec les dents et pisserai sur son corps démembré, je t'en fais le serment. Et s'il le faut, je reviendrai toutes les nuits, j'écumerai tous les quartiers chauds de Paris, toutes les banlieues du monde.

— *Papa...*

— *Quoi ?*

— *Quand il m'a poussée, je crois pas qu'il voulait me tuer.*

— *Ça change rien.*

— *Ben... c'est qu'il a pas fait exprès...*
— *Je m'en fous. Je le tuerai.*

Je m'engage dans la rue Bardinet, me mêle à la faune. On me bouscule, me réclame un fix. La nuit déroule sa routine poisseuse, désormais familière, au point que je me demande si ce n'est pas ça que je suis venu chercher. Côtoyer la merde, draguer la crasse, j'en ai besoin. Mon shoot à moi. Mais t'inquiète, ma chérie, je sais ce que je fais, ce que je cherche... là : ce jeune étalé sur le trottoir, une seringue dans le mollet.

Blanc.

La vingtaine.

Brun.

Mais sans tatouage.

Je poursuis mon trajet, usé, déprimé. Quatre nuits, et ce n'est que maintenant que le doute s'impose, ce clodo dont j'ai gobé les mots sans réfléchir. Si obsédé que j'ai foncé, tête baissée. Quel con. Je me hais d'autant plus que je continue d'avancer. 2 heures du mat', 3 heures, peut-être. J'ai bien fait de laisser ma montre dans la bagnole, ça m'évite sûrement des emmerdes, mais l'absence de repère temporel m'isole davantage, je le sens à chaque pas. Aucune prise sur l'instant. Je dépasse un immeuble en ruines, un de plus, mais pas des moindres : l'ancien siège de la SEMIREP, mafia immobilière bien connue, incendié l'hiver dernier. Comme disait mon père, « la mairie encule, la SEMIREP spécule ». Et si la stratégie du pourrissement ne suffit pas à libérer les logements, on détruit la plomberie, les conduites de gaz et les installations électr...

— Viens là, toi !

On me tire par les bras. Deux mecs. Je me débats, ils m'entraînent dans une ruelle, me plaquent contre un mur, me boxent l'abdomen. Le mal me casse, me soumet. Leurs poings ; impossible de reprendre mon souffle. Je m'affaisse, ils me rétablissent de force. L'un sort un couteau à cran d'arrêt et m'appuie la lame sur la gorge :

— T'es flic ?

— N... n... non...

Coup de poing dans les couilles. Je m'écroule, me tords de douleur. J'ai si mal. Mal et peur. On me shoote dans le ventre, on me fait les poches. Clefs, carte d'identité, permis de conduire – ma vie est examinée, pillée, balancée aux ordures. Leurs baskets emplissent mon champ de vision, qui s'anime subitement, et me revoilà face à eux.

— Je te le demande une dernière fois : t'es flic ?

— Non... je vous jure...

— Alors, t'es qui ? Quatre nuits qu'on te voit zoner ! Tu cherches quoi ?

Répondre, vite. Dire un truc, n'importe quoi, ou ils me battront à mort. Et cette lame sur ma carotide.

— Je... cherche... un pote...

— Et c'est qui, ton pote ?

— Heu... Simon... s'appelle Simon...

Autre coup. Thorax.

— Il y a pas de Simon, ici !

— Brun... vingtaine... tatouage Anarchie... épaule...

— Qu'est-ce que tu lui veux ?

— Il... il me doit du fric...

— Ah ouais ? Eh ben, ton Simon, il est pas là, alors tire-toi !

Le mec s'apprête à me défoncer, son pote le retient :

— Attends !

— Quoi ?

— Le tatouage, c'est peut-être l'autre, là !

— Hein ?

— Le zicos ! Tu sais, qu'a essayé de nous entuber !

Sonné, électrisé de douleur, j'entends à défaut d'écouter. Leurs mots me traversent, s'impriment dans mon cerveau :

— Le punk ? Qu'est parti dans le Sud ?

— Ben, avec le tatouage, j'vois que lui !

Je reprends mon souffle :

— Où... dans... le Sud ?

En guise de réponse, un coup de boule. Je mange à nouveau le trottoir, où ils me shootent dans les côtes, le dos, partout. Le mec s'accroupit devant moi, me tire par les cheveux, rappuie sa lame sur ma carotide :

— T'avise plus de revenir ou on te saigne comme un porc !

Un dernier coup – dans la gueule – et je claque contre le mur, crache du sang, les vois s'éloigner tranquillement, remplacés par les tox.

— S... Sud... dites-moi... où... vous en supplie...

Ma voix ; je la sens qui m'échappe, emportée dans le caniveau, où je sombre.

- 10 -

Ouais, je sais ce que tu te dis. D'abord, le clodo, comme par hasard, puis les deux mecs, comme par hasard. Moi aussi, en rentrant tout à l'heure, je me suis dit que ça faisait beaucoup de coïncidences. Comme dans ces films où le téléphone sonne alors que le couple était sur le point de baiser. Mais là, c'est pas un film, c'est la réalité. Et ces coïncidences, si c'est ça, ne sont pas les premières.

Qu'est-ce qui fait que je suis retourné à la boulangerie ?

Qu'est-ce qui fait que j'ai rencontré ce clodo ?

Qu'est-ce qui fait que ses mots m'ont conduit dans le 14e ?

Qu'est-ce qui fait que les autres me sont tombés dessus ?

Qu'est-ce qui fait qu'ils connaissent un tox à l'épaule tatouée ?

Qu'est-ce qui fait que ce salaud est entré une minute après toi ?

Je l'ignore. Tout ce que je sais, c'est qu'un mec correspondant au signalement de ton assassin se trouve dans le Sud. Tu doutes encore ? Je vais te raconter un truc. Ça remonte à dix ans. Ce matin-là, j'avais prévu de racheter des clopes. J'aurais pu y aller de suite, mais j'ai glandé, écouté de la musique jusqu'à midi, où je me suis enfin décidé à sortir : et c'est là, en entrant dans le tabac, que j'ai bousculé ta mère, que son café s'est renversé, que je lui en ai offert un autre et qu'on a fait connaissance. Si j'étais venu plus tôt, je ne l'aurais peut-être jamais rencontrée et tu n'aurais jamais existé. Tu vois, ça aussi, c'est une sacrée coïncidence et elle n'est pas plus grotesque que les autres.

Moi, en tout cas, j'y crois et j'irai dans le Sud pour le traquer. Mais pas maintenant ; il faut que je me ménage un peu. Rester à l'appart, reposer mes côtes, désinfecter mon arcade et le reste. Du bout des doigts, je saisis l'extrémité du pansement et le décolle délicatement de mon nez. Aïe. Mon nez pas cassé malgré la violence de leurs coups. Besoin de dormir, alors aujourd'hui, je n'irai pas bosser. Nu, enfoncé dans le canapé, j'avale un antalgique, regarde ma montre – 9 heures – et attends le sommeil... mais les marteaux-piqueurs reprennent au carrefour. Démentiels, les décibels traversent mes volets, violent mon intérieur. Ça pilonne, creuse, craquelle mon cerveau, mais je ne résiste pas. Inutile. Non, j'encaisse.

Longtemps.

Longtemps.

Longtemps.

Longtemps.

Longtemps.

Longtemps.

Longtemps.

Longtemps.

Longtemps.

Longtemps, et le supplice cesse enfin. Je reviens à moi, tremblant, tassé sur le canapé, regarde ma montre. 13 heures, déjà. Les ouvriers sont partis bouffer et ont débranché leur matos, mais les travaux continuent dans mon cerveau, mitraillé par les pointes d'acier, jusqu'à ce que le mal s'amenuise. Les oreilles bourdonnantes, je redécouvre alors le silence après quatre heures d'enfer. Et c'est bon, putain. Extase inouïe, goûtée pour la première fois, dont l'intensité a tout d'une virginité reconquise. Je m'y abandonne, lorsqu'une sensation de malaise me saisit.

Plus de sons.

Plus de sens.

Plus rien.

Vide souverain, il me lacère de ses griffes invisibles. J'étais nu, me voici vulnérable. Je ne suis pas fait pour ça, ce non-bruit impitoyable, alors j'invoque la ville, les klaxons, le chaos urbain, mais le rien s'épaissit en néant total, qui m'annule instantanément. Je ne suis plus. Plus qu'un cri désespéré. Du bruit, vite, maintenant. Je m'empare de la télécommande, allume la télé...

« Alors que 3 000 emplois sont toujours menacés à Longwy, le fabricant de jouets AMPA-France vient d'annoncer la suppression de quarante et un postes. »

... et ça va déjà mieux. Un peu. Car l'oppression perdure dans ma chair. Cigarette, briquet, bouffée, et je me relâche devant les infos en attendant que les travaux reprennent. Impatient.

- 11 -

J'ai supporté les marteaux-piqueurs toute la journée. TOUTE. LA. JOUR. NÉE. Pour tester mes limites, voir si j'en étais capable. Au début, j'en ai chié, mais quand les ouvriers ont repris, c'était bizarre. Mon rythme cardiaque, ma respiration... j'étais comme habitué. Le bruit ne s'imposait plus, il s'invitait. J'ai senti la nuance, j'y ai vu un certain civisme : le monstre étant courtois, j'étais plus enclin à l'accueillir.

Le bon choix.

Alors, les vibrations sont passées de l'intolérable au perturbant, du perturbant à l'intriguant, de l'intriguant au séduisant. Solidaire du béton, j'ai vécu chacun de ses effritements, la confusion de ses gravats séparés sous le joug de l'acier. J'ai ressenti pour eux une profonde empathie, tout en leur ordonnant toujours plus de chaos. Mon orchestre, dont l'opéra destroy a glorifié mon projet jusqu'au soir.

Le bon choix.

Le reste, je ne m'en souviens pas. Dormi huit heures d'affilée, sans cauchemar. Ma première véritable nuit depuis toi. Au réveil, j'étais différent. J'ai marché droit, j'ai pissé dru, et mon café avait la saveur du suprême.

Et me voici, en ce jour nouveau, assis dans ma boutique. Il est 11 h 24, Zappa s'éclate sur *Apostrophe* et Didier entre : « Salut, toi ! » Deux heures que je l'attends. Il ferme la porte, découvre mon arcade éclatée.

— Oh ! Qu'est-ce qui t'est arrivé ?

— Escalier.

— Eh bé... t'étais bourré ou quoi ?

Il s'éloigne, sa question n'attendant aucune réponse, se dirige vers *son* bac. Je me lève, masse mes côtes, contourne ma caisse pour aller le rejoindre :

— Tu le veux toujours, ton magasin jazz ?

— Pourquoi ?

— Je te vends ma boutique.

Il se relève, éberlué :

— T'es sérieux ?

— Ouais.

— Heu... c'est sympa, mais j'ai pas les moyens... j'ai à peine 10 000 de côté...

— Ça me va.

— Il y a un problème ?

— Non, et c'est mûrement réfléchi. Je te filerai mes contacts, ils font aussi du jazz. OK pour 10 000 ? Même 8 000, si tu veux.

Ses yeux pétillent. Didier rajeunit instantanément, au point que j'entrevois le gamin qu'il a été.

— Franck, ça me touche beaucoup, je sais pas quoi dire.

— Alors dis rien. On peut signer avant la fin du mois ?

Plus tard.

Quartier résidentiel à la quiétude pastel. Bry-sur-Marne, la banlieue où il fait bon ne rien faire. Je claque la portière, arpente le trottoir propret. Les villas se succèdent avec leurs haies taillées, leurs senteurs de barbecue, jusqu'au petit portail du numéro 24. Une belle baraque avec jardin, allée de graviers et tonnelle pour accueillir les amis du dimanche. Ça doit lui faire du bien d'habiter ici. Je l'ai aperçue à travers la fenêtre. Je savais qu'elle serait là : à une semaine près, elle était chez ses parents en Isère, comme tous les ans.

J'appuie sur la sonnette et me prépare à la voir apparaître, mais c'est Alexandre qui ouvre la porte, stupéfait. Il m'a reconnu ; il a dû me voir sur des photos. Le sourire forcé, il foule les graviers en ma direction. Svelte, chemise, jean... il me ressemble – sa manière à elle de refaire sa vie sans trop renier la nôtre. Alexandre, découvrant mes pansements :

— Hum... bonjour...

— Salut.

Le portail nous sépare, mais pas autant que son malaise.

— Tu... t'as eu un accident ?

— C'est rien. Désolé de passer à l'improviste, mais je dois la voir.

— Heu... OK...

Il m'ouvre, me suit dans l'allée. C'est la première fois que je vois Alexandre, et pourtant, je le pense en « Alex », comme si on était intimes. Ça me fait chier. J'aimerais le détester, mais je sais que c'est un mec bien. Un photographe, bassiste à ses heures. J'investis sa baraque, il m'y rejoint et ferme derrière nous.

— Tu veux un café ?

— Ouais. Merci.

Il disparaît, je découvre leur salon. Sofa orange. Table ronde. Fauteuil boule blanc. Téléviseur Schneider. Murs avec des clichés de Doisneau, une affiche d'*Opening Night* et ce poster du Che qu'on a tous eu. C'est donc ici que vit ta mère, désormais.

— Franck ???

Je me tourne, me retrouve face à elle. Chirihane ; aussi magnifique que son prénom. Ses yeux sont cernés et ses cheveux, décoiffés, mais sa présence m'ensorcelle comme au premier jour. Sa peau caramel, son petit nez, ses lèvres fines... sa beauté me gifle. Son regard aussi, accusateur. Ta mère est furieuse de me voir ici, mais je m'y attendais.

— Salut, dis-je enfin.

— Qu'est-ce que tu fais là ?

— Fallait que je te parle.

— J'ai pas envie. Va-t'en, s'il te plaît.

Elle a remarqué mes pansements, mais se garde d'y faire allusion. L'essentiel pour elle est de me rejeter pour mieux se protéger.

— Va-t'en, laisse-moi.

— J'en ai pour cinq minutes.

— Écoute... tu ne peux pas débarquer comme ça et...

— Tu veux du sucre ? me demande Alex.

Je fais un non de la tête, récupère la tasse qu'il me tend. Chirihane le fusille du regard, lui reprochant sa gentillesse. Embarrassé, il s'adresse à nous :

— Bon... j'ai des trucs à faire dans le garage...

Il s'éclipse et je goûte mon café, pose la tasse sur une étagère encombrée de petites sculptures. Des merdes en bois avec des perles, qui doivent venir de Katmandou ou de je ne sais où. Ça, c'est à lui, pas à ta mère : le côté « Vive le Népal, tous des frères, etc. », ça n'a jamais été son trip. Chirihane s'appuie contre le mur, croise les bras :

— Pourquoi t'es venu ? J'ai pas besoin de ça et toi non plus.

— Je voulais te prévenir que j'allais dans le Sud.

— Hein ?

— Il est là-bas.

Elle marque un temps, les lèvres entrouvertes, avant de se ressaisir :

— Les flics t'ont appelé ? Ils l'ont... ?

— Non, c'est moi.

— Comment...

— Trop long à expliquer. Je n'ai pas encore son adresse, mais je trouverai.

— Et après ?

Son regard – la douleur du deuil s'assombrit en anxiété, puis en colère, perdition, haine. Toute la palette des sentiments défile dans ses yeux, j'ai même l'impression d'y voir un reste d'amour pour moi. Un battement de cils, et elle enchaîne sèchement :

— Fais pas ça.

— Je vais le faire.

— Tu t'entends parler ? Tu te prends pour Bronson ?

— Il doit payer.

— Ça ne changera rien et tu le sais.

— Au contraire, ça changera beaucoup de choses. Un an qu'il continue sa vie, qu'il profite... c'est insupportable.

— Moi aussi, ça me rend dingue, mais le tuer ne la ramènera pas.

— T'en parles comme si elle n'était plus là. Comment peux-tu...

— Mais elle n'est plus là. Elle est morte, tu comprends ?

— Arrête. Arrête, je t'en supplie.

Je tremble de haine envers cette femme que je ne reconnais plus. Qui te pense au passé pour s'inventer un futur. Je la comprends, évidemment, mais en fait, je ne la comprends pas. Refuse. J'aurai toujours de l'amour pour ta mère, mais je hais ce qu'elle est devenue, sa dureté, son égoïsme. Si, au moins, elle daignait partager un peu mon calvaire, mais non, « Madame a besoin de refaire sa vie ».

— Je... je suis désolée, Franck.

— J'aime pas quand tu dis que... quand tu dis ça.

— Moi non plus... tu sais, ma psy m'aide beaucoup et tu devrais peut-être...

— J'ai pas besoin d'aide. Je veux juste le retrouver.

— Comment tu sais qu'il est dans le Sud ?

— On me l'a dit.

— « On »... c'est en rapport avec tes pansements ?

Je termine mon café, pose la tasse sur l'étagère :

— Je vais y aller.

— Tu pars quand ?

— Cette nuit.

— Mais... et la boutique ?

— Je l'ai vendue. Tout est réglé.

Je l'abandonne dans le salon, regagne l'entrée, retrouve les graviers et leurs *Frr ! Frr !* insupportables. Du garage, Alex me salue d'une main levée, à laquelle je réponds par un hochement de tête. Je franchis le portail, sors, me dirige vers la bagnole.

— Franck ! Attends !

Chirihane, évidemment. Elle accourt et me rejoint sur le trottoir.

— Fais pas ça. Ne le fais pas, je t'en supplie.

— Qu'est-ce que ça peut te foutre que je le tue ou pas, puisque « ça ne changera rien » ?

— Pour toi, ça peut tout changer. Si tu le tues...

— Je le tuerai.

— ... t'iras en prison. Ou pire. C'est ça que tu veux ?

— Je me fous de la taule, de la guillotine.

— Franck...

Je lui caresse la joue, tendrement, comme avant. Elle me fixe avec intensité, penche la tête et ses larmes humidifient ma paume. Une seconde nous réunit sous ton soleil d'éternité, puis je décolle ma main de sa joue, m'éloigne en direction de la R5. Ma gorge – ce truc persistant. Sensation acide, qui se diffuse dans mon organisme et me nécrose le cœur : le goût de la dernière fois.

- 12 -

Quand j'ai ouvert, je me suis vite fait ma clientèle. J'étais le seul disquaire de la rue, alors ça marchait bien. Puis, il y a eu la crise et tout est devenu compliqué, surtout avec la banque. Sans le salaire de ta mère, je ne sais pas comment on aurait tenu. Tous les matins, je levais le rideau de fer avec l'angoisse de devoir fermer définitivement, en me disant que si ça devait arriver, ce serait un déchirement.

Eh ben, en vendant la boutique à Didier, j'ai ressenti comme une libération. Pour lui, ça a été « l'affaire du siècle », réglée en dix jours : bilans, état des lieux... on a signé le compromis et un protocole de remise anticipée des clefs, pour que je puisse partir le plus vite possible. Didier n'en revenait pas. Il m'a payé une entrecôte et on s'est bu une bonne bouteille. Je me suis forcé, ça lui faisait tellement plaisir. Pour mes vinyles, je lui ai trouvé un collectionneur, qui pourra tout lui racheter à prix d'or.

Moi, j'ai juste pris mon stock de cassettes. Hendrix, Creedence, Velvet, Sabbath... tous s'entassent sur le siège passager, et je balance les cartons dans un container. Une vieille m'observe, de sa fenêtre. Elle se demande sûrement ce que je fais, me prend pour un fou et elle a raison : je suis fou de toi, ma chérie, fou de tes bouclettes noisette, de tes dessins si créatifs, empilés sur la banquette arrière entre tes peluches. Tu seras bien, ici. Je regarde ma montre. Bientôt minuit, le bon moment pour partir. Huit heures de route, peut-être plus avec les départs-retours de vacances. Mais avant, j'ai un truc à faire. Attends-moi, j'en ai pour dix minutes.

J'ouvre la boîte à gants.

Prends la pince.

Verrouille la portière.

Ajuste ma veste en jean et marche dans la nuit, à la recherche de ce que je trouverai bientôt. Ici, à la sortie du métro. Non, trop près du réverbère, on me verrait. Et là non plus, trop de monde en face. Quelques pas, quelques zonards, quelques taxis en attente de clients à escroquer, puis j'en devine un dans l'ombre, attaché à un poteau. Je traverse la rue, sors la pince et – *Clac !* – sectionne la chaîne du vélo. Elle se détend, cliquette entre mes doigts graisseux, après quoi je la retire, range la pince dans ma poche.

Une sirène de flics résonne au loin, se fait de plus en plus proche, mais je ne crains rien. J'enroule la chaîne autour de ma main et, le regard fixe, reprends mon trajet. Je ne marche pas, je domine. Le trottoir me déroule son tapis de béton, où j'ignore les clodos, m'engage dans la rue Bardinet. Les tox apparaissent, semblables aux autres nuits. À les voir errer, ramper debout, je pense aux Doors, à leur *Soft Parade*...

« Successful hills are here to stay,
Everything must be this way ! »

... et ce groove extraordinaire, fruit de la pop la plus noble et du blues le plus rude. Ils sont des milliers, des millions à palpiter en moi, rythmant mes pas. L'orgue, la guitare, les toms s'entremêlent, si cool, qu'il me semble léviter au-dessus des damnés, tandis que Jim magnifie les rues de Paris.

« All our lives we sweat and save,
Building for a shallow grave ! »

C'est ici qu'il est mort, c'est ici qu'il renaît, quand je les repère enfin. Ceux qui m'ont tabassé, postés à l'angle. En pleine discussion, ils ne me voient pas approcher. J'avance, écrasant les détritus, bousculant les tox, ou l'inverse. Plus qu'une vingtaine de mètres. J'ouvre ma main et libère la chaîne, chapelet chromé, qui claque à répétition contre mon jean. L'un des gars me reconnaît :

— Eh ! On t'avait dit de...

Un coup de chaîne, et sa gueule se cisèle, de la tempe à la joue. Qui rougit. Se déchire. Crache un jus pourpre, dont les particules virevoltent au ralenti. Le mec s'écroule comme une merde, l'autre sort son couteau et actionne la lame, attisant ma fureur. Enragé, je lui fouette la main, la gorge, le torse, et encore la main...

« Callin' on the dogs ! »

... qui lâche la lame. Elle n'a pas touché le sol que je lui shlague la gueule. Ma chaîne – les maillons s'incrustent dans sa peau, y impriment ma justice. Sang, graisse et sueur m'enivrent, exhumant un an de rage contenue. Le mec s'écroule à son tour...

« Callin' on the dogs ! »

... mais le deuxième se relève. Je lui renvoie la chaîne dans la tronche, son pote se jette sur moi, me boxe sauvagement. Je lui serre les couilles. Il hurle, je redouble de fureur, et ça claque, claque, claque...

« Callin' on the dogs ! »

... claque encore, fendant les airs, saignant les chairs. Les mecs me supplient, et moi, animal, je remets ça. Dernier assaut, et la chaîne se disloque, alors je les finis à coups de pied. L'un cesse de bouger, étalé dans son sang, l'autre rampe en crachant son pardon. Haletant, je contemple mon œuvre, au sol.

Sifflements.

Cris de panique.

Les tox qui s'enfuient, me laissent à mon chaos. L'Apocalypse selon saint Jim, dont la voix incantatoire résonne en moi – *« Lorsque tout le reste a échoué, on peut cingler les yeux des chevaux, and make them sleep, and cry ! »* – tandis que l'autre continue de s'éloigner en rampant. Je ramasse le couteau, marche lentement jusqu'à lui, le retourne de force et lui colle la lame sur la gorge. Il se débat, terrorisé.

— Non ! Pitié !

— Le tox. Où il est ?

— L... le...

— LE TATOUÉ ! OÙ IL EST ?

— On t'a dit... dans le...

— OÙ DANS LE SUD ?

— T... Toulouse... il est... en cure...

— OÙ ? LE NOM !

— J'en sais rien !

J'appuie la lame, le mec se pisse dessus :

— Je sais pas ! J'te jure ! Pitié !

Sa terreur a l'odeur de la vérité, mais ça ne me suffit pas. Je plonge mon regard dans le sien, le harcèle au plus profond, et la réponse que j'y puise me rassasie.

Ouais, je le crois. Et quand bien même, je n'aurais plus la force de le torturer. Je le libère, replie la lame et repars. Enfin, je suppose. Je suis forcément reparti, car me revoici au volant de la R5, tremblant, encore sous le choc. Dans le rétro intérieur, mon regard cerclé de sang et de graisse noirâtre, où s'invite le bleu d'un gyrophare. Une ambulance passe, et je m'essuie la gueule avec le torchon, remets ma montre, démarre la bagnole. Allez, ma chérie, en route pour Toulouse.

- 13 -

... Rouler. Rouler. Rouler. Rouler. Rouler. Rouler. *Tatouage.* Rouler. Rouler. Rouler. Rouler. Rouler. *Tatouage.* Rouler. Rouler. Rouler. Rouler. *Tatouage.* Rouler. Rouler. Rouler. *Tatouage.* Rouler. Rouler. *Tatouage.* Rouler. *Tatouage. Tatouage. Tatouage. Tatouage. Tatouage. Tatouage. Tatouage. Tatouage...*

- 14 -

... rouler depuis deux heures, de péages en bretelles d'autoroute. Et ces bagnoles, cars, motos, camions jaillissant en comètes. Ce que je suis pour les autres conducteurs, comme celui que je viens de dépasser : une Simca déglinguée. Ça me fait penser au sketch de Coluche – *« On a vu un type, il avait une bagnole encore plus pourrie que la vôtre. Tout en plastique, la sienne, comme les poubelles. Mais moins pratique, y a pas les poignées »* – et je me marre tout seul, avant de bâiller. La deuxième fois en vingt minutes ; j'aurais dû prendre un café avant de partir. Va falloir être vigilant.

Je resserre les doigts sur le volant, bercé par la nuit, qui se confond avec l'asphalte. Mon seul repère dans le cosmos, les bandes blanches balisées d'innombrables lasers. J'y retrouve les éclairs de la chaîne de vélo, les gueules lézardées des deux salauds. Hein ? Ah, désolé, ma chérie, tu as raison, « pas de gros mots ». Mais tu sais, il faut que je te dise, la nature humaine a beau être complexe, le vocabulaire reste limité : si des gens peuvent être qualifiés de méchants ou de malveillants, certains salauds ne sont que ça.

— Comme le monsieur qui m'a tuée ?

— Oui.

— Et t'as pas peur qu'il te tue, toi aussi ?

— Non.

— Pourquoi ?

— Parce que je suis déjà mort. Allez, dors, on a encore beaucoup de route.

- 15 -

Sursaut. Marteaux-piqueurs. Non, moteur. Ce camion-citerne, à droite, qui s'éloigne bruyamment. Je le regarde disparaître dans l'aube, me découvre sur une aire d'autoroute avec station-service. Aucun souvenir de m'être arrêté ici. Tableau de bord : 6 h 18. Prix de l'essence : 3,30 le litre, soit un franc de plus en deux ans. Les bâtards.

J'étire mes bras, heurtant la vitre, démarre et roule lentement à travers le parking. J'y dépasse une deuche, un van psyché. Hippies – incroyable qu'il y en ait encore. Dix ans après 68, le bilan est pourtant cinglant : ma génération a perdu et le fric a gagné, recyclant notre naïveté en société de consommation. J'en sais quelque chose. Avant, je voulais changer le monde, puis je suis passé de Castro à Casto. Rien vu venir.

J'arrête la R5 au niveau des pompes. Leurs émanations me filent la gerbe, convoquent le kebab d'hier. Je pénètre dans la station, accueilli par France Gall – *« Musiiiiique ! On est trop faible pour s'entre-tuer ! On est trop seul pour se détesteeeer ! »* –, et avance, de sachets de chips en serviettes hygiéniques, jusqu'à la caisse.

L'employé, binoclard aux cheveux en brosse, est en train d'écrire dans un cahier. Il le ferme :

— Bonjour, monsieur.

— Bonjour. Vous avez du café ?

De la tête, il m'indique un distributeur de boissons à côté des chiottes. Le mec reprend son crayon et rouvre son cahier ; impolitesse ou mépris.

— Vous pouvez me faire le plein d'essence ?

Il referme son cahier, ce qui l'emmerde encore plus que la première fois. Je le regarde sortir, puis reste immobile. Ce moment, loin de chez moi, avec la pop Gall/Berger, est bien agréable. Jusqu'à toi. Alors, je vais pisser, retire mes pansements, m'asperge la gueule. Distributeur. Double expresso. Gobelet, et la machine s'active dans une série d'onomatopées, précédant le remplissage. À l'odeur, je sais que ce café sera mauvais. Eh bien, il se révèle carrément infect ; la proximité avec les chiottes, sans doute.

— Ça vous fera 135 francs, monsieur.

L'autre regagne sa caisse. Moi, je prends un tube de vitamine C, un plan de Toulouse, parcours les sandwichs cellophanés. Crudités, poulet... j'opte pour deux jambon-beurre. Jamais été aussi patriote de ma vie. La suite est à la hauteur du *café* que je viens de boire, nulle : je paie, il me souhaite une bonne journée, je fais de même et ne sais pas lequel de nous deux est le plus lamentable. À peine ai-je rangé mon portefeuille que le mec renoue avec son cahier.

— Vous écrivez ?

— Mm.

Question conne, réponse conne. Je rectifie :

— Vous écrivez quoi ?

— Un polar.

— C'est votre premier ?

— Mon troisième. Il sort en mars.

— Vous êtes publié et vous bossez ici ?

— Ben, ouais.

Notre conversation, si c'en est une, s'interrompt d'elle-même. J'aurais bien d'autres questions à lui poser, mais j'ai un assassin à retrouver, alors j'en reste là :

— Bon courage.

— Merci.

Je repars avec mes courses, regagne la bagnole.

— Papa ! T'en as mis du temps !

— Eh ben, je... mais pourquoi tu pleures ?

— J'ai eu peur ! J'ai cru que tu reviendrais pas !

— Oh, ma chérie, j'ai juste parlé avec un monsieur, c'est tout. Je ne t'abandonnerai jamais, tu sais bien. Allez, viens dans mes bras, calme-toi.

— J'ai trop eu peur, je veux plus que tu me laisses longtemps comme ça.

— Je ne le ferai plus, je te le promets.

- 16 -

« Won't you fly high, freeeee bird, yeah ? »

Et c'est parti pour quatre minutes de guitare survoltée. *Freebird*, l'hymne de Lynyrd Skynyrd, l'un des morceaux les plus exaltants que je connaisse. Et ce solo délicieusement interminable, que je fredonne en pianotant sur le volant. 6 minutes 55, mon passage préféré : la batterie qui cavale, la rythmique qui fait le coup de la fin pour mieux repartir en speed… et heureusement parce que, niveau circulation, c'est la léthargie. Une heure que ça rame, que je me fais chier dans les embouteillages. Je devrais être aux abords de Toulouse, mais je suis encore dans le Limousin. Et vu la merde, c'est parti pour durer, alors je prends mon mal en patience.

Allume une clope.

Tatouage.

Avance un peu.

Tatouage.

Bouffe un sandwich.

Tatouage.

Avance un peu.

Tatouage.

Mets Aerosmith et fume en observant les plaques d'immatriculation. J'essaie de me rappeler les départements – faut bien s'occuper – mais constate vite mes lacunes en géographie. Ton grand-père, lui, était incollable. Ça remontait à son enfance : chaque matin, il apprenait un nouveau mot dans le dico et le numéro d'un département. Quand j'étais ado, il me cassait les couilles avec sa culture générale. Ça et son orange à Noël.

Devant, la Peugeot se remet à avancer laborieusement et je fais de même, exaspéré. Dans les vapeurs du goudron se dessinent une ambulance, un véhicule de pompiers. OK, ça bouchonne à cause d'un accident. Un gendarme nous mime un V pour qu'on scinde la file, ce qu'on fait tous au compte-gouttes. Je passe à gauche, un couple en Citroën prend la droite, on roule en parallèle sur une trentaine de mètres, et l'accident apparaît entre nous. D'abord, ce camion à l'avant concassé, puis ce mec prostré entre deux médecins, ce break renversé sur le côté au pare-brise ensanglanté. Et la passagère de la Citroën, avec son appareil photo.

- 17 -

15 heures.

36 °C.

Hot-Garonne.

Plus qu'une trentaine de kilomètres. Trois gorgées d'eau, et je prends la rocade entre les champs de tournesols, où rejaillit l'accident, l'autre avec son appareil. Et ces questions qui m'assaillent : est-ce elle qui a décidé de photographier l'accident ou son mec ? Qu'a-t-elle ressenti avant d'appuyer sur le bouton ? Qu'a-t-elle ressenti en prenant les autres photos ? Oseront-ils faire développer la pellicule ? Si c'est le cas, les photos compléteront-elles leur album de vacances ou seront-elles dans un album à part ? Et cet album, sera-t-il destiné à un usage privé ou montré à des amis ? Ou alors en diapos ? Tu vois, ma chérie, quand je pense à tout ça, je me dis qu'il vaut mieux rouler sans réfléchir.

Plus tard.

Toulouse, enfin, après dix heures de trajet. Je cherche la mairie sur le plan, prends l'avenue. *Tatouage.* Me mêle au trafic. *Tatouage.* Longe la Garonne et ses berges scintillantes. Péniche à gauche, maisonnettes à droite, piétons au pas serein sous un ciel sans nuages. Un bail que j'ai pas vu autant de ciel, Paris ne m'en montrait que des portions entre ses immeubles.

Un rond-point, un boulevard fleuri de terrasses, et toujours la Garonne, majestueuse. À chaque quartier, j'y vois l'harmonie insolite entre rural et urbain. J'idéalise sûrement, j'aimerais avoir ton avis, mais je vais te laisser dormir. Tu es si belle. Toulouse te va bien. Place Wilson, rue Lafayette... et je me gare devant la grande place. *Tatouage*, quelque part dans cette ville. Je marche vers le Capitole, en briques rouges et en pierres blanches, orné de balcons en fer forgé, mais tout ce qui m'importe, c'est la mairie. À l'accueil, une mère et son gamin. J'attends, trépigne, maudis la terre entière, lorsqu'un mec en chaussettes/sandales se place derrière moi. Le guichet se libère et je me présente devant une quadragénaire élégante, particulièrement souriante.

— Bonjour.

— Bonjour, monsieur !

Son accent : une pub pour la région. Rarement vu une ville aussi attractive. Si j'avais su, j'aurais proposé à ta mère qu'on s'installe ici, tous les trois.

— Que puis-je pour vous, monsieur ?

— Je cherche un ami. Je m'inquiète pour lui, il est en cure de désintox, ici, mais je n'ai aucune adresse.

— Comment ça ?

— Il n'a pas eu le temps de me la donner. Avez-vous une liste des lieux qui... ?

— Je vais vous trouver ça.

Elle se lève et sa robe fuchsia aimante mon regard en direction d'un bureau, où elle disparaît. J'attends, imagine un café – un vrai – et une bonne douche, celle que je prendrai après l'avoir tué pour me laver de son sang.

— Tenez, monsieur.

La nana me remet une feuille. J'y découvre les coordonnées de deux centres médicaux et de trois associations. Cinq adresses et, à l'une d'elles, ton assassin.

— Votre ami sera content de vous voir.

— Pas autant que moi. Les assos sont ouvertes en août ?

— A priori.

— OK. Merci encore.

Je repars et sors du bâtiment, ma liste en main. Je touche au but, je le vois dans cette ville qui n'a plus rien de rose, obscurcie du sol au ciel. Noir. Du noir fusain, partout, jusqu'à l'habitacle de la bagnole, le plan de la ville, où je situe chaque lieu. J'ai l'après-midi pour le trouver, la nuit pour le torturer.

Hôpital Joseph-Ducuing,
16 heures.

— Bonjour. Je cherche quelqu'un qui se trouve peut-être ici.

— Son nom ?

— Je ne le connais pas.

— Heu...

— Il est régisseur. Je fais partie d'un groupe, il nous a dépannés sur notre dernier concert. Brun, la vingtaine, avec un tatouage sur l'épaule.

SOS Addictions,
16 h 30.

— Quelle sorte de tatouage ?

— Le logo Anarchie.

— Aucun de nos pensionnaires ne correspond à cette description.

— Et vos collègues ? Peut-être que...
— Je suis là depuis un an et j'ai jamais vu ce tatouage.

La Maison des Jeunes,
17 heures.

— Non, votre ami n'est pas chez nous.
— Vous avez eu l'air d'hésiter.
— C'est le tatouage. On a eu un mec avec ça, mais il avait la cinquantaine.
— Vous êtes sûr ?
— Ouais. Plus un cheveu sur le caillou et un bide à la Carlos.

Centre d'accompagnement en addictologie,
17 h 30.

— Non, ça me dit rien. J'suis que le gardien, moi.
— Essayez de vous souvenir.
— Beaucoup de tatoués défilent ici. Enfin, quand c'est ouvert.
— Et donc, vous êtes formel ?
— Oh, vous savez, j'suis que le gardien, moi.

Mirail Solidarité,
17 heures.

— Vous pouvez me le décrire ?
— Brun, la vingtaine, logo Anarchie tatoué sur l'épaule gauche.
— Ça ressemble à Zos.
— Hein ?
— Yannick, un fan de Led Zep. Je le surnomme Zos parce que sur la pochette de Led Zep IV, il y a ces lettres bizarres et...

Le mec continue de parler, je le vois au mouvement de ses lèvres, mais tout ce que j'entends, c'est « Yannick ». YANNICK. Un prénom, enfin, et le tatouage s'incarne, épousant les traits d'un anonyme qui ne l'est plus. Je l'ai trouvé, ma chérie.

— Un fan de Led Zep ? Il a plutôt l'air d'un punk.

— Zos est aussi punk que je suis fan de Dalida. Il aime les larsens, quoi.

— Et... je peux le voir ?

— Il n'est plus là, il est parti il y a un mois.

Je me contiens, serre les poings.

— Parti où ?

— À Marseille.

— Hein ? Mais... pourquoi ?

— On a tout essayé, mais il n'a pas réussi à décrocher. Du coup, je l'ai envoyé chez mon pote Jules, qui s'occupe de jeunes en difficulté.

— Il est toujours là-bas ?

— Oui. Jules m'appelle chaque semaine pour me donner des nouvelles. Zos s'est trouvé une gonzesse, là-bas, ça lui fait du bien.

Je n'ajoute rien, absorbé par mes pensées. Marseille. Je n'y suis jamais allé et ce que j'en connais ne m'attire pas. Le fief de Defferre, baron du PS, opportuniste notoire et anticommuniste acharné. Cette ville étouffée entre une mairie féodale et des parrains sanguinaires. Et c'est là que ton assassin se trouve, désormais. En roulant vite, je le cueillerai avant minuit. Le gars de l'association me note l'adresse de son pote – « Jules Girardot, le Relais de l'Espoir, Air-Bel, tour 3 » – dans le 13e, ainsi que le numéro de téléphone. Je glisse le papier dans ma poche.

— Merci pour les infos.

— De rien. Quand vous le verrez, passez-lui le bonjour de Léo.

— C'est qui ?

— Ben, c'est moi.

Je le salue et repars vite, trop vite, me sens vaciller. Le mec me retient par le bras – « Monsieur ? » – puis m'installe sur une chaise, avant de disparaître. Les secondes qui suivent sont d'une solitude mortifère, où je me sens en proie à une vieillesse accélérée, lorsqu'il ressurgit avec un grand verre d'eau.

— Tenez. Ça va vous faire du bien.

Trois gorgées, et je me rétablis sur la chaise. Devant moi, Léo. Son prénom, ses dreads, son tee-shirt Bruce Lee. Ses collègues l'ont rejoint : un mec et deux nanas, dont une petite rousse avec une longue tresse. À l'arrière-plan, l'affiche de leur asso et une salle où végètent des tox de trente kilos.

— Ça va mieux ?

— Ouais... peu dormi... pas mangé...

On me tend un sachet de madeleines. J'en engloutis deux, ce qui me régénère, mais pas suffisamment. La déprime s'installe, car je suis incapable de reprendre la route maintenant, d'autant que la crampe n'est pas loin. Ma cuisse, qui frémit. J'étends la jambe, sursaute au son d'un vacarme, à l'extérieur : tambours et mégaphone. Je me lève, marche jusqu'à la vitre, découvre un attroupement sur le parking avec des banderoles – « Toulouse ensemble », « Mirail/centre-ville : mêmes droits pour tous ».

— Ça y est, soupire Léo, c'est reparti...

— Mm ?

— Un rassemblement de riverains. Vous devriez y aller avant l'arrivée des flics.

— C'est quoi le problème ?

Léo et les siens échangent un soupir, puis il sort son tabac et se roule une cigarette :

— Pendant des années, ils ont promis plein de trucs pour ici. 20 000 logements, des cinés, piscines, hôtels…

— En venant, j'ai rien vu de tout ça.

— Le Mirail devait être – je cite – un lieu « générateur de joie de vivre », mais c'est un ghetto pour chômeurs. Il y a que la moitié des logements, c'est tout.

— T'exagères, intervient la rousse, ils ont quand même construit la fac.

— Sans campus. Il y a rien pour les étudiants. Du coup, les habitants rencardent les journalistes, pour que les gens voient ce qu'est la vie au Mirail.

J'observe l'attroupement, distingue en effet une équipe de télé. Micro. Caméra. Brushing. La foule s'épaissit. Certains se bousculent pour parler aux journalistes, d'autres enflamment des pneus et… je sors aussitôt, m'élance à travers le parking :

— CASSEZ-VOUS !

Beaucoup s'écartent sur mon passage, et ceux qui ne le font pas, je les expulse. Fou de rage, je fonce vers ma R5, encerclée par des gamins. L'un, le nez collé aux vitres :

— C'est quoi les cassettes, m'sieur ?

— CASSEZ-VOUS, PUTAIN !

J'en tire un par le col, un mec m'envoie au sol – « Lâche mon fils ! » Il brandit son poing, mais d'autres le ceinturent par-derrière, l'éloignent de moi. Pleurs des gamins, fureur des parents. Les membres de l'asso accourent :

— Qu'est-ce qu'il se passe ???

— Ils ont failli lui faire peur !

— Faire peur ? À qui ?

— FOUTEZ-MOI LA PAIX !

Je me relève sous les insultes, m'enferme dans la R5. Je démarre en trombe, quitte le quartier, fonce sur une avenue… puis freine d'un coup sec, ouvre la portière et vomis dans le caniveau. J'entends des voix – les gens en terrasse, qui m'observent avec dégoût. J'essuie mes lèvres d'un revers, avant de régurgiter à nouveau, plus violemment, à m'en déchirer le corps. Yannick.

- 18 -

Dieu que c'est bon. Une douche bien chaude à m'en cramer la nuque. Sensation de plénitude rare, qui me prépare au sommeil. J'en ai besoin. Quatre heures, juste ce qu'il faut avant de reprendre la route. En attendant, je ferme les yeux, m'abandonne au jet, chaud, apaisant... quand Yannick jaillit avec ton crâne fendu. Le mur ; je cogne. Poing droit, puis le gauche. Encore. Encore. Encore. Encore plus fort, plus vite, plus mal, sa gueule se déforme, creusée, et je reviens à moi, haletant, les mains en sang.

Je coupe l'eau, m'essuie à la va-vite et enveloppe la serviette sur ma main droite, dégoulinante. Je m'en fous, j'ai payé. Et franchement, la chambre aurait pu être moins chère : 12 mètres carrés de morosité avec un plafond moisi, un lit datant de l'Occupation et une vue sur les HLM. Ici, le seul atout, c'est l'écran avec télécommande. Je l'allume, m'allonge sur le lit.

« ... le Premier ministre Raymond Barre s'est dit confiant quant au rebond de la croissance, précisant que les réformes en cours porteront leurs fruits cet hiver... »

Zap.

« ... pétition publiée l'année dernière, où Jean-Paul Sartre, Simone de Beauvoir et Louis Aragon ont défendu les relations sexuelles entre adultes et enfants... »

Zap.

« ... la police traque toujours le tueur qui sévit dans le nord de l'Angleterre, depuis bientôt trois ans. Rappelons que celui-ci a assassiné neuf femmes et... »

J'éteins, pose la télécommande sur la table, à côté de mon autoradio, puis déroule la serviette autour de ma main, examine mes phalanges ensanglantées. Étrangement, je ne ressens aucune douleur, plutôt un inconfort lancinant dû aux éclats de carrelage dans ma peau. J'écarte mes doigts, les referme. Ouvre. Referme. Ouvre. Referme. Ouvre la fenêtre et fume en surveillant ma R5, à l'angle de la rue. Quartier de la Reynerie, avec ses épiceries, ses mamies voilées assises sur le banc.

Puis, soudain, le besoin.

Le besoin et l'envie, obsédante.

20 heures passées, alors je décroche le téléphone, contacte la vieille à la réception – « J'aimerais appeler en Île-de-France... oui, sur ma note. » Sa voix fait place au bip, interminable, qui m'endort un peu plus à chaque seconde.

— *Allô ?*

— C'est moi.

Chirihane devient silence. Un silence tout en stupeur, que j'imagine tiraillé entre la gêne et l'agacement.

— Je te dérange ?

— *Non... t'es où ?*

— Toulouse.

— *Et...*

— Il est à Marseille. Je repars vers minuit.

— *J'ignore où tu trouves tes infos, mais... t'es vraiment sûr que c'est lui ?*

— Ouais. Le signalement, le profil, tout correspond. Je t'appellerai quand ce sera fait.

— *Franck...*

— T'inquiète pas, je sais ce que je fais. Je te laisse, bonne soirée.

— *Fais attention à toi.*

Je raccroche avant qu'elle ne le fasse, et ce n'est pas contre elle, mais pour moi. Me préserver, rester sur la brèche. Allongé sur le lit, je fixe l'écran noir de la télé, confronté au reflet de Yannick.

- 19 -

BOUM !

— Arrête de sauter.

BOUM !

— Arrête. Ça va déranger le voisin.

— Je fais doucement.

— Arrête, je te dis !

BOUM ! BOUM ! BOUM ! – Je me réveille, agressé par un boucan en provenance de la porte : « Monsieur ! Il faut libérer la chambre ! » La vieille martèle avec son poing, portant ma haine à ébullition, et je regarde ma montre. Midi passé. Furax, je saute du lit.

— C'est bon ! Je suis réveillé !

— Il faut libérer la...

— J'arrive ! Vous pouvez me faire un café ?

— Oui. Et faudra régler le téléphone, hein !

J'arrache mes fringues de la chaise. Yannick. J'enfile mon slip, mon jean. Yannick. Chaussettes. Yannick. Chemise. Yannick. Quatre heures de route, donc arrivée entre 16 et 17 heures. Désolé, ma chérie. C'est à cause du manque de sommeil. M'en veux pas, s'il te plaît. Et puis, ce retard ne change rien, je le tuerai. Mieux, on le tuera ensemble.

Plus tard.

Le geste est mou, comme son phrasé. Le mec – dégarni, goitre naissant – est tassé sur sa chaise, à l'étroit dans sa cabine. Il me tend le ticket, ma monnaie.

— Bonne journée.

— À vous aussi.

Je franchis le péage, continue sur l'A620. Circulation fluide, alors j'accélère, dépasse plusieurs bagnoles, une caravane immatriculée en Italie, repense à l'employé. Lui qui passe ses journées en cage, à répéter « Bonne journée » des centaines de fois. On dit qu'il n'y a pas de sot métier, et c'est vrai, mais il y a des jobs de merde. Je cherche la fréquence d'Europe 1, puis fonce.

100 km/h.

Infos.

110 km/h.

Manif à Paris.

120 km/h.

Conseils minceur.

130 km/h.

Publicités.

140 km/h.

Gendarmes, qui me font des gestes. Eh merde. Je ralentis, dépasse leurs motos, m'arrête sur la bande d'arrêt d'urgence. L'un d'eux se dirige vers moi, je le vois dans le rétro, où sa silhouette devient uniforme, pantalon, puis ceinture, à laquelle pend un talkie-walkie. Il toc-toque contre la vitre, que je m'empresse de baisser :

— Bonjour…

— Bonjour, monsieur. Gendarmerie nationale, veuillez couper le moteur.

J'obéis et Europe 1 fait place au silence, entrecoupé des vrombissements des autres bagnoles. Le gendarme, un quinqua imposant :

— Carte grise, permis de conduire, attestation d'assurance, s'il vous plaît.

Je m'exécute, il remarque les croûtes sur mes doigts, examine mes papiers. Je flippe et ce n'est pas dû uniquement à son uniforme. Le mec est grand, athlétique, et sa rigidité m'évoque la Légion étrangère, jusqu'à ce que je remarque un poil dépassant de sa narine droite. Un détail, et toute une carrière, toute une autorité s'écroulent. Tu vois, ma chérie, parfois, ça ne tient qu'à un fil. Ou un poil.

— Ça vous amuse, monsieur ?

— Heu... non... pas du tout.

Il se penche pour inspecter l'habitacle, des peluches sur la banquette arrière à mon tas de cassettes à l'avant.

— C'est quoi, ça ?

— Je suis disquaire.

Il ne manifeste aucune réaction. Avant, mon job éveillait la curiosité, m'habillant d'une certaine rareté sociologique, loin du commun des mortels et de ses exploités. Là, le mec n'en a rien à carrer. Et ça me stresse. L'amende, je m'en fous, mais je suis en train de perdre du temps et ça me rend fou et j'ai peur que ça se voie et peur que l'autre me suspecte et peur qu'il fouille la bagnole et peur qu'il trouve le couteau.

— Vous vendez des peluches aussi ?

— C'est pour ma fille... je vais la retrouver à Marseille.

— Ce n'est pas une raison pour rouler aussi vite.

— Elle est hospitalisée... sa mère m'a appelé cette nuit.

— Mm. C'est grave ?

— Elle a été percutée par un cyclo. Ça va, elle s'en tire avec une jambe cassée, mais elle a eu très peur... et nous aussi.

— Je suis navré, monsieur. Je comprends que vous soyez pressé, mais vous devriez rouler moins vite. Ça ira pour cette fois.

— Merci...

— Bon rétablissement à votre fille.

Il me tend mon permis, ma carte grise. Je les récupère, il les retient :

— Vous vous êtes battu ?

— Hein ?

— Vos mains.

— Un... un mec a essayé de me voler ma bagnole.

— Eh bé, ça fait beaucoup. Allez, bonne route.

Le gendarme desserre ses doigts, libérant mes papiers. Je les remets dans la boîte à gants, il tape sur le toit – comme on claque le cul d'un cheval – et je repars.

Toujours tendu, une heure après.

- 20 -

Relay. Mon titre préféré des Who. Le riff, le chant, les chœurs... tout est parfait. J'adore aussi *Pinball Wizard*, *Baba O'Riley*, *Magic Bus* (version Leeds) et plein d'autres morceaux, mais celui-ci est vraiment à part. Rock ou pop ? En cinq ans, je n'ai toujours pas réussi à le cerner. Tout ce que je sais, c'est qu'il groove à mort.

« *Reeeelay ! Things are brewing !*
Reeeelay ! Something's doin' ! »

Je chante le refrain, bats du pied comme au premier jour. Été 70, premier voyage avec ta mère. Virée à Londres avec les quatre B : bière, baise et BBC. C'est là, dans notre chambre d'hôtel, pendant qu'elle dormait, que j'ai découvert leur live à Woodstock. Guitare et batterie explosées ; je ne m'en suis jamais remis.

Depuis, j'ai tout – singles, pirates, reprises – jusqu'à leur dernier album, sorti récemment. Très décevant. Leur précédent l'était déjà, mais là, avec tous ces synthés, ça sent la fin. Entre le fric et l'usure, ils sont en train de profaner leur propre légende. Pire que les Stones et les Kinks. Quand on a chanté *My Generation*, on ne devrait pas en arriver là. C'est ainsi. Après tout, c'est ce qui rend les Who plus humains que les autres. J'y pense et roule, roule et fume, fume et souris. « Marseille 200 km ».

- 21 -

Quatre heures de retard : un car dans un ravin, vers Narbonne, puis six kilomètres de bouchon aux abords de Nîmes. Marre de l'autoroute, alors, depuis, je fonce sur la départementale. Yannick. Pinède rousse ponctuée de ruches et de vignobles, où se dévoile une nana au bord de la route, avec un sac à dos et un carton titré « Rognac ». Encore un bled avec un drôle de nom. « Mormoiron », « Vézénobres », « Roquevaire » – il y a que dans le Sud qu'on voit ça. Je dépasse l'auto-stoppeuse...

— *Papa, on l'emmène avec nous ?*
— *Non.*
— *Allez, s'il te plaît !*
— *J'ai dit non.*
— *Et il va bientôt faire nuit, c'est dangereux pour elle !*
— *Bon, si tu veux.*

... et freine, fais marche arrière, découvre une métisse d'une vingtaine d'années. Marcel noir. Chignon crépu. Sourire éclatant entre deux pommettes. Je lui ouvre la portière :

— Je vais à Marseille. Je vous rapproche ?

— Merci !

Je vire les cassettes du siège passager, les balance à l'arrière. Jeff Beck et les autres lui cèdent la place. Elle s'installe, tandis que je mets son sac derrière entre la vitre et tes peluches. Ça va, ma chérie ? Pas trop serrée ? Je repars, la nana étend ses jambes. Elle est craquante, de ses yeux en amande au relief de sa poitrine, mais ce qui me frappe le plus, ce sont ses épaules musclées, admirablement dessinées. Danse ou natation.

— Ça faisait longtemps que vous attendiez ?

— Deux heures.

— Et personne ne s'est arrêté ?

— Si. Un mec dans son 4 x 4. Il voulait que je le suce.

— Ah... et alors ?

— Je l'ai sucé.

Je me tourne, stupéfait, et elle s'esclaffe.

— Mais non ! Je l'ai envoyé chier !

— Vous faites ce que vous voulez.

— On peut se tutoyer, hein.

— Je préfère le vouvoiement.

Ma phrase jette un froid, ce qui n'était pas mon intention. Concentré sur la route, je cherche un prétexte pour relancer la conversation, mais la fille me devance.

— Je m'appelle Sheleya.

— Joli prénom.

— Sauf quand on le lit. Les gens prononcent le *h* entre le *s* et le *é*, et ça fait « shé ».

— Non, ça fait chier.

Elle sourit, puis enchaîne :

— Et vous, comment vous vous appelez ?

— Franck.

— OK. C'est quoi, toutes ces cassettes ?

— Ma collection. J'étais disquaire. À Paris.

— Cool ! Pourquoi vous avez arrêté ?

— Envie de changer. Et toi, t'es d'où ?

— Vous m'avez tutoyée.

— Je sais. Alors ?

— Je viens de Bruxelles.

— Ah, ça fait une trotte. Vacances ?

— Je sais pas... on verra...

Son regard se perd, son visage se crispe sous l'effet d'une brutale anxiété. Je comprends aussitôt.

— Il s'appelle comment ?

— Jérémie... mais c'est compliqué.

— Qu'est-ce qui est compliqué ?

— Tout. Quand je l'ai rencontré, j'étais déjà en couple, alors on n'a rien fait, juste flirté. Puis, j'ai largué mon ex, mais Jérem' était avec une autre... ils sont toujours ensemble.

— Il l'aime ?

— Oui, mais il m'aime plus fort, il me l'a dit... bref, c'est compliqué.

Un nouveau silence s'installe, et cette fois, je n'y suis pour rien. Pas vraiment un froid, d'ailleurs, plutôt une parenthèse mélancolique, où le soupir de Sheleya trahit l'ampleur de son tourment.

— Il sait que tu viens ?

— Non. J'ai failli lui dire mais...

— T'as bien fait. Il sera content de te voir.

— J'espère. J'ai peur de sa réaction.

— Il sera forcément touché. Ce que tu fais pour lui, quitter ton pays, en traverser un autre... peu de gens font ça. Et si tu le fais, c'est qu'il en vaut la peine.

— Oui... merci, ça me remonte le moral... et toi, t'as quelqu'un ?

— Ma fille.

— Elle a de la chance. Ça se sent que t'es un super papa.

On a causé pendant une bonne demi-heure, surtout Sheleya. Elle m'a parlé de ses origines congolaises, de la danse qu'elle pratique, de son frère qu'elle adore, de ses études en biologie, puis m'a dit qu'elle allait se reposer un peu. Je l'ai réveillée à l'entrée de Rognac, à proximité d'une zone résidentielle. Elle m'a remercié, pressée de retrouver son « Jérem' », et aussi un peu déçue qu'on se sépare. Je l'ai vu dans ses yeux, avant de repartir dans le crépuscule.

- 22 -

Marseille. Tant de kilomètres, tant d'imprévus, tant de trucs à dire sur ce bled. Marseille la pionnière, plus ancienne ville du pays.

La lumineuse, avec son soleil et son hospitalité.

La survivante, rescapée de la peste et du choléra.

La rebelle, de la Commune à la Résistance.

La criminelle, des pirates aux marchands d'esclaves, en passant par la French Connection.

De ces siècles d'or et de sang, il reste peu de choses aujourd'hui. À cause de la nuit, peut-être. Certes, en traversant la ville, j'ai entraperçu son héritage historique, mais le passé semble avoir succombé au présent avec son métro *chic*, son *super* tunnel sous le Vieux-Port. La France des grands travaux, comme à Paris, où l'obsession de la modernité prime sur le bien-être des habitants. Ici, dans ces maisons délabrées, ces HLM à l'architecture laide et froide.

Cité Air-Bel.
Quatre tours.
Et c'est tout.

Étrange ghetto où le béton côtoie les collines, loin, très loin du centre-ville. Je ralentis, franchis l'enceinte, et mes phares lacèrent la nuit, révélant un vaste parking. Détritus. Chat crevé. Scooter carbonisé. Cabine téléphonique renversée. Je roule lentement, ne compte que deux réverbères éclairés, avant d'apercevoir un rat énorme. J'ai l'impression d'être dans un film post-apocalyptique. Jamais vu une telle zone, même dans les pires banlieues d'Île-de-France. Et des gens vivent ici.

Je manœuvre le volant, évitant au max les bris de verre, dépasse quelques bagnoles épargnées, d'autres totalement désossées. Ça pue le chômage et la résignation. Ce Marseille-là, je le vois jamais sur les cartes postales. Une ville sous tension, où se côtoient des milliers d'Algériens et de pieds-noirs rapatriés. Tandis que je traverse le parking, là-haut, quelques fenêtres s'illuminent : Air-Bel se méfie.

— Ouaiiiiiiiiis !

Des gamins, en train de jouer au foot. Ils me voient passer, m'arrêter devant la tour 3, reprennent leur match. 23 heures ; ils devraient être couchés depuis longtemps. Je sors, happé par la nuit chaude, et me dirige vers l'immeuble, parcours l'interphone. « Yazid », « Traoré », « Dubois », « Hougassian »... toutes les couleurs de la France empilées sur dix-huit étages. Les noms se succèdent jusqu'au Relais de l'espoir, au sixième. Je sonne, attends, rappuie. Toujours rien. Téléphoner ? Vu l'état de la cabine, je me résous à regagner la R5 et allume une clope, tandis que le match de foot se termine. Le groupe se sépare, l'un des gamins s'oriente vers la tour 3. Je songe à le rejoindre, le questionner sur l'asso, mais on pourrait me voir et ça dégénérerait.

Car je ne suis pas n'importe où.

Je suis à Marseille.

La ville où la p'tite Marie-Dolorès a été kidnappée, trucidée.

Quatre ans déjà, mais c'était hier. Je nous revois, ta mère et moi, horrifiés devant la télé. Ranucci – vingt-deux ans. Christian Ranucci, accusé, condamné, guillotiné. L'une des plus grandes erreurs judiciaires de l'histoire du pays. Je fume en pensant à lui, consulte ma montre. Bientôt minuit ; peu de chances qu'un riverain me renseigne. Et pour me dire quoi ? Que l'asso est fermée ? Qu'elle rouvrira demain ? La nuit va être longue.

J'écrase ma clope, fouille parmi les cassettes à la recherche du dernier Gainsbourg. Tu vas voir, ma chérie. L'histoire d'un mec fou amoureux d'une nana qui baise avec tout ce qui passe, et qu'il finit par tuer. Je ne te l'avais pas fait écouter car il y a des gros mots dans certaines chansons, mais il est temps que tu découvres ce chef-d'œuvre. J'enclenche la cassette, et c'est parti pour *L'Homme à tête de chou.* L'intro, l'atmosphère... géniales. Et le morceau suivant, aussi. Les pistes, les minutes s'enchaînent jusqu'à *Flash Forward*, ma préférée. Celle où le mec la prend en flag', où tout bascule.

« Un soir qu'à l'improviste, CHTAC !
Je frappe à ma porte, TOC TOC ! »

Air-Bel s'évapore dans la nuit. La cité, la colline, Marseille tout entière est balayée par la rythmique, lourde, vénéneuse.

« Sans réponse, je pousse le loqu-
Et, j'écoute gémir le hamac
Grincer les ressorts du paddock »

Gainsbourg au firmament. Batterie métronome, synthé démoniaque, guitare aux accents fielleux, puis ces mots qui claquent.

« Elle était entre deux macaques,
Du genre festival à Woodstock
Et semblait une guitare rock à deux jacks »

T'entends ça ? Il réinvente notre langue. Des siècles d'écrivains, de poètes et de philosophes fusionnés avec la rue, dans un groove sidérant. J'ai beau connaître l'album par cœur, je me fais avoir une fois de plus et m'enlise avec délice... bercé... envoûté... TRANSPERCÉ par un vacarme tonitruant. Chaos de métal et de verre. La bagnole s'affaisse, grince effroyablement et je découvre un corps sur le capot. Un jeune Maghrébin, la gueule en sang étalée contre le pare-brise.

(Horreur)

Il geint...

(Panique)

... et je sors, bouleversé, me rue sur le mec. Ses gémissements, son corps disloqué – je sais pas quoi faire, par où le manipuler. Il glisse du capot, je le retiens avant qu'il ne s'écroule. Craquement – sa clavicule à vif. Chair. Sang. Cris, là-haut, où deux mecs m'interpellent du troisième étage :

— Bouge pas !

— On arrive !

Ils disparaissent du balcon. Et le jeune dans mes bras, avec son suicide raté. Il aurait pu sauter hier ou demain, mais non, il fallait que ça tombe sur moi. Il s'agrippe à ma chemise, la cité se réveille dans l'effroi. D'un immeuble à l'autre, des fenêtres s'éclairent : « Aidez-le ! », « Emmenez-le à l'hosto ! », ce que je me décide à faire en le traînant jusqu'à la portière arrière.

Pousse-toi, ma chérie ! Pousse-toi, bordel ! Je l'allonge sur la banquette, où il se tord de douleur, quand les autres sortent de l'immeuble. Ils étaient deux, ils sont cinq et armés de battes de base-ball :

— OH ! QU'EST-CE TU FOUS ?

— C'EST NOT' BOUGNOULE !

Alors, je comprends.
Ratonnade.

Ils accourent, je me jette au volant et démarre. Gainsbourg. Frein à main. Marche arrière. Coup de batte, et ma vitre vole en éclats. Je fais demi-tour, mes pneus criiiiissent, je renverse malgré moi l'un de mes assaillants. Son tee-shirt – « Comité de défense des Marseillais » – se déchire dans les hurlements de mon passager. La horde martèle mon coffre, explose mes phares. Une camionnette surgit avec trois gars à l'arrière. Même haine, mêmes battes. Ils sautent du véhicule et me traquent avec leurs potes :

— Arrête-toi !

J'accélère, terrifié. Des fenêtres, les riverains leur jettent des bouteilles et des boules de pétanque. L'une échoue sur mon capot, je perds le contrôle, le reprends. Et les plaintes du jeune. Et ces gens, qui sortent des immeubles pour s'attaquer aux agresseurs. Baston générale. Partout, les corps se tordent dans un bazar d'insultes : *« Nardin o mouk ! » « Filho da puta ! »* Air-Bel bascule en Babel : arabe, italien, arménien… Marseille révèle toute sa diversité, où l'union fait la force et fait mal, très mal, à ses ennemis. Moi, je zigzague, évitant la foule, et percute une bagnole, m'écrase contre le volant. Sonné, asphyxié, arraché du siège par des enragés. Ils me balancent au sol, font de même avec le Maghrébin et le frappent à coups de batte. Je m'interpose, ils me défoncent...

— Alors ? T'aimes les Arabes ?

... avant d'être neutralisés par la foule. Eux et leurs potes, lynchés, lorsqu'une détonation déchire la nuit. À la lueur du réverbère, je devine une silhouette au fusil pointé vers le ciel :

— ÇA Y EST ? VOUS ARRÊTEZ VOS CONNERIES ?

Je découvre un vieux avec une gueule à la Ventura, en slip et pantoufles, torse nu sous son Perfecto. Les autres sont tout aussi sidérés. Immigrés et racistes, réunis dans la stupeur. Le vieux désigne le Maghrébin inanimé au sol.

— Qu'est-ce vous attendez ? Qu'il crève ? Conduisez-le à l'hosto !

Deux mecs en djellaba s'avancent, le soulèvent, l'allongent à l'arrière d'une vieille Peugeot. Elle s'éloigne à toute vitesse et le vieux enchaîne, fusil sur l'épaule :

— C'est quoi, cette bagnole immatriculée 75 ?

— C'est... c'est la mienne.

— Et qu'est-ce tu fous là ?

— Je cherche quelqu'un qui...

— Ici, on n'aime pas les Parisiens, alors tire-toi ou je t'explose le cul !

Tous les regards se focalisent sur moi, l'intrus. Je me rétablis péniblement, me réinstalle au volant. Mon front – je fous du sang partout. Je mets le contact et le moteur rame, alors je m'acharne sur la clef.

— Allez !

Le vieux s'impatiente...

— Allez, démarre !

... recharge son fusil...

— DÉMARRE, BORDEL !

… et la R5 vrombit enfin. Je recule, entends quelque chose claquer contre le sol. Mon pare-chocs avant, qui s'est décroché, et dont je m'éloigne en opérant un demi-cercle. Scruté par la foule, je traverse le champ de bataille, dépasse la milice – encerclée – puis m'arrête au niveau du vieux :

— Si je vois une cabine, j'appelle la police ?

— Les flics ? Ça se voit que t'es pas d'ici !

— Et… le groupe… qu'est-ce que vous allez faire ?

— On va bien s'amuser. Allez, casse-toi !

Je reprends mon chemin dans la nuit entre les sacs-poubelle, les boules de pétanque, puis quitte la cité. Soulagé mais frustré, puisque je repars comme je suis venu, sans ton assassin. Son prénom, son tatouage – c'est à ça que je pense en roulant, avant d'examiner ma gueule dans le rétro. Les bâtards ; ils m'ont pas raté, mais je m'en tire bien, ça aurait pu être pire. T'inquiète, ma chérie, on reviendra demain, quand ce sera plus calme. Hein ? « Attention » ?

Alors, le choc.

- 23 -

Tendre.

Si tendre.

Là, sous ma nuque.

La chaleur d'une paume, délicate. De celles qui subliment l'argile pour enfanter le divin. Une main, puis d'autres sur mes bras, mes hanches, qui me portent et me parlent : « Ne bougez pas, tout va bien. »

- 24 -

« Réééécré A ! Enfin Récré A2 ! »

Réveil au son d'un générique télé. Synthé et boîte à rythmes : l'enfer. Ma tête – impossible de la bouger. Si, un peu, au prix d'une douleur qui m'enflamme la tronche. Et cette migraine, si intolérable qu'elle compte pour mille.

« Bonjour, les enfants ! Vous allez bien ? »

À l'écran, je reconnais la speakerine Dorothée. Les autres personnes, je m'en fous, car je me découvre vêtu d'une blouse dans un lit aux draps pâles, ce blanc étouffant qui n'existe que dans les hôpitaux. Mon impression se confirme à la vue de la chambre, morne, mon jean et ma chemise tachés de sang pendus à un cintre, cet autre lit où une petite vieille aux énormes lunettes regarde l'émission, télécommande en main.

— Bonjour.

— Bonjour, jeune homme.

Elle m'a répondu sans quitter l'écran des yeux, concentrée sur l'émission. On y rit et s'amuse ; le genre de truc qui t'aurait plu. La vieille zappe sur FR3 – publicité –, enchaîne avec TF1 – reportage sur les phacochères – puis regarde par la fenêtre, où j'entrevois Notre-Dame-de-la-Garde sous un soleil éclatant. Sur la table de nuit, mon portefeuille côtoie un gobelet d'eau et un petit miroir. Je le prends, détaille mon arcade enflée, les pansements reliant mes joues, me tourne vers la vieille :

— On est où ?

— À la Timone.

— Mais...

— Vous avez parlé cette nuit, ça m'a *ompêché* de dormir.

Son accent. J'ignore d'où il vient, mais ça me fait sourire.

— Ce n'est pas *jontil* de vous moquer de moi.

— Je ne me suis pas moqué de vous.

— Si, mais j'ai l'habitude. Même mes petits-*onfonts* rigolent de mon *axon*. Ils ne se *rondent* pas compte. Pour une Polonaise, c'est compliqué, le *Françai*s.

— J'imagine.

— Par *exomple*, le petit de la brebis, c'est l'*agnou*, et en cuisine, on épluche un *agnou*.

— Ah, ouais...

— Et quand l'eau chauffe, on dit *sabou*, et à la ferme, on met des *sabou* aux pieds. Vous voyez ? C'est compliqué, le *Français*.

— Vous le parlez très bien, madame... Bon, je vais sortir un peu.

Je galère à enfiler mes tennis, saisis mon portefeuille. La vieille râle lorsque je passe devant la télé, peste contre le grincement de la porte. Long couloir aux relents de Javel, où patients et médecins se croisent sans se voir. Café, vite. J'avance, dépasse la salle d'attente et m'arrête devant le distributeur de boissons, auquel est adossé un mec en jogging. Stone, le menton baveux, il me regarde insérer les pièces : un spectacle dont il ne rate rien, qui culmine avec le remplissage du gobelet. Je m'éloigne du côté de la vitre pour boire mon café tranquille, à l'écart des autres. La première gorgée épure mon esprit, la suivante y réactive le jeune en sang, l'émeute dans la cité.

— Ça va ?

Je me tourne et me retrouve face au vieux de la nuit dernière. Toujours torse nu sous son Perfecto, sans son fusil, mais avec jean et santiags.

— Qu'est-ce que vous faites là ?

— C'est moi qui t'ai conduit ici. Tu t'es pris un platane.

— Ah... merci... je croyais que t'aimais pas les Parisiens.

— Si l'un d'eux sauve un Marseillais, on peut bien lui rendre la pareille.

— Le jeune, comment il va ?

— Il s'en sortira. Heureusement que t'étais là.

Je lorgne la salle d'attente, repère une chaise libre entre une ado et un légume au look mi-gitan, mi-rasta. Une seule place, donc. J'envisage de m'y asseoir, mais l'éventualité d'un échange en diagonale me déplaît, alors je reste debout.

— Et ma bagnole ?

— Je l'ai garée à Air-Bel.

— Mais... il y a mes affaires...

— Personne n'y touchera, t'inquiète.

— Ben si, je m'inquiète, après ce qu'il s'est passé cette nuit.

— C'est vrai que t'es flippé comme mec. Léo avait raison.

Je marque un temps d'arrêt, avant de faire le lien avec le Toulousain de l'asso.

— C'est toi, Jules ???

— T'as l'air déçu. Tu t'attendais à quoi ?

— Je sais pas... en tout cas, pas à un mec avec un fusil. Je t'offre un café ?

— Je préférerais un Ricard, mais il n'y en a pas ici. Alors, t'es un pote de Yannick ?

— Ouais.

— C'est quoi ton nom ?

— Franck.

— Il m'a jamais parlé de toi.

— Pourtant, on a pas mal traîné ensemble.

Il me fixe durement, et quelque chose me dit que c'est bien qu'il n'ait pas son fusil avec lui. Jules, sur un ton sec :

— C'est toi qui l'as initié à l'héro ?

— Non.

— Te fous pas de ma gueule.

— C'est pas moi, je te dis. Je suis clean.

Je remonte mes manches pour lui montrer mes avant-bras. Il les parcourt d'un œil suspicieux, puis se détend enfin.

— Désolé, mais si tu voyais les jeunes de l'asso, les ravages de cette merde... des années que je galère à essayer de les sauver...

— Je comprends. Paraît que Yannick s'est trouvé une nana ?

— Jane, l'une de mes pensionnaires. Entre eux, ça a été le coup de foudre. Ils se lâchent plus, ils sont partis pour décrocher ensemble.

— C'est super, ça.

— Parfois, le seul remède, c'est l'amour. Ou la religion. J'ai connu un mec qui...

— Je suis content pour Yannick. J'ai hâte qu'il me présente sa meuf.

— Oh, va falloir attendre un peu.

— Pourquoi ?

— Je t'ai dit, ils sont partis. Vraiment partis. Ils sont allés se marier en Guyane.

Une baffe. Un coup de massue. Non, une bombe. Voilà, c'est exactement ça : mon cerveau a tout d'une explosion atomique, dont le nuage incandescent dessine les contours du mot « Guyane ». Bordel de merde ! Je n'y crois pas, je refuse d'y croire, je rejette de toutes mes tripes l'idée d'aller dans ce pays étranger...

— *Papa, la Guyane, c'est la France !*

— *La France super loin.*

— *C'est quand même pas à l'autre bout du monde !*

... et j'accuse le coup. Ça doit se voir, puisque Jules me tape sur l'épaule.

— Eh, remets-toi, mec !

— Qu'est-ce qu'il est allé foutre là-bas ?

— Je t'ai dit, ils vont se marier.

— En Guyane... où ça ?

— À Saint-Luc. Il m'a parlé d'une église. Ensuite, avec Jane, ils iront dans un village de hippies. J'étais pas chaud, ça se défonce souvent dans ce genre de trip, mais la communauté a l'air clean.

Je me contiens. Yannick. Après t'avoir tuée, cette raclure est donc allée se refaire un karma chez les hippies. Ça, je t'ai jamais raconté. Il y a dix ans, avant de rencontrer ta mère, j'ai vécu six mois dans un squat du même genre. Au début, c'était sympa : on baisait, on se défonçait en causant politique, puis ça s'est dégradé. Les autres parlaient de révolution, mais étaient incapables de se mettre d'accord sur qui ferait la vaisselle et nettoierait les chiottes, alors je me suis tiré. Jules continue de parler, me dit que c'est un prêtre américain qui a fondé le village, et je désespère en imaginant Yannick aussi loin.

— La Guyane, bordel...

— Tu le reverras, Yannick. Il faut juste attendre quelques mois.

— Je... je peux pas.

— Pourquoi ?

- 25 -

Un mec bien, Jules. Pas étonnant qu'il s'occupe des tox, il a la générosité nécessaire. Mais Jules n'a pas que ça, il a aussi un sacré réseau. « Les quartiers, c'est la zone, on est livrés à nous-mêmes, alors on s'entraide », et je confirme : il m'a trouvé une piaule, un passeport à 500 balles et un avion pour la Guyane. Normalement, les vols se font à partir de Paris, mais il a fait jouer ses relations pour que je puisse retrouver *mon pote Yannick* au plus vite. Ouais, un mec bien, Jules. Bien et naïf, lorsque je lui ai dit que j'avais un cancer du pancréas et qu'il me restait deux mois à vivre.

Non, ma chérie, j'ai pas honte. Plus j'y pense, plus cet odieux mensonge m'investit d'une fierté rarement ressentie, à laquelle je trinque sur le Vieux-Port. Vu la renommée, je m'attendais à mieux. Jamais vu autant de misère au mètre carré. J'aurais pu aller dans les quartiers chics, mais j'ai choisi ce coin car c'est ici que Gene Hackman a tourné la suite de *French Connection*. C'est fou, quand même : Hackman/Marseille. Le choc des cultures.

Je troque ma clope contre ma pinte, regarde le serveur se démener en terrasse. Beaucoup de monde.

Jeunes, vieux, grands, petits, Blancs, Noirs… la clientèle est un échantillon de la ville. À droite, ça parle CGT. À gauche, ça parle arabe. Ici, ça critique les mecs et le paternalisme. Ouais, j'entends tout. Marseille, la ville des gens qui parlent fort, comme ce couple débattant au sujet de Sardou :

— C'est un facho, je te dis !

— Mais non. Il est provoc, c'est tout.

— Tu rigoles ? T'as écouté *Le Temps des colonies* ?

— Ben quoi ? Tout ce qu'il dit, c'est vrai. La France s'est toujours servie en Afrique.

— Sauf qu'il le dit d'un air cool.

— Sur un air enjoué. C'est une satire. Sardou aime remuer la merde, comme dans *Les Ricains*. C'est vrai qu'ils ont libéré nos villages. Il le rappelle à ceux qu'ont tendance à l'oublier et ça fait pas de lui un pro-Américain.

— Mm… et *Les Villes de solitude* ? « J'ai envie de violer des femmes ».

— Ça parle d'un loser, qui picole et rêve de pouvoir. T'as jamais de pulsions, toi ?

— En fait, quoi que je dise, tu prends toujours sa défense.

— Non. J'écoute ses textes, c'est tout.

— Et *Je suis pour*, ça te choque pas ? « J'aurai ta tête » !

— Pff… il y a plein de films, de bouquins, qui parlent de vengeance, et ça choque personne, sauf quand c'est Sardou. S'il était de gauche, on lui casserait pas les couilles.

— C'est sûr, Sardou, c'est pas Ferrat.

Ils continuent, et une image insolite se forme dans mon esprit : Sardou affublé de la moustache de Ferrat. Ça m'amuse le temps d'une gorgée, la dernière, puis les klaxons me ramènent au quartier suintant la misère.

Du Vieux-Port aux quartiers nord, c'est à se demander ce que fout la mairie socialiste. Je hais la droite, mais j'exècre davantage la gauche, du moins ceux qui s'en réclament. Après avoir trahi Jaurès et Blum, voilà qu'ils trahissent le peuple. Un jour ou l'autre, tout se paie. Yannick.

— S'il vous plaît !

— Oui, monsieur ?

— La même chose.

Le serveur repart avec mon verre vide, je m'enfonce dans la chaise et fume en pensant aux deux jours qu'il me reste à tuer. Je suis prêt, j'ai tout acheté, le sac à dos, les fringues de rechange, le guide sur la Guyane et le nouveau *Best* avec Jagger en couv. J'ai hâte de le lire, mais je me les réserve pour le vol.

C'est dur d'être obligé de poireauter. Insupportable. Car je suis prêt, bordel, je pourrais décoller maintenant, même si je dois encore faire les vaccins contre la fièvre jaune, les hépatites, etc. Rendez-vous demain matin, au cabinet du docteur Sino, un pote de Jules. En attendant, je fume et observe la rue. Ses bagnoles, ses passants, puis ce jeune couple, qui se promène sur le quai. Ils marchent d'un pas léger, le sourire aux lèvres, penchés au-dessus de leur poussette. S'ils savaient.

- 26 -

23 heures passées.

Seul, avec mes pansements, dans la cabine téléphonique. J'insère les pièces, compose le numéro de ta mère et attends, concentré sur l'aéroport Marseille-Provence. Sa tour de contrôle, ses pistes balisées de lumières qui se perdent dans la nuit.

— *Franck ?*

— Ouais.

— *Vu l'heure, je me doutais que ce serait toi.*

— Ça aurait pu être ta mère.

— *Ça fait longtemps qu'elle n'appelle plus aussi tard.*

Deux ans et cinq mois, exactement. Week-end de Pâques chez les beaux-parents ; sauté de veau et rosé. Un chouette moment en famille où, après la énième discussion politique, sa mère a remis ça avec ses angoisses existentielles, celles des coups de fil qui te réveillaient à minuit. Bref, j'ai recadré mamie.

— *Franck ?*

— Je suis là. Je voulais te dire que...

— *Moi aussi, j'ai un truc à te dire. Le commissaire m'a contactée, ils ont arrêté un toxicomane qui correspond au signalement.*

— Chirihane…

— *Il a effacé son tatouage, mais les deux sœurs sont revenues pour l'identification et l'une est quasiment certaine que c'est lui.*

— Je comprends que tu t'emballes, mais il est en Guyane.

— *Hein ???*

— Je sais. Je ne m'y attendais pas, moi non plus.

— *C'est impossible. Je te dis que les flics l'ont arrêté !*

— Et moi, je te dis que ce n'est pas lui. Mon info est fiable, je connais deux personnes dans deux villes différentes qui l'ont côtoyé.

— *T'en sais rien. Ils t'ont peut-être dit ce que tu voulais entendre… Franck… je ne sais pas pourquoi tu t'acharnes, mais reviens, s'il te plaît.*

— Mon avion décolle dans vingt minutes.

Elle commence une phrase qui s'interrompt dans un sanglot contrôlé, et les secondes qui suivent ne sont que silence. Le même que la dernière fois. Nous qui parlions tant, qui passions des nuits à discuter dans le bureau et à refaire le monde autour d'une bouteille, nous voici désormais réduits à la gêne grotesque du non-dit, comme deux étrangers.

— *Franck… tu me fais peur.*

— T'inquiète, je sais ce que je fais.

— *Non ! Reviens, et on ira au poste. Il faut que tu le voies, qu'on le voie ensemble !*

— C'est pas lui, tu perds ton temps. Désolé, il faut que je te laisse.

— *Attends !*

— Quoi ?

— *Appelle-moi dès que tu es arrivé. Et fais attention.*

— Promis. Allez, prends soin de toi.

— *Toi aussi… je… je t'embrasse.*

Je songe à lui dire la même chose, par réflexe ou nostalgie, mais je raccroche. Sors de la cabine. Observe ma R5. Son capot enfoncé, sculpté au platane, puis l'habitacle avec mes cassettes, tes peluches. Ça a intrigué Jules, qui a eu la décence de ne pas me questionner. Il avait prévu de rester jusqu'au décollage, mais une nana est venue le chercher à moto – tentative de suicide à l'asso – et il a dû partir précipitamment. Ça m'arrange. Certains moments nécessitent d'être seul.

Le ventre noué, je dévisse le bouchon du jerrican, asperge la carrosserie, les sièges, tes dessins. L'essence s'y imprègne et souille ton imaginaire, tes princesses aux longues tresses. Quelques giclées d'essence, encore, et je balance le jerrican, allume une clope. M'en veux pas, je suis obligé de le faire. Je sais que c'est notre *maison* et c'est justement pour ça que je le fais, pour que personne n'y touche, pour qu'elle reste à nous pour toujours. Rien qu'à nous. Et puis, dans mon sac, j'ai gardé l'essentiel : ta robe violet prune, celle que tu portais ce jour-là.

Dernière taf', et je jette ma clope à l'intérieur de la bagnole. Une, deux, cinq flammes apparaissent, se multiplient pour enlacer mes cassettes. Rock, pop, psyché... mes idoles se déforment et s'embrasent, unies dans le même crépitement. L'égalité par le feu, où les seules nuances sont celles de ces arabesques bleutées aux reflets safran. C'est beau, c'est douloureux, c'est l'heure d'y aller. Je mets le sac sur mon épaule, m'oriente vers le tarmac. En face, les moteurs du DC-10 commencent à vrombir, brûlant mes larmes.

- 27 -

Trois heures.

VRRRRRRRRRRRRRRRRRRRR !

Trois heures avec ça.

VRRRRRRRRRRRRRRRRRRRR !

Et je n'en suis qu'au tiers du voyage. J'ai essayé de lire *Best*, mais impossible de me concentrer. Depuis, je me fais chier dans ce DC-10 converti en avion-cargo. À bord, on est dix : les deux pilotes que je n'ai pas vus, les six militaires qui jouent aux cartes et ce jeune en chemisette à quelques mètres de moi, qui lit *Le Provençal*. « Hubert Meyrieux, enchanté ! » – envoyé par le secrétaire d'État aux DOM-TOM. Il m'a demandé ce que je faisais là, j'ai dit que j'allais rejoindre ma famille à Cayenne et il n'a pas cherché à en savoir plus : Meyrieux, un ami d'un ami d'un ami de Jules. Marseille, une ville à part.

J'observe les motoculteurs, les palettes enveloppées de plastique : cinquante tonnes d'engrais, de plants et d'ustensiles destinés aux Hmongs. J'avais jamais entendu parler d'eux, alors Meyrieux m'a expliqué que ce peuple avait rallié la France, puis les Ricains, en Indochine pour combattre *la menace rouge*. Le problème, c'est que les cocos ont pris le pouvoir, alors les Hmongs ont eu chaud au cul. Sur les milliers de demandeurs d'asile, des centaines ont été dispatchés en Guyane pour la repeupler et booster l'agriculture.

Je me sens à plat ; ça doit être à cause du vaccin. Un soupir, et je fixe Meyrieux, concentré sur son journal. Je lorgne la une, entrevois des chiffres : sondage sur la peine de mort – 58 % de partisans – avec retour sur la p'tite Marie-Dolorès et interview des avocats de Ranucci, qui exigent la révision du procès.

— Il était temps.

— Parlez plus fort, me dit-il, je n'entends rien !

Je me rapproche.

— La révision du procès Ranucci. Il était temps.

Meyrieux esquisse un rictus, ce qui m'intrigue.

— Quoi ?

— Ranucci était coupable. J'ai des contacts au SRPJ, je connais des journalistes qui ont bossé sur l'enquête, et je vous garantis que ce n'est pas une erreur judiciaire.

— Heu... il y a quand même des zones d'ombre.

— Comme ?

— Ses aveux, sous la pression des flics.

— Aucune trace de coups n'a été constatée par les médecins. Il a tout balancé dès le début : le rapt, son couteau planqué dans la boue... des aveux complets, réitérés.

— Et le pull retrouvé sur le lieu du crime ?

— Non, à un kilomètre, mais Ranucci y a vu une opportunité : « C'est pas moi le tueur, c'est l'homme au pull-over rouge. » Puis, sa mère a fabriqué le truc avec les médias, en payant une femme pour un faux témoignage.

— Sérieux ?

— S'il n'y avait que ça. En avril et en juin, juste avant le rapt, il a été vu dans deux autres cités en présence de gamins. Même look, même bagnole, même procédé : « Les enfants, je cherche mon chien noir, vous m'aidez à le retrouver ? »

— Merde… et ces gamins… il les a tués ?

— Non, heureusement. Il devait être en repérage.

Abasourdi, j'accuse le coup.

— J'en reviens pas…

— C'est normal. Belle gueule, bien éduqué… il avait le profil du parfait innocent, fils d'immigrés victime de racisme, etc. Pour ce qu'il a fait, il méritait la perpétuité, pas la mort. La guillotine est d'une barbarie sans nom. Enfin, ce n'est que mon avis. Vous en pensez quoi ?

Je ne réponds rien, abasourdi, et Meyrieux reprend sa lecture. Je sens qu'il ne m'a pas tout dit, qu'il a d'autres révélations à partager, mais je ne veux plus rien entendre. Christian Ranucci coupable, alors que j'ai passé quatre ans à le défendre face à ceux qui réclamaient sa tête. « Il méritait la perpétuité, pas la mort. »

Yannick, si.

- 28 -

— Ceinture !

L'ordre s'accompagne d'un geste, Meyrieux mimant la sangle de mon harnais. Je remets les bretelles et, comme lui, me harnache fermement. Secousses. Les vibrations bousculent mon cerveau, pulvérisant ce qu'il y restait de sommeil. À droite, Meyrieux – bras croisés, jambes étendues – m'adresse un sourire dont je ne saisis ni le sens ni le but. En face, les militaires sont attachés eux aussi, alignés en brochette kaki. La carlingue et les palettes claquent, assourdissantes, tandis que l'appareil amorce sa descente.

Excitation.

Yannick.

Agrippé aux accoudoirs, je regarde ma montre, mais n'y vois qu'un flou frénétique. L'avion rugit : fracas et grincements distordus. En face, les motoculteurs s'entrechoquent. Peur qu'ils se décrochent, m'écrasent. Ma chérie. Me broient. Ma chérie, je t'aime. Ça y est, on touche la piste. Séisme. Ça geint, ça tonne, du sol à la paroi supérieure, et mes tympans se débouchent dans la furie du DC-10… 9… 8… 7… 6… 5… 4… 3, eeeeeeeeeeeet l'appareil se stabilise enfin. Retour au silence, qui m'a tant manqué durant le vol. Je me relâche dans le siège. Les militaires sont déjà debout, avec leurs sacs à dos et leurs armes en bandoulière.

— Café ?

Meyrieux, un thermos à la main. Je me détache, fais craquer mes cervicales.

— Je veux bien, merci.

Il remplit deux tasses et j'avale une gorgée, savoureuse. Mon premier véritable arabica depuis que j'ai quitté Paris. Un plaisir en appelant un autre, l'envie de tabac se fait pressante. Meyrieux s'empare d'un petit spray. Répulsif antimoustiques, qu'il vaporise sur ses bras, son cou, ses mollets, avant de me tendre la bombe.

— Vous pouvez le garder, on en a tout un stock.

Je le remercie, me vaporise en toussant, glisse le spray dans ma poche. Meyrieux, enfilant une parka :

— Vous devez être pressé de retrouver votre famille.

— Oui... j'ai hâte.

— Le bus pour Cayenne part d'ici une heure. Les chauffeurs conduisent comme des dingues, mais n'ayez crainte, ils sont pros.

L'un des pilotes sort du cockpit, desserre sa cravate d'une main lasse, déclenche l'ouverture de la porte. Il me salue d'un hochement de tête, avant de sortir. Dernière gorgée, puis je pose la tasse, enfile ma veste. Dans la poche intérieure, mon passeport et mon enveloppe avec 2 000 balles. C'est sans doute trop, mais en une semaine, je me suis habitué aux imprévus.

— Merci encore.

— De rien. Et bienvenue en Guyane !

Les militaires détachent les motoculteurs, retirent les cales. Meyrieux les rejoint et, à sa posture, ses mains sur les hanches, je vois qu'il m'a déjà oublié. Sac sur l'épaule, je traverse l'avion en direction de la sortie, où j'entrevois la nuit. Quelques mètres encore, quelques marches, et je m'arrête à la moitié de l'escalier.

L'air.
Chaud.
Tranchant.
Alourdi d'une incroyable moiteur.

— Pardon !

L'autre pilote, derrière. Je vacille, pose ma main sur la rampe et. Continue. De. Descendre. Usé, un peu plus courbatu à chaque marche. L'atmosphère, dense, qui scie mes fémurs jusqu'à la moelle.

Je foule la terre, essoufflé, écrasé sous le poids du sac. Vertige et nausée se disputent mon âme, qui s'apaise sous l'effet d'une vision : la lune rousse, dominant une forêt de palmiers enlacés par une brume argentée. Sublime. Ouais, mais je ne suis pas dupe. Moi, le Parisien, fils du béton et de la pollution, je ne suis qu'un vulgaire touriste au ressenti exotique post-colonial. Plus j'y pense et plus mon cœur s'assèche, nécrosé par le cafard à 8 000 kilomètres de chez moi, de mes racines. Déprime extrême, où je me sens amputé de ce que j'ai de meilleur, comme si j'étais venu ici avec le pire de moi-même.

Des mecs en shorts accourent. C'est donc ça, les Hmongs : des nabots bridés à la maigreur de fakirs. Ils s'agglutinent à l'arrière de l'avion, où les militaires descendent la cargaison sur des transpalettes. Assailli de moustiques, j'allume une Winston et la flamme perturbe la nuée, qui se reforme pour brouiller ma vue. J'agite la main, règle ma montre sur 4 h 42. Un rouage s'articule, une aiguille recule, et je me sens enfin en Guyane. Le Temps, cette escroquerie.

J'avance dans la nuit finissante, où de jeunes métis fument devant une rangée de bagnoles. Ils me ciblent et se ruent sur moi. Au harcèlement des moustiques s'ajoute – « Taxi ? » – celui des chauffeurs – « Taxi ? » – entravant mon trajet – « Taxi, monsieur ? » L'un entreprend d'ôter mon sac, je le repousse.

— Tire-toi !

— C'est pour vous aider, monsieur !

— Tire-toi ! Cassez-vous ! Tous !

Ils me lâchent la grappe et retournent devant leurs bagnoles, tandis que je repère un Noir dans un taxi isolé. Mon futur chauffeur. Pourquoi lui et pas eux ? Ma chérie, tu sais bien que je déteste qu'on me force la main. Et ces gars, comme tous les crève-la-dalle du monde, transpirent la roublardise. Non, c'est vers lui que je m'oriente, et tant pis si j'ai quelques regrets en découvrant la carrosserie défoncée de son tacot. Au volant roupille un vieillard en marcel, le visage taillé dans l'écorce. Sa casquette Total et son bermuda aux couleurs du Brésil complètent le tableau, auquel s'ajoute une bouteille de Coca sur le siège passager. Je m'approche :

— Bonjour.

Il émerge et, voyant ma gueule, réajuste sa casquette.

— Bonjour, monsieur !

— Je vais à Saint-Luc.

— Oh, c'est loin, ça ! Il y en a pour une bonne heure !

— J'ai de quoi payer.

Je sors l'enveloppe discrètement, lui montre mes billets. Ses yeux s'écarquillent, trahissant sa vie de misère. Il ouvre sa portière pour sortir.

— Je vais mettre votre sac dans le coffre, monsieur !

— Je préfère le garder avec moi.

— Comme vous voulez, monsieur !

Ses « Monsieur ! » m'exaspèrent, m'enferment dans le rôle d'un riche Métropolitain que je ne suis pas. J'ouvre la portière, balance mon sac à l'arrière et m'y installe. Habitacle aux odeurs mêlées de vieux cuir et de lard fumé. Ce reste de sandwich sur le tableau de bord, à quelques centimètres d'un crucifix et d'une photo avec trois gamins aux sourires éclatants. Le chauffeur tousse, le moteur aussi, puis nous voilà sur la route sinueuse. La lune se perd dans le ciel, où l'aube se profile.

— C'est votre première fois en Guyane ?

— Ouais.

— Vous venez d'où ?

— Paris.

— Et...

— Pas envie de parler.

Le mec se vexe ; sourcils froncés dans le rétro intérieur. Je me concentre sur le paysage, et les moustiques, les minutes, les arbres s'accumulent. Je ne crois pas en avoir vu autant depuis l'enfance ; vacances dans le Jura chez tonton Mimi. Un mec super. S'il était encore là, il t'emmènerait cueillir des myrtilles et vous feriez les tartes ensemble, sur la terrasse. Et puis, il t'aurait couverte de cadeaux, comme ce camion en plastique qu'il m'avait offert. Il y avait des logos « Police » pour les portières, en décalcomanie, et tu sais quoi ? En voulant les coller, Mimi s'est trompé de côté et les motifs se sont imprimés sur son paquet de tabac. On s'est bien marrés, ce jour-là.

Le chauffeur opère un virage, je consulte ma montre. 5 h 18. J'ai rien vu passer, ni le temps, ni la disparition des arbres au profit d'une épaisse végétation. Seule constante, la brume, où résonnent des cris rauques particulièrement désagréables.

— C'est quoi, ce bruit ?

— Ah ! Vous voulez parler, maintenant ?

Il n'a pas digéré notre dernier échange et me le fait payer. C'est de bonne guerre, sans compter qu'il a un avantage : il sait que je ne peux me permettre de gueuler, ni exiger qu'il me laisse ici, dans ce néant brumeux, loin de tout.

— Alors, c'est quoi ?

— Les singes hurleurs.

— Et c'est tout le temps comme ça ?

— Oui, monsieur.

— Même la nuit ?

— Non. La nuit, c'est les arbres.

Je n'ai rien compris, mais ne demande aucune explication, car j'ai mieux à faire : fouiller mon sac. Au toucher, je devine le plastique de la bouteille d'eau, le tissu de mes fringues, la douceur de ta robe violet prune, le carton de la boîte de médocs. Chercher, puis trouver le couteau à cran d'arrêt. Ma vengeance, que je serre fermement, tandis que le chauffeur fredonne un air enjoué aux sonorités créoles.

- 29 -

Il avait dit « une heure ». D'ici peu, ça en fera deux. La faute à cet arbre en travers de la route. Demi-tour, détours... et ces pelleteuses qui avançaient à deux à l'heure. Le chauffeur devait être habitué puisqu'il n'a même pas klaxonné. J'aurais aimé dormir, comme toi, ça aurait fait passer le temps, mais je pensais trop à Yannick.

Depuis, j'observe la nature dont le jour révèle les innombrables nuances de vert, où apparaît un panneau « Saint-Luc ». Enfin. L'autre ralentit, traverse un village aux allures de Club Med où paradent des Blancs en Ray-Ban, où de clinquants 4 x 4 dépassent de hauts bâtiments en pierres blanches. Mairie, école, gendarmerie – les drapeaux et les infrastructures se succèdent, nombreux. Surenchère de bleu-blanc-rouge, tentant de maquiller la verdure environnante. Ce que je vois n'est pas la France, mais le modèle français imposé à un pays cadenassé en région. Du moins, c'est mon sentiment.

Peut-être ai-je tort.

Peut-être suis-je bel et bien en France.

Peut-être que mes certitudes en cachent une autre, déprimante : l'absence de Yannick. Trois fois que ce salaud m'échappe, et il y a fort à parier qu'il n'est plus ici.

— Je vous laisse où, monsieur ?

— Devant l'église.

Il contourne la place, dominée par des citronniers. Villas. Végétation. Commerces. Végétation. Caserne militaire. Végétation plus étendue, foisonnante, donnant sur une zone insalubre aux bicoques poussiéreuses, à l'instar des habitants. Métis à l'apparence de vagabonds, gamins jouant avec des détritus, estropiés assis en attente de rien. Le quartier pauvre ; l'église ne pouvait être qu'ici.

— Et voilà !

Le chauffeur coupe son moteur. Je lui donne un billet de 200 – le prix sur lequel on s'est accordés – et il ouvre sa boîte à gants, farfouillant sa monnaie.

— C'est bon, lui dis-je.

— Je ne vais quand même pas vous faire payer les détours.

— Je m'en fous. Où est l'église ?

— Juste après le cimetière. Bon séjour, monsieur !

Je sors et remets mon sac, happé par un relent immonde. Ces cochons suspendus, dépecés par deux mecs. Leurs lames ; gestes à la précision glaçante. Le taxi disparaît et j'avance, couteau en poche. Moustiques. Mouches. Claquements ; des vieilles pilonnant des trucs dans des bols. Elles m'ignorent, mais les autres me scrutent. Je marche, écrasé sous leurs regards. Pression d'autant plus déroutante que je ne sens aucune hostilité à mon égard. Si c'était le cas, j'aurais au moins de quoi les haïr, mais ces gens ne me jugent pas, ils m'observent, c'est tout, et c'est ce qui accroît mon malaise.

Je longe le cimetière, ses croix en bois pourri, et l'église apparaît, humble paroisse en rondins au clocher masqué par les lianes. Les portes sont ouvertes, à l'entrée desquelles est assis un lépreux. Ses moignons bosselés.

Son visage rogné. Son œil globuleux, sans sourcil ni paupière, qui me fixe avec insistance. J'entre dans la paroisse et y trouve le mobilier habituel – bénitier, bancs, autel – mais personne pour prier l'autre sur sa croix.

— *C'est triste.*
— *Quoi ?*
— *Tu trouves pas ça triste une église vide ?*
— *C'est vrai... c'est un peu comme du rock sans guitare.*

— Bonjour, mon fils.

Un jeune prêtre à la barbe fournie, panier fleuri dans les mains. Chevelu, bronzé, il a une gueule de surfer qui s'accorde mal avec sa soutane.

— Alors, comme ça, « c'est triste une église vide » ?

— Hein ?

— Le vide n'est qu'illusion. Celui qui croit le constater l'occupe par sa présence.

— Certes... vous êtes le prêtre de Saint-Luc ?

— Uniquement le week-end. En semaine, je suis catcheur le jour et astronaute la nuit.

— Eh bien, vous avez de l'humour.

— « Dieu est humour », et les gens du coin en ont bien besoin.

Il s'en va déposer le panier au pied d'une statue de la Vierge, ajuste les fleurs avec une grande délicatesse. La foi.

— Que puis-je pour vous ?

— Je cherche un ami... un Blanc, en provenance de Marseille.

— Je n'ai rencontré personne ayant l'accent marseillais. Je m'en souviendrais.

— Il est brun, la vingtaine, avec un tatouage sur l'épaule qui...

— Yannick ? C'est moi qui l'ai marié la semaine dernière.

L'évocation de son prénom booste ma haine. C'est la troisième fois qu'un autre nomme ton assassin. Qui a franchi ces portes il y a quelques jours. Qui a foulé ce même plancher. Qui n'est pas à Paris, n'en déplaise à ta mère et aux flics.

— Marié… avec Jane, c'est ça ?

— Oui.

— Et, bien sûr, Yannick n'est plus ici.

— Ils sont partis dans une communauté à Jonestown.

— Ah. Et je dois prendre quel bus pour…

— Le bus ? Jonestown se trouve au Guyana, à 3 000 kilomètres d'ici.

— Quoi ?

— Pour y accéder, il vous faudra traverser la Guyane, puis le Suriname. Avec un guide aguerri, naturellement.

J'accuse le coup, une fois de plus. Je m'attendais à ce que ma proie soit déjà partie, mais pas à ce qu'elle soit si loin. 3 000 kilomètres. 3 000, bordel de merde.

— Vous semblez contrarié. Vous veniez pour le mariage ?

— Mm.

— À deux heures d'ici, vous trouverez un aérodrome privé et…

Je sors, atterré. « Guyana », « Jonestown » – les mots ricochent sous une chaleur incendiaire. Le jour devenu canicule en moins de dix minutes. Je hais ce bled. Je hais sa misère. Je hais ces Guyanes dont je ne sais rien et qui me pompent tout, jusqu'à l'espoir de voir un jour ma vengeance assouvie. Et tous ces gens qui me fixent, me dépècent à distance. Je me sens comme ces porcs décharnés grouillant de mouches.

Abattu, j'allume une clope, fume en pensant à toi, à ta mère qui doit être en train de s'inquiéter. Je l'appellerai dans la journée, quand j'y verrai plus clair. De toute façon, je ne vois ici aucune cabine téléphonique, et pas le moindre taxi.

— Z'avez une cigarette ?

Un jeune métis avec une coupe afro, douze-treize ans, en salopette et tongs.

— T'es pas un peu jeune pour fumer ?

— Allez, m'sieur, s'il vous plaît !

Je lui file une Winston, qu'il allume avec son propre briquet. Tête inclinée, main en coupe-vent, *comme un grand.* Ridicule et touchant à la fois.

— Merci, m'sieur. Vous attendez quelqu'un ?

— Non.

— Vous êtes perdu ? J'peux peut-être vous aider.

— Non, tu ne peux pas. Allez, va-t'en.

— Mais...

— Lâche-moi !

Il acquiesce d'un air dépité et s'éloigne, avant de se retourner.

— J'voulais pas vous embêter. C'est juste que ça peut être dangereux, ici, pour les gens comme vous.

— Ça veut dire quoi « comme moi » ?

— Les gens seuls. Si vous cherchez un endroit, j'peux vous emmener.

— T'es sympa, mais là où je vais, c'est beaucoup trop loin.

— L'aérodrome de Nick est pas si loin. Le père Emmanuel a exagéré.

Je me tourne vers la paroisse, croise à nouveau le regard du gamin.

— C'est pas bien d'écouter aux portes.

— Z'étaient ouvertes. Et pour cent francs, j'vous amène à l'aérodrome en une heure.

Son arrogance ; j'ai envie de le baffer. Son arrogance de p'tit con, mais aussi sa ténacité, qui laisse présager de sales intentions. J'écrase ma clope :

— Écoute... tu te trompes de touriste, je ne suis pas ici pour baiser.

— Vous me prenez pour qui ? J'suis pas un clochard, j'ai un travail, moi !

Il m'indique une Fiat sans pare-chocs, garée à l'ombre d'un arbre mort.

— Tu sais conduire, toi ?

— Ben ouais.

— Et c'est ta bagnole ? Vraiment ?

— Celle de mon père. Depuis sa maladie, c'est moi qui fais les livraisons.

Je consulte ma montre et observe ce gamin, unique opportunité qui s'offre à moi. Je pourrais chercher, me renseigner auprès de la mairie pour trouver d'autres solutions, mais j'ai déjà perdu assez de temps comme ça.

— Cent francs ?

— Et pas un centime de plus !

Il jette sa cigarette, se dirige fièrement vers sa Fiat. Je le suis, soulagé de me barrer d'ici. Le gamin s'installe au volant – sur son rehausseur –, ajuste les cales sous les pédales, puis le rétroviseur extérieur. Moi, je balance mon sac à l'arrière. À peine ai-je refermé la portière que l'autre démarre en trombe.

— Je suis Christian, mais tout l'monde m'appelle « Chris » ! Et vous ?

— Franck.

— OK, Franck ! C'est parti !

À travers la vitre, constellée de moucherons, je vois défiler Saint-Luc à l'envers, de ses habitations délabrées à ses propriétés opulentes avec hamacs, piscines et courts de tennis. Chris allume l'autoradio...

« Ha, ha, ha, ha ! Stayin' alive ! Stayin' alive ! »

... entonne le refrain, puis s'engage sur un chemin rocailleux, bordélique. Mon sac bascule, je le remets sur la banquette, me surprends à pianoter dessus. L'effet disco. Je suis pas fan des Bee Gees, mais ça aurait pu être pire, genre Cerrone. Chris ralentit quand il le faut, accélère lorsqu'il le sent – un p'tit champion de Formule 1 en maîtrise totale.

— Ça secoue pas trop, à l'arrière ?

— Ça va...

— Avec ce raccourci, on gagne au moins une demi-heure !

La chanson s'achève dans un jingle, suivi de *Daddy Cool*. Les moustiques s'invitent dans l'habitacle. Je sors le spray, vaporise mon torse, mon cou, le remets dans ma poche intérieure, et l'angoisse me saisit. Car ce n'est plus une forêt, mais une jungle que nous traversons. Une seconde, je flippe. Une seconde, je suis rassuré à la vue d'une pancarte « Nick Aérodrome ». Chris change de vitesse en chantant Boney M. Le chemin rétrécit, bordé par la végétation, introduisant une clairière traversée de rayons spectraux. Chris freine d'un coup sec, malmenant mes lombaires, puis sort brusquement.

— Hé ! Où tu vas ?

Il s'éloigne en courant, disparaît dans les feuillages. Ahuri, je sors à mon tour.

— Chris ! Qu'est-ce qu'il y a ?

J'avance de quelques pas, frémis à la vue de trois mecs. Visages osseux. Torses nus. Treillis et rangers. L'un tient une machette, les autres ont chacun un flingue.

Je comprends.

Je comprends et recule, butant contre la bagnole.

Piégé comme un connard de touriste. Les mots de ta mère – *« Fais attention à toi »* – me reviennent, narguent ma naïveté de petit Parisien sûr de lui. Immobiles, les autres ne me quittent pas du regard. Chris non plus, en retrait, assis sur un tronc. Dans ses yeux, un mélange de fatigue et de gravité, de culpabilité, peut-être. Terrorisé, je le questionne en silence, il baisse la tête et ramasse une brindille, la tripote nerveusement.

Les autres continuent de me fixer ; c'est dur de soutenir leurs regards. Leur aplomb et ma terreur s'affrontent aux sons de la jungle, animée de bruissements et de cris d'animaux. Les mecs se séparent. L'un va à droite, l'autre à gauche, celui à la machette avance vers moi et s'arrête à une dizaine de mètres. Regard noir et front perlé de sueur. Il resserre ses doigts sur le manche de son énorme lame, produisant un son infime qui me parvient entre deux gazouillis. Nature complice, qui se tait pour mieux accueillir le vice des humains, avant de reprendre sa musique fallacieuse.

— Que... qu'est-ce que vous voulez ?

— Ton fric.

— Écoutez... je ne veux pas d'histoires...

— Alors, file-nous ton fric.

Le couteau dans ma poche ; je ne pense qu'à ça. Ma petite lame contre sa machette, c'est perdu d'avance. Il lorgne l'intérieur de la Fiat. Pris de panique, je saisis mon sac et le remets sur mon dos.

— Tu fais quoi, là ? Envoie ton sac.

— N... Non...

— Quoi ?

— Je ne peux pas...

— Mais si, tu peux. File-le-nous et on te laisse tranquille.

— *Papa, donne-leur le sac.*

— *Il y a ta robe dedans.*

— *On s'en fiche. Donne-leur, je t'en supplie.*

— *Non. Ta robe, c'est tout ce qu'il me reste de toi.*
— *Mais je suis là. Je veux pas que tu meures, j'ai besoin de toi.*

L'autre s'impatiente, tape sa machette contre sa cuisse, se rapproche de moi. Ses potes le rejoignent et pointent leurs flingues vers ma tête.
— Ton sac. Maintenant.
— Le fric... est dans la poche de ma veste...
— Tu nous le files ou on vient le chercher ?
— Non... je vous le donne...
— Bien. Et pas de gestes brusques.
J'avale ma salive, glisse lentement la main dans ma poche intérieure et sors le spray, que je leur vaporise à la gueule. Les mecs toussent, s'insurgent, tandis que je m'enfuis sous leurs tirs. Les branches, les lianes se coalisent, retardant mon échappée. Enfer de chaque seconde, où je me perds et m'épuise dans le vacarme des singes, de mes poursuivants – « ON VA TE BUTER ! » – qui tirent et tirent encore. Une balle perfore mon sac, me projetant contre un palmier...
Tchac !
... où se plante la machette, frôlant ma tête. Les enragés foncent vers moi et je repars sans savoir où aller, accélère à en vomir mes poumons. Les gars me rattrapent, je l'entends, le sens à leur souffle de plus en plus proche. Les détonations effraient les perroquets, dont les clameurs s'intensifient. À chaque foulée, la nature se referme sur moi, nébuleuse, coupante. Et quand ce ne sont pas les branches, ce sont les racines. Je trébuche, percute un arbre, plusieurs. Des mains me capturent, me balancent au sol. Je roule dans la poussière et un éclair fend le ciel : la machette, que j'esquive de justesse. Le mec revient à la charge, je le repousse, sors mon couteau. Il l'expulse d'un coup

de pied et brandit sa lame, mais ses potes surgissent, détournant son attention. J'en profite pour m'enfuir...

— AAAAAAAH !

... puis tombe dans le vide, dévale une pente. Ma tête – ça tourne, ça claque, et je m'écroule lourdement sur un sol boueux, crache de la terre, du sang, aussi. Mes lèvres fendues, que j'essuie, avant de me découvrir sur une berge. Je me redresse avec effort, palpe ma veste. Le fric est toujours là, mais pas mon sac. Si, tout près. J'avance et me baisse pour saisir l'anse, qui se déchire dans une détonation. Les enragés, là-haut, qui tirent en dévalant la pente. Je remets le sac, m'enfuis le long de la rivière. Derrière, la haine atteint la berge et me pourchasse. Sifflements des balles. Éclats d'écorces. Poissons entassés, au loin, dans une pirogue à moteur. À bout de souffle, je redouble d'énergie et saute à l'intérieur de la pirogue. Un Asiat' apparaît avec un filet de pêche :

— *Koj tabtom ua dabtsi ?*

Il s'agrippe à moi, je me débats, panique à l'approche de mes agresseurs. L'autre tente de m'expulser de sa pirogue et s'écroule sur la berge, une balle dans la tête. Horrifié, j'actionne le moteur. Rien. Je réessaie. Toujours rien. J'insiste, accroupi derrière le tas de poissons qui éclatent sous les tirs. M'éclaboussent. Dégoulinent sur le moteur qui démarre enfin, et je m'éloigne en manœuvrant le gouvernail. Des détonations résonnent, suivies d'insultes de plus en plus lointaines. Les mecs ont capitulé, je suis hors de danger, mais l'angoisse persiste. Ici, sur cette rivière, au milieu de nulle part.

Seul.

Tout seul.

- 30 -

Stayin' Alive.

Les Bee Gees, prophétiques.

J'en rirais si j'en avais la force. Plus aucun tonus ; la terreur m'a vidé. Éreinté, j'arrive à peine à manœuvrer le gouvernail, à l'étroit dans la pirogue, le cul dans le jus de poisson. Direction l'inconnu, où le soleil filtre entre les palmiers, irradiant la rivière. En sueur, je me concentre sur l'horizon au son du moteur. Il force, peine de plus en plus, n'annonçant rien de bon, mais j'y crois et garde le cap.

Malgré la chaleur.

La soif.

Les moustiques.

Les courbatures.

Et mon corps qui tremble encore une heure après. L'odeur d'essence, ajoutée aux relents de poissons, me retourne l'estomac. Mal au cœur, mal assis. Je déplie les jambes, poussant ma veste, mon sac, d'où j'arrache la bouteille d'eau. Trois gorgées, et c'est tout pour l'instant. Faut se rationner, tu sais, car j'ignore combien de temps on sera obligés de naviguer. Je referme la bouteille, quand mes agresseurs reviennent me hanter, avec ce pauvre mec mort à cause de moi.

Plouf !

Je sursaute, scrute l'eau derrière et ne détecte aucune menace, juste des cercles ondulants. Couleuvre, peut-être. Ou caïman. Je suis sûr qu'il y en a plein ici, prêts à me bouffer, comme ce jaguar aperçu tout à l'heure. Il faudra bien que je regagne la berge pour trouver un guide, un téléphone, mais les mecs pourraient me retrouver. Me retrouveront.

Condamné à l'errance, je continue de naviguer, assailli de moustiques. Le spray n'aura servi à rien. Enfin, si, il m'aura sauvé la vie, mais pour le reste… à croire que le produit les attire, tant ils me pilonnent. Visage. Cou. Avant-bras, où les mouches convoitent mes éraflures. Je les expulse, elles reviennent parader sur le sang séché, se gorgent de ce qu'elles peuvent avant que les croûtes se forment.

Autre *plouf !* autre sursaut, autres sons : ces croassements en provenance de la berge. J'y entrevois des grenouilles à travers les pousses, du manioc, je crois, je sais pas, je m'en fous, j'ai envie de fumer. Le paquet, tombé de ma poche durant la course ou la chute. Un malheur n'arrivant jamais seul, le moteur s'arrête subitement dans une épaisse fumée noire. J'essaie de le relancer, m'acharne sur la poignée – « Allez ! » – avant de me rendre à l'évidence, vaincu par le sort. Et ces singes, là-haut, qui se foutent de ma gueule.

Je marque un temps, vaincu, puis soulève mon sac, le place derrière et m'y adosse, m'en remets au courant. Il n'y a personne pour le voir, mais moi, je sais : de vengeur, me voici *loser*. Résignation. Cafard. Solitude extrême, comme si je dérivais vers ma propre mort.

- 31 -

Plouf !
Craaaac !
Frrrr !
Chhhh !

Les berges se répondent, encore et encore. Dialogue ininterrompu depuis des heures, auquel se joignent les oiseaux, les singes, les perroquets et je ne sais quelles autres bestioles, quand surgit une nuée de chauves-souris. Effrayé, je les observe s'évaporer dans le lointain. Le battement de leurs ailes résonne longtemps, puis la jungle reprend ses droits, ses bruits.

Iiiiiiiii !

Dégoulinant de sueur, appuyé contre le sac, je consulte ma montre. Elle indique 9 h 48, ce qui me console un peu et me donne le sentiment d'avoir une emprise sur cette journée. Réflexe stupide d'un citadin en perdition. J'ai beau en être conscient, je continuerai de regarder l'heure, j'en ai besoin. Structurer, contrôler l'incontrôlable… ça me fait du bien, injecte un peu de Paris dans ce no man's land.

Plouf !

Je ne réagis même plus. Un bail que j'ai cessé de surveiller la flotte. Envie de fumer, obsédante. J'agite la main pour la énième fois, repoussant les moustiques, puis m'enfonce dans le sac, bercé par la rivière, sa mélodie omniprésente comblant le silence entre deux gazouillis. Flux continu aux notes cristallines sans cesse renouvelées, dissonantes et pourtant harmonieuses.

Crrrr !

Je m'affaisse, tandis que le soleil assoit définitivement son empire. Alors, la rivière s'écarte et s'abandonne à la nature, qui dévoile sa richesse luxuriante. Jusqu'ici, j'observais. À présent, je contemple : berges étincelantes, arbres fruitiers, arabesques de lianes entrelacées, broussailles fleuries de papillons tangerines… le moindre pétale m'envoûte, excite mes sens. Ivresse de couleurs, de senteurs mêlées de sève et d'humus. Cette nature, si hostile auparavant, se révèle incroyablement généreuse et m'accueille en son sein. Plus je l'admire et plus elle gagne en splendeur, comme si ce paradis se créait en direct sous mes yeux émerveillés. Si on m'avait dit qu'un jour, on vivrait ça ensemble.

- 32 -

Une gorgée d'eau, brûlante, et je fixe le fond de la bouteille, évalue ce qu'il me reste, culpabilise d'avoir bu autant. Regagner la terre. J'arrête pas d'y penser, mais les berges sont trop loin et le courant, trop puissant.

Je soupire et la sueur me coule dans les yeux, rôtit mes rétines. Ma vision se trouble, avant de se stabiliser sur le cadran de ma montre. Midi passé. Déjà midi. À peine midi. J'arrive même plus à réfléchir, enfiévré d'usure. Cette jungle surnaturelle, dont la beauté n'a d'égale que la perversité. Car j'ai compris. Sa végétation, ses trésors, tout ça n'était qu'un leurre. Putain de Guyane, qui ensorcelle et harcèle, me séduit et m'apaise pour mieux me crisper avec sa cacophonie.

Soif, encore, alors que je viens de boire. De cette gorgée, il ne reste rien, comme si j'étais déshydraté depuis des jours. Et le soleil, qui me boxe sans relâche. Mon tee-shirt, mon jean fusionnent avec ma peau, quand mon estomac gargouille. Envie d'un hot-dog, d'un truc lourd et gras. Affamé, ouais, et perplexe : pourquoi ce gargouillis maintenant et pas avant ? J'ai rien bouffé depuis l'avion, alors mon estomac aurait pu se manifester bien plus tôt. « Midi », ce ne peut être que ça, comme si l'horaire régissait mon organisme. Et je déprime en me découvrant robot, fabriqué à l'occidentale et huilé aux habitudes.

La ligne d'horizon se rétracte, encadrée par un amoncellement de lianes. Les berges se resserrent sous la pression d'une abondante végétation, étranglant la rivière et moi avec.

- 33 -

Bateau de pêche. À bord, deux jeunes qui me dépassent et m'ignorent, avant de disparaître dans le lointain. Les premiers humains en cinq heures.

- 34 -

Au début, j'ai pas compris. Faut dire que j'étais loin. J'ai d'abord cru que c'était un amas de broussailles sur la berge. Puis, au fil des secondes, tandis que je me rapprochais, ma perception s'est affinée, les contours se sont arrondis et la verdure s'est mise à scintiller. Puzzle aux reflets de diamants, enroulé sur lui-même :

Anaconda.

Vision hallucinante, si glaçante que tout s'est annulé. Plus de jungle, plus de pirogue – flash hors du temps, où il n'y avait que lui et moi. Jusqu'alors, je n'en avais vu qu'à la télé. C'était déjà impressionnant, mais là... sa large gueule, son corps ruisselant, effroyablement long – à première vue, dix mètres de muscles et de férocité en sommeil. Dire que je commençais à envisager de regagner la berge.

Trois mètres nous séparaient lorsque je l'ai dépassé. Trois mètres et trois secondes interminables, durant lesquelles je n'ai jamais eu aussi peur de toute ma vie. Et cette énorme bosse déformant sa peau, dessinant le relief d'un animal – tapir ou un truc dans le genre – qu'il était en train de digérer patiemment, en plein soleil. C'était aux alentours de 15 heures et j'y pense encore, tandis que le crépuscule obscurcit la jungle.

- 35 -

Nuit.

Néant carcéral, où chaque minute est un siècle, chaque son un vacarme. Les yeux fermés, recroquevillé sous ma veste, je tremble de froid et de terreur, à la merci des flots. Lents, sournoisement lents, diluant l'enfer dans mes artères. Faune, flore… après m'avoir testé tout au long de la journée, la jungle me torture et me dévore de ses bruits acérés. Cauchemar décuplé par mon imagination traîtresse, ralliée au pire.

Un gazouillis, je frissonne.

Un bruissement, je panique.

Un rugissement, je me replie, réfugié derrière mes paupières.

Un râle résonne, puis des craquements en provenance de la berge. Brindilles écrasées. Mes agresseurs ; ils m'ont retrouvé. S'approchent de la rivière, j'entends les tiges d'herbe fléchir sous leurs pieds. Ils s'immergent et avancent, prêts à me capturer, mais non, c'est des conneries. Rouvrir les yeux, désacraliser l'horreur. Qui n'est qu'une jungle, une forêt, un parc, le jardin des Tuileries où l'on se promène avec ta mère, main dans la main, pendant que tu cours dans l'allée... qui s'assombrit subitement. Alors, je referme les yeux, cramponné à mon sac, ma vie, ma-boutique-qu'est-plus-ma-boutique-puisque-je-l'ai-vendue-comme-un-con-pour-venir-me-perdre-ici, mais bordel, qu'est-ce que je fous là ? *« Et alors, comme vous l'avez toujours fait, vous ferez le bon choix pour la France »*, et Giscard, et la machette, et quelque chose s'écroule bruyamment, ébranlant le monde. *« La nuit, c'est les arbres »* – le chauffeur du taxi dont je n'aurais jamais dû descendre. Jamais dû venir ici. Yannick. Lui exploser la gueule, comme ce pêcheur mort sous mes yeux. Mort à ma place. Un mec avec une famille, meurtrie par ma faute. Ils ont perdu un mari, un père, un frère, et c'est à cause de moi. Moi, à Paris, et lui, ici – nos existences n'auraient jamais dû se croiser, et pourtant, c'est arrivé. Sa gueule en sang suinte dans mon esprit, où je me noie, absorbé par les ténèbres.

— *J'arrive pas à dormir... j'ai peur du noir.*
— *Je suis là, il ne peut rien t'arriver.*
— *Mais j'ai trop peur...*
— *Viens, papa, viens contre moi.*

- 36 -

Diagonale.

Diagonale imparfaite.

Diagonale imparfaite aux aspérités couleur miel.

Hagard, je reconnais le bord de la pirogue, à l'arrêt, prisonnière d'un enchevêtrement de racines. Couché sur le flanc, je m'étonne d'être encore vivant, et le cafard ressurgit, accompagné d'une culpabilité viscérale. Mort à cause de moi. Je me tourne, heurtant les parois, m'assois, regarde tout autour. Mangrove étendue à l'infini, dont les immenses palétuviers aimantent mon regard jusqu'au ciel violacé. Ma montre. Hier, à la même heure, j'étais dans l'avion et Meyrieux me revient en mémoire avec sa tasse de café. Ma France, qui me manque tant. Heureusement, tu es là, avec moi… et je me fige.

Pétrifié.

Face à cinq Amérindiens sur la berge.

Visages émaciés, peaux mates, longs cheveux noir satiné… ils me fixent, ceinturés d'une brume métallique, armés de harpons taillés dans l'éclair. Et leurs pupilles dilatées de stupeur, si intenses qu'elles m'accusent au plus profond.

M'enfuir.

Maintenant.

Mais mon corps ne réagit pas.

Immobiles, ils guettent ma première réaction qui sera la dernière de mon existence. Toi, ta mère, nos souvenirs tourbillonnent et ma terreur se fait désarroi à l'arrière-goût de « Je t'avais prévenu » : cette sensation en entrant dans la boulangerie. Que cette porte me conduirait ailleurs, c'est-à-dire ici, face à ces mecs. L'un d'eux – trapu, œil crevé – ouvre les bras, dessinant un cercle.

— *Wajanakom !*

Je frémis, foudroyé par ses mots. Phonèmes à la consonance inédite ; nez ou larynx. Jamais entendu ces sons de ma vie. Et cette manière qu'il a eue d'ouvrir les bras, comme s'il avait voulu m'englober dans l'espace.

— *Kamalëjatëi ?*

— Heu...

Il pointe sa lance et je flippe davantage, avant de réaliser qu'il désigne ma veste. Je la leur tends, ils restent de marbre. Ils veulent juste savoir ce que c'est, alors je l'enfile, ajuste le col, et leurs fronts se plissent de consternation. Évidemment. Tu t'attendais à quoi, connard ? Qu'ils s'extasient ? Se prosternent devant la « déesse Levi's » ? T'es pas dans *Tarzan*, ni *Tintin au Congo*, t'es dans la réalité, celle des harpons prêts à sévir.

Les Amérindiens parlent entre eux, aggravant mon malaise. Instant déroutant, où je suis à la fois exclu et objet de toutes les attentions. Mon sort se joue en ce moment même. Ne rien dire. Ne pas bouger. Laisser les moustiques me pomper le sang. Le borgne désigne les éraflures sur mes avant-bras.

— Je... on m'a attaqué...

Je leur indique le ciel, mime un avion, avant de capituler, ridicule. Un ange passe, splendide colibri, après quoi ils échangent à nouveau – *« Opolan ! » « Sibi ! »* – puis m'ouvrent leur jungle. T'inquiète, ma chérie, ça va aller, je suis là. Je suis là et je peine à saisir le sac, la main tremblante, le mets sur mon épaule, me redresse. La pirogue tangue, je manque de basculer, le borgne me tend la main... que j'attrape, et nos paumes se joignent, moites, unissant nos mondes.

Encore un pas, et me voici sur la berge, face à eux. Sous la pression des regards, je baisse le mien, constate qu'ils portent un cache-sexe en tissu. Leur unique parure. Trois s'aventurent dans la brume, les deux derniers me font signe d'avancer et je m'exécute, anxieux, hypnotisé par ces corps lézardés de cicatrices. Piqûres, brûlures, morsures – leurs peaux me racontent mille périls, à l'image de cette cuisse recousue dont les creux évoquent des crocs effroyables. Les feuillages plient sur leur passage et me reviennent en pleine gueule autant que les lianes, les relents d'écorces pourries.

Les deux autres me suivent de près. La faune commente notre progression, des singes aux perroquets, quand le campement se dévoile. Mon cerveau – curiosité et appréhension s'y affrontent et m'épuisent, mais la première l'emporte. Je dépasse une grande hutte montée sur pilotis, des habitats couverts de feuilles de palmiers, découvre le reste du groupe : vieillards coupant du bois, femmes aux seins lourds lavant des plats avec du sable, enfants confectionnant des entrelacs. Méticuleux, totalement dévoués à leur art, ces gamins sont magnifiques. Depuis toi, je n'ai rien vu d'aussi pur.

Tous suspendent leurs activités et m'observent, aussi ahuris que moi, lorsqu'une odeur me parvient, âcre.

Ces carcasses de viande empilées, là-bas. Écœuré, je recule, bute contre plusieurs carapaces de tortues, où des fourmis se partagent les restes. L'un des pêcheurs me désigne :

— *Kanawapoinë !*

Les autres se lèvent, s'approchent de moi. Je désigne ma tronche – « Je cherche des Blancs » – et mime un coup de fil – « J'ai besoin de téléphoner » – mais le pathétique m'isole une fois de plus. Puis, l'idée jaillit : le guide de voyage, dans mon sac. Peut-être qu'en leur montrant une carte... mais tous m'encerclent, se mettent à parler. Et leurs yeux. Et les moustiques. Et les carcasses puantes. Et les carapaces grouillantes de fourmis, des milliers de fourmis frénétiques se disputant ton cadavre, ton visage purulent, tes yeux qui s'écoulent entre leurs mandibules, et je me réveille en panique, face à une Amérindienne à la lueur d'une flamme. Désorienté, je me découvre allongé sous une couverture, à l'intérieur d'une hutte. Sueur. Nuit. Mastications à ma droite. Une autre femme crache dans sa paume, y récolte une pâte gluante et l'applique sur mes avant-bras.

— A... Aïe...

L'autre me caresse le front, m'obligeant au repos. Je ne lutte pas et m'abandonne aux bras de ta mère.

- 37 -

Ma main.

Tu la serres de toutes tes forces, et tu en as. Tellement. Je te côtoie depuis cinq ans, mais ne te découvre réellement qu'aujourd'hui. Toi, si grande, et moi, si petit, désarmé face à ton calvaire. Plus les contractions s'accentuent, plus tu luttes, suant de mille extrêmes. Tu pousses, hurles, engueules la sage-femme, tout le monde, avant de chialer et de pousser encore, les dents serrées.

Moi, je te soutiens comme je peux, te parle, te caresse le front, te répète combien je t'aime, te dis que c'est bientôt fini. Bientôt papa, et j'en reviens pas. Une fille, j'espère. Si c'est un garçon, je serai heureux, évidemment, mais je préférerais avoir une fille. J'ignore pourquoi et je m'en fous, fasciné par ton ventre bombé. Bientôt, je le sens. Bientôt, on saura. Les deux prénoms sont prêts, les moins datés possible, pas comme ces bébés qui s'appellent Bernard et ces Barbara de quatre-vingts balais. Ouais, tout est prêt, la chambre, le berceau, les doudous, et j'ai hâte, j'en peux plus, peux plus de te voir souffrir autant. Hâte, et peur d'une maladie, d'une malformation, ces saloperies qu'on peut pas savoir à l'avance et qui pourrissent mon impatience, tandis que tu broies ma main et pousses encore. Je t'aime, chérie. Je suis là et je t'aime, je t'aime, je t'aime, je t'aime, je t'aime, je t'aime, et ça y est : le cri, enfin.

Son cri.

Ses pleurs.

Sa petite tête posée contre ton sein. Et nous, émus aux larmes, notre amour devenu famille.

- 38 -

Posté au-dessus de moi, entre deux feuilles de palmiers, il m'observe, me nargue de sa beauté translucide. J'ignore ce que c'est, mais ne pouvais rêver meilleure vision pour mon réveil. Ses ailes frétillent, et il prend son envol, traverse la hutte jusqu'au-dehors, où le jour le révèle dans tout son turquoise.

Je m'étire, regarde ma montre – 7 heures passées –, puis vire la couverture. Un pelage tacheté de noir ; j'ai dormi dans la peau d'un jaguar. Ces Amérindiens l'ont attaqué, tué, dépecé. C'est dingue. Je m'assieds, torse nu, découvre mes affaires dans un coin : tee-shirt, veste et baskets devant mon sac, à côté d'un plat de bananes. Je m'en empare, arrache la peau, dévore. La saveur ; je la devine à défaut d'en profiter pleinement et engloutis le tout en trois bouchées, passe à une autre banane.

Rassasié, je me sens sale et hume mes aisselles, qui confirment. Envie d'un bain/fumer/d'un shampoing/fumer/d'un café/fumer, et j'examine mes bras, constate que mes plaies ont cicatrisé. Aucune rougeur, ni signe extérieur d'infection, comme si ça faisait un moment que... je touche alors mes joues, recouvertes d'une fine barbe.

Plusieurs jours que je suis ici.
Trois, peut-être quatre.

Je me lève aussitôt. Yannick. Enfile mes fringues. Yannick. Mets le sac. Yannick. Et sors précipitamment. Le soleil m'aveugle, l'atmosphère m'étreint comme au premier jour, sans pour autant freiner mes pas. Je traverse le camp, n'y trouvant qu'une dizaine d'occupants, essentiellement des vieillards endormis et des gamins. Certains jouent avec des serpents morts, tandis que les plus jeunes – assis en cercle – plongent leurs doigts dans un tas de cendres et en frottent sur leurs dents. Le dentifrice local. Plus loin, un jeune adulte veille sur une marmite en terre cuite. Si j'étais dans un film, le groupe serait au complet pour un rite d'initiation ou un trip tribal, mais ce que je vois est bien plus saisissant : juste la réalité de ces gens, au quotidien à la simplicité désarmante.

Je me dirige vers le jeune. « Partir », « Guyana » – j'enchaîne les mots, les gestes, sous le regard de l'Amérindien, interloqué. Silence pesant au son de la marmite, où macèrent des morceaux d'écorces. Je tente à nouveau de communiquer, quand le borgne apparaît, une lance à la main, panse d'animal en bandoulière. Il serre mes poignets…

(Stress)

… et examine la cicatrisation de mes avant-bras, avant de me libérer. Moi, je retire mon sac, fouille à l'intérieur, sors le guide de voyage. Le borgne me regarde feuilleter les pages jusqu'à une carte de la Guyane, où je fais *marcher* deux doigts. Son œil pétille et une sensation de fraîcheur me traverse, celle du premier contact établi, enfin. Le mec extirpe la bouteille en plastique du sac, la plonge dans la marmite et la remplit à ras bord. Il me la donne, se tourne vers la jungle :

— *Ajikom !*

Les feuillages s'animent, dévoilant deux lances, deux autres Amérindiens. Ils nous rejoignent, parlent entre eux. L'un se retire alors, me laissant avec son pote et le borgne, qui me fait signe de le suivre. Ça y est, on se casse. Ce que je voulais depuis mon réveil, et pourtant, je me sens gagné par la mélancolie. Ce départ abrupt m'a dépossédé de mon impatience, comme si j'en étais spectateur et non acteur.

Peut-être que je cogite trop.

Le cafard, encore.

En fait, je crois que j'aurais aimé marquer l'instant, saluer les autres, les remercier pour leur accueil et leurs soins. Tant pis. Pour moi.

Un tronc ruisselant, deux autres, et me revoilà dans la jungle, où l'on s'enfonce, de baies en lianes, d'arbres en broussailles. Une vingtaine de mètres, et je me retourne pour regarder une dernière fois le camp, mais ne vois qu'un capharnaüm de verdure. Entre les feuillages, je ne détecte aucune hutte, personne, comme si ce village n'avait jamais existé. On m'interpelle et je me remets en chemin.

Yannick.

- 39 -

Je l'ai survolée en avion, entrevue en bagnole, longée en pirogue. Et lorsque j'étais à pied, j'étais trop occupé à fuir pour prendre le temps de la découvrir, ce que je fais aujourd'hui, subjugué par son extraordinaire diversité. Deux heures que je marche, et elle n'en finit pas de se renouveler. Les arbres, d'abord : fins, larges, jeunes, centenaires, tordus, cannelés... des dizaines de milliers d'espèces rivalisant d'insolite. Puis, le reste, féerie de fruits, de plantes, d'inflorescences plus exubérantes les unes que les autres. Depuis qu'on est partis, je n'ai pas vu deux trucs semblables, comme si la jungle s'était donné pour objectif de me séduire en permanence.

Et ça marche.

Mais l'émerveillement a un prix, celui de l'effort.

Étouffé par le climat, mitraillé par les moustiques, je ne marche pas, je piétine sous un soleil de plomb. Trajet harassant, rendu humiliant par l'aisance des Amérindiens. Pour eux, tout ça n'est qu'une promenade, effectuée d'un pas rapide. Trop. Le borgne, dix mètres devant. J'essaie d'accélérer, mais les fourrés, les branches, tout ici m'empêche de le rattraper. Si l'écart se réduit parfois, c'est uniquement sous la pression de son pote, derrière moi.

9 h 24

Je continue d'avancer, repousse les lianes, enjambe les racines, racle mon corps et mon sac, transpirant. Sueur épaisse, cireuse, qui soude un peu plus la crasse à ma peau. Mais continuer de marcher, scruter le sol, craindre les serpents et – surtout – les mygales. J'en ai pas encore vu, mais ça viendra, je le sais. Marcher encore et toujours, sans savoir où l'on va, en redoutant *l'après* derrière chaque tronc, chaque broussaille.

- 40 -

Pas mauvais, leur bouillon d'écorce. Un peu aigre, mais très désaltérant. J'en avais besoin. J'avale une autre gorgée, appuyé contre le palmier, en profite pour me reposer. Quatre heures de marche, ça vaut bien deux minutes de pause. Un concept qui échappe aux perroquets et aux singes ; leurs cris incessants. Depuis notre départ, je n'ai pas entendu une seule seconde de silence. Du moins, j'en ai pas le souvenir.

La bouteille à la main, j'observe le borgne, en train d'escalader un arbre, puis l'autre, voûté, inspectant la terre. Eux non plus, ils ne s'arrêtent jamais : soit ils marchent, soit ils cherchent des trucs. Tous en mouvement, de la faune aux hommes, et moi, sur la touche.

11 h 47

Ma montre, le cadeau de ta mère pour mes vingt-huit ans : une Tag Heuer Monaco, celle de McQueen dans *Le Mans*. Son cadran carré, son bracelet qui me gratte. Je le détends quelque peu, insère mon index entre le cuir et mon poignet irrité.

Un craquement attire mon attention sur l'arbre, d'où le borgne redescend avec une goyave, tandis que l'autre continue de scruter le sol. Je le regarde chercher, ramasser une longue tige, la manipuler, tester sa résistance. Elle se brise, alors il la balance et se remet à inspecter la terre. Spectacle captivant, où sa quête attise mes attentes. Et ça y est, il a trouvé : cette coque brune, qu'il examine avant de s'en faire une brosse à cheveux. Il met le trophée dans sa panse, puis se tourne vers moi.

— *Ajikom !*

Sa première intervention depuis notre départ. « Allez, le Blanc, grouille ! » Je bois une dernière fois, visse le bouchon, range la bouteille dans le sac… grouillant de fourmis. Saloperies. Je souffle dessus, n'en virant qu'un tiers, remets le sac sur mon dos.

Sensation.

Caresse.

Ma cheville, où s'enroule une scolopendre longue et grasse.

Je secoue le pied – PUTAIN ! – pour expulser cette merde, provoquant les rires des Amérindiens, qui repartent. Vexé, je leur emboîte le pas, sans entrain. Si je connaissais notre destination, ça me motiverait, me ferait un objectif à atteindre, mais je ne sais pas, ne sais rien, et c'est dur. Je pourrais essayer de communiquer avec eux, mais je suis trop HS, alors je me contente de suivre, comme une merde. McQueen ne ferait jamais ça, lui.

- 41 -

— *J'en peux plus... j'ai mal aux pieds.*
— *Moi aussi.*
— *Tu peux me porter sur tes épaules ?*
— *Non, t'es trop lourde, maintenant.*
— *Allez, s'il te plaît.*
— *J'ai dit non.*
— *Allez, papa, s'il te plaît !*
— *Pff... bon, d'accord.*

Et ça pèse sur mes cervicales, martelées par la canicule. Jamais eu aussi chaud. L'impression de me liquéfier. Ma vision se trouble ; sueur et moustiques dans mes yeux, mes narines, mes oreilles. Ces bâtards ne me lâchent pas. Depuis le temps, je devrais être exsangue, mais il faut croire qu'ils n'en ont pas fini avec moi.

14 h 36

J'essuie mon front, puis ma main sur mon jean, trempé. Il se resserre sur mes cuisses, alourdissant mes jambes. Yannick – c'est ce qui me donne la force de continuer. Parfois, entre deux coups de blues, je me dis que je finirai bien par croiser un Européen, quelque chose de familier.

En attendant, en n'attendant rien et pour longtemps encore, le périple se poursuit. Concentré sur le borgne, toujours devant, je m'enfonce dans cette jungle, tour à tour oppressante et envoûtante, à commencer par ses arbres. J'en vois tant depuis ce matin que, désormais, il me semble les comprendre, eux qui ont germé en cet univers hostile, qui ont appris à s'élever jusqu'au ciel pour y capter l'aura du soleil. Et leurs racines tentaculaires, sorties de terre pour mieux se nourrir à la surface. Nature audacieuse, dont la suprématie me rappelle à chaque instant que ma présence ici n'est pas souhaitée, mais tolérée.

- 42 -

— *Ajikom !*

Et allez. Je viens à peine de poser mon cul qu'ils me pressent de repartir. Putains d'Amérindiens. Ils comprennent pas que j'en peux plus, que j'ai les pieds en feu, alors, que ça leur plaise ou non, je refais une pause. Avachi, assis sur mon sac.

— *Ajikom !*

— C'est ça...

— *Ajikom !*

— JE SUIS CREVÉ ! FOUTEZ-MOI LA PAIX !

Le borgne fulmine, l'autre m'indique le ciel où s'amorce le crépuscule. Je sais, connard. Dernière gorgée, et je me relève, furax, range la bouteille dans le sac et avance, bousculant mes guides, qui me regardent passer. Je me retourne :

— Eh ben ? Qu'est-ce que vous foutez ? *Ajikom* ou quoi ?

Leurs yeux s'écarquillent d'effroi. Je leur ai fait peur. Ça me dépasse, mais c'est un fait, leur angoisse est palpable. Quoique étrange. Dénuée d'hostilité, comme s'ils n'avaient pas peur de moi, mais pour moi. Immobiles, ils lorgnent au-dessus de ma tête, alors je lève les yeux, découvre un serpent à la gueule béante... transpercée par une lance. Je bondis sur le côté, le reptile claque au sol. Ses crocs baveux ; je ne vois que ça, tandis que le borgne extirpe sa lance, l'essuie dans sa paume.

L'autre me dépasse et je recommence à avancer, sous le choc, suivi par le borgne. Laborieux, mes pas s'enchaînent autant que les minutes, scandées par les singes. Tout ce vacarme, tout ce vert – le complot amazonien se durcit, touffu, obstruant ma vue. Privé d'horizon, je m'en remets au ciel, ce que les feuillages en laissent, puzzle fuchsia strié d'un violet tirant vers le noir, ravivant mon angoisse. Et non, je ne dormirai pas à nouveau « à la belle étoile », dans ce cauchemar.

Je rattrape l'Amérindien et on avance côte à côte, mêlant nos odeurs. Longtemps, je marche, bercé par le frottement des lianes, le bruissement des herbes, lorsque le mec s'arrête, l'air concentré, nous fait signe d'écouter. Et je l'entends, à peine perceptible, mais identifiable entre mille : rivière, tout près. L'atmosphère le confirme, humide, bourdonnante de guêpes. Mes guides échangent un sourire, auquel je me rallie.

— On est arrivés ???

La question m'a échappé, mais ils semblent avoir compris et reprennent le trajet. Au fil des pas, la végétation s'amenuise, nous dirigeant vers une clairière quadrillée de traces de pneus. La civilisation, enfin. Exalté, j'accélère et dépasse le borgne... dont la tête explose. Détonation. Horreur. Panique, en voyant l'autre basculer, la gorge en sang. Je me jette au sol, confronté aux giclées de sa carotide. Le deuxième tir résonne, fait place au bourdonnement des guêpes, et l'Amérindien s'agrippe à mon col :

— *Aaaa...*

— Chut !

— *Aaaa... Agnan...*

Une expiration, et il succombe. Plus aucun bruit, plus rien. Juste une jungle figée, punaisée au mur du silence, où des pas me parviennent. Je rampe jusqu'aux buissons, me fonds dans la verdure, m'accroupis et ferme les yeux. N'aie pas peur, ma chérie. Avec moi, il ne peut rien t'arriver, n'aie pas peur, peur, peur, peur, encore plus peur à l'approche des pas, qui cessent à quelques mètres.

— Eh merde... dit une voix d'homme.

Je rouvre les yeux et, entre les feuillages, devine une casquette, un fusil à lunette. Le mec s'approche des cadavres – « Fait chier ! » – et je frémis, animant le buisson. Il pointe son fusil dans ma direction :

— Sors de là !

Ne pas bouger. Ne pas bouger. Ne pas...

— Sors ou je tire dans le tas !

L'angoisse me hisse malgré moi, m'arrache aux fourrés pour me livrer au tueur. Un Blanc d'une quarantaine d'années, moustaché à la Chuck Norris, à l'étroit dans son tee-shirt. Il pue la bière. Je lève les mains, tremblant.

— Ne me tuez pas !

— T'es qui, toi ? Qu'est-ce tu fous là ?

— Je...

— Allez, aide-moi !

Il se tourne vers l'un des Amérindiens, se baisse pour le saisir par les mollets.

— T'attends quoi ? Bouge ton cul !

J'avance, me retrouve confronté aux corps. L'un, le crâne explosé, et l'autre, la gorge déchiquetée. *« Agnan »* – son dernier mot dans le bourdonnement des guêpes. L'abject me submerge et je vomis tout ce que j'ai, quand le mec soulève le corps par les jambes, m'obligeant à saisir les bras. La tête du mort bascule sur le côté, sa cervelle s'écoule le long de mon mollet. Pas regarder.

Rester concentré. Le transporter entre les bananiers jusqu'à la berge florissante, où je découvre une rivière à la surface étrangement cuivrée. Le mec balance le mort dans l'eau. Bouleversé, je regarde les flots engloutir le corps, puis celui du borgne, que je ne me souviens pas d'avoir transporté. Le tueur sort un paquet de Marlboro :

— T'en veux une ?

J'acquiesce, incapable de parler. Il me tend son paquet et je mets bien dix secondes à extraire une clope, qu'il m'allume avec son Zippo. Première bouffée, fantasmée depuis des jours, dont je ne puise aucun plaisir.

— Tu m'as pas répondu. Qu'est-ce tu fous là ?

— Heu... je... touriste...

— Tu t'es perdu ? T'es pas l'premier ! Et bien sûr, t'es tombé sur les indigènes. Une chance que j'aie été là ! Allez, en route !

Il avance, vigilant, prêt à tirer, et moi, sous le choc, trop éprouvé pour avoir la force de fuir. Nous marchons sous un ciel de feuillages, lorsqu'un bruit étrange me parvient, sorte de ronronnement mécanique, que je situe tout près. Le tireur, encore :

— T'as flippé ? C'est pas ma faute, j'les ai pris pour des jaguars.

— Hein ?

— Ben ouais. Il y en a plein, alors j'surveille pour protéger les gars de la compagnie.

— La comp... ?

Vaste plateforme.
4 x 4 et camionnettes.
Immense tour métallique.

Une zone de forage, en pleine jungle. Éberlué, je balade mon regard, des employés en salopettes au puits encadré de béton, en passant par le mirador, l'infirmerie et le derrick, si haut, érigé à la gloire de l'Alpha Oil Company, c'est écrit au-dessus des barils entreposés par dizaines. Dispersés à travers le site, les mecs me dévisagent, puis renouent avec leurs bières, leurs parties de cartes. Le sniper, à voix basse :

— Pour les deux, t'as rien vu.

— Mm...

— Merci, mec. C'est que je joue ma place, moi.

Il me tape sur l'épaule, aggravant ma culpabilité.

— Je vais te conduire au boss, il pourra peut-être t'aider.

J'écrase ma clope et on traverse la plateforme, ses machines, ses relents d'huile, ses pompes aux ronronnements sourds. J'aperçois des cabines de douche, reliées par une tuyauterie rouillée, puis ce que je devine être les piaules des ouvriers : baraquements en tôle, identiques jusque dans leurs poubelles débordantes de canettes et d'emballages plastique. Les habitations se succèdent, nous conduisent vers un autre baraquement – à deux étages, avec un escalier en colimaçon – accolé à un énorme générateur et un poteau électrique dont le fil se perd dans le crépuscule. Le mec monte les marches métalliques, où je le suis et m'épuise, avant d'arriver devant la porte. Il réajuste sa casquette, son fusil sur l'épaule, et toc-toque contre la porte.

— Oui ? dit une voix.

— C'est Philippe.

— Eh bien, entrez !

« Philippe » me fait signe de patienter et ouvre la porte, disparaît à l'intérieur. Je reprends mon souffle, appuyé contre la rampe, écoute son chef...

— Alors, qu'y a-t-il ?

— J'ai trouvé un touriste français aux abords du site. Il s'est perdu.

— Il est réglo ?
— Oui. J'ai vérifié son passeport.
— Alors, faites-le entrer.

... et je me sens reboosté. Il y a cinq minutes, j'étais trop mal pour apprécier, mais ça y est. Que c'est bon d'entendre parler français. Et tant pis si c'est pas du Cyrano, si ça sent la hiérarchie et la soumission, leur échange me suffit. Comprendre, c'est anticiper.

Philippe m'ouvre la porte sur une pièce qui a tout d'une succursale Darty – frigo, télé, transistor, imprimante – avec pour seule déco des listings scotchés aux parois : plans, graphiques et relevés météorologiques. Le reste n'est que dossiers empilés sur deux tables, entre lesquelles un p'tit gros à bajoues est rivé à un computer. Nœud pap', brillantine et chemise vichy ; une certaine idée de la France. J'avance de trois pas.

— Bonjour.
— Bonsoir, monsieur.

Le directeur me détaille de haut en bas, dans une curiosité qui s'achève en dédain. Je ne lui en veux pas : avec mon odeur et mon look de survivant, je ne pouvais espérer le tapis rouge. Derrière lui, un calendrier à feuilles – mercredi 20 septembre – me révèle que je suis resté une semaine chez les Amérindiens. Faut que j'appelle ta mère, elle doit vraiment être en stress. D'une main évasive, le mec fait signe à Philippe de sortir et celui-ci obéit, croise mon regard, scellant à jamais notre complicité criminelle. La porte fermée, le directeur me désigne le fauteuil face à lui, où je m'installe, redécouvre la notion de confort. L'autre, les mains croisées sur son bureau :

— Reginald Storm. Enchanté.
— Franck Lombard. De même.

— Je ne vous serre pas la main, mais ça n'a rien de personnel. Il y a tant de bactéries.

— Pas de souci. Vous pouvez me dire où on est ?

— À l'ouest, en bordure du Suriname. D'où venez-vous ?

— Paris... enfin, j'étais à Saint-Luc.

— Eh bien, ce n'est pas à côté. Laissez-moi deviner : le guide vous a abandonné ?

— Voilà.

— Ah, là, là... tous des sous-hommes, ici. Au moins, en Algérie, on savait les dresser.

— Jusqu'à l'indépendance.

— Mm. Voulez-vous boire quelque chose ? J'ai un excellent whisky écossais.

— Vous avez du Coca ?

— J'ai tout.

Storm se lève et contourne son bureau, m'impose ses horribles mocassins, son cul moulé dans son pantalon écru. Il se dirige vers le frigo, j'en profite pour détailler son bureau : aucun téléphone, apparemment, mais une platine et plusieurs vinyles, parmi lesquels du Elton John. Storm décapsule un Coca, je récupère la bouteille - « Merci » - et il se rassoit, se sert un whisky, qu'il lève d'un geste exalté :

— À la France !

— À la France.

Il avale le tout, s'enfonce dans son dossier. Curieux personnage, qui bande pour le pays, mais bosse pour une multinationale américaine. Il y a un mot pour ça. « Opportuniste » ? Trop évident. « Collabo » ? Trop sentencieux. « Connard » ? Voilà, tout simplement. Storm est un connard, mais grâce à lui, j'ai un Coca glacé dans la main. J'en avale une gorgée et, putain, je n'ai jamais rien bu d'aussi bon.

— Saint-Luc... et où alliez-vous comme ça ?

— Au Guyana.

— Sacrées vacances. Besoin de couper avec la vie parisienne ?

— Je dois rejoindre un ami à Jonestown. Vous connaissez ?

— Non.

— Où se trouve l'aéroport le plus proche ?

— Au Suriname, à 300 kilomètres d'ici.

— Super...

Storm me fixe avec insistance, caresse ses lèvres d'un index précieux :

— J'ai comme l'impression que vous êtes dans la merde.

— C'est ça.

— Bon... vous n'êtes pas censé rester ici, mais après votre déroute, je ne me vois pas vous renvoyer dans la jungle... Philippe m'a dit que vous étiez réglo, alors, à titre exceptionnel, je veux bien vous héberger ici quelques jours...

— Merci.

— ... à deux conditions : aucune question sur nos activités, aucune photo du site. À la moindre attitude suspecte, je vous dénonce aux autorités, c'est compris ?

— Oui.

— Pour le Suriname, vous avez peut-être une chance d'y accéder. Dimanche, j'ai des gars qui iront à la frontière. Il y a un village avec des flippers et des filles, de quoi se changer les idées. Si vous voulez, ils pourront vous y conduire.

« Dimanche », soit quatre jours à poireauter ici. Yannick. Plus je progresse, plus je prends du retard. Ma chérie, j'en peux plus, si tu savais.

— OK pour dimanche... merci beaucoup.

— Ce sera officieux. En cas d'incident, l'AOC décline toute responsabilité.

— Je comprends. Vous avez le téléphone ?

— Encore heureux. Pour le reste, le confort ici est rudimentaire, mais nous avons de l'eau minérale et des douches.

Je le remercie une nouvelle fois, ce qui branle son orgueil, puis avale une autre gorgée de Coca, étouffe un rot dans ma paume sans ressentir le besoin de m'en excuser.

— Bon… je vais vous laisser. Désolé de vous avoir dérangé.

— Au contraire. Grâce à vous, il s'est passé quelque chose aujourd'hui.

— Comment ça ?

— Un mois qu'on creuse, et toujours rien. À en croire l'étude, il y aurait du pétrole ici, mais apparemment, les géologues du coin se sont foutus de nous.

— Pourquoi ?

— Depuis le choc pétrolier, c'est la guerre. Ricains, Chinois, Allemands, chacun veut son *or noir* et tous les moyens sont bons pour plomber la concurrence. Et vu nos rapports avec les Soviets, je suis sûr que cette étude bidon a été pilotée par le KGB.

— Ah…

— Mais on continue de forer, au cas où. En attendant, j'envoie l'équipe chercher de l'or dans le coin, histoire qu'on ne soit pas venus pour rien.

— Je vois. « En France, on n'a pas de pétrole, mais on a des idées. »

Storm sourit, animant ses bajoues. Je me lève, me dirige vers la porte, m'arrête devant la fenêtre. Nuit noire, déjà. Et ce derrick gigantesque creusant la terre en vain. Tout un symbole que je n'ai pas la force de méditer.

— Il faudra soigner ça, dit Storm.

— Mm ?

Il indique mon mollet droit, souillé par la cervelle de l'Amérindien.

— C'est le sang d'un perroquet.

— Ah. On survit comme on peut.

Storm se ressert un whisky et je sors, ferme la porte. L'escalier, je ne le descends pas tout de suite, je termine d'abord mon Coca, profite de la vue. Les employés aussi, qui ne me quittent pas des yeux. C'est donc avec eux que je passerai les quatre prochains jours. J'entends déjà leurs questions, quand la culpabilité revient me hanter. D'abord, ce pêcheur asiatique, et maintenant, les Amérindiens : *Death Walks Behind You*, la chanson disait vrai. Je me demande ce qu'il se serait passé ce jour-là, si j'avais écouté autre chose. Qui sait ? Yannick n'aurait peut-être pas croisé ta route, on aurait continué notre bonheur tous les trois et je n'aurais jamais échoué ici.

« Agnan. »

- 43 -

Waow.

Ma gueule.

Je m'approche du miroir et détaille mes cernes, mon front irrité, mes joues creusées. Une semaine dans la jungle et j'ai la tronche d'un réfugié arménien. Ça craint, mais je suis propre, enfin. Le premier truc que j'ai fait, c'est me brosser les dents. Jouissif. Et alors, la douche... il était temps que je me décrasse. La douche, meilleure invention de l'homme avec le rock et la vengeance. L'eau était tiède et je serais bien resté plus longtemps, mais j'ai dû écourter car les mecs me mataient. Moi, « le touriste égaré », hébergé aux frais de l'AOC.

— Tirez la langue.

J'obéis, le jeune médecin explore ma gorge avec sa petite lampe, passe à mon oreille droite, s'attarde sur celle de gauche. Moi, en slip, assis sur la table :

— Un problème ?

— J'attends de voir.

— Vous cherchez quoi ?

— Un parasite.

— Heu…

— C'est bon. Allongez-vous.

Rassuré, je m'exécute. L'inox me glace le dos, l'autre m'ausculte avec la mollesse d'un vétérinaire de province à un mois de la retraite. Il passe en revue mes hématomes, mes piqûres de moustiques, mes plaies cicatrisées, jusqu'à mes orteils irrités, garnis d'ampoules qui ne demandent qu'à être percées.

— Je vais vous donner du désinfectant, des antibiotiques…

— Merci.

— … et un antipaludique. Vous pouvez vous rhabiller.

Je descends de la table, remets mon tee-shirt puant. Vivement la lessive. Le mec arrache ses gants, faisant claquer le latex, et les balance dans sa corbeille.

— Vous êtes vacciné contre la fièvre jaune ?

— Oui.

— Allergies ?

— Non.

— Antécédents psychiatriques ?

— Non.

— Maladies vénériennes ?

— Non.

— Vous êtes sûr ?

— Ben ouais, puis, enfilant le jean : vous m'avez examiné, non ?

— Rien d'alarmant, en effet, mais certaines infections tardent à se manifester, alors…

— Alors, quoi ? Il y a que des singes, ici !

— Et donc ?

Je me fige, le jean au niveau des genoux.

— Vous êtes sérieux ?

— Oui.

— Heu… ça arrive que… ?

— Un peu de canicule, beaucoup d'alcool, et la solitude fait le reste.

— Des singes, quand même !

— Ne riez pas. La jungle rend fou.

- 44 -

Quatre jours à poireauter ici. Quatre jours et quatre nuits, durant lesquels Yannick aura tout le temps de m'échapper davantage. Car après le Guyana, il se cachera ailleurs, c'est sûr. Brésil ? Venezuela ? Pôle Nord ? Chaque seconde perdue est une défaite humiliante, qui me tue.

J'ouvre le sac, sors mon linge sale et le balance au sol, m'assieds sur le lit. Un matelas que Storm a fait déplacer ici, dans ce qu'il appelle le « salon » : un préfabriqué de 50 mètres carrés avec sono, billard et, surtout, téléphone. Je regarde ma montre – 4 heures en métropole – et hésite à appeler ta mère. Des rires résonnent en provenance du réfectoire ; bien content de ne pas y être. Storm a insisté pour que je dîne avec le groupe, mais j'ai préféré bouffer mon riz et mon corned-beef en solo.

Las, j'observe mon linge. La machine à laver est tout près, mais j'ai la flemme. Je saisis le combiné, compose l'indicatif, le numéro de ta mère, me prépare à entendre sa voix – *Biiiip !* – mais la tonalité – *Biiiip !* – s'éternise. Elle ne décroche pas. Car elle est là, j'en suis sûr. Peut-être qu'elle dort, qu'elle s'envoie en l'air.

Je raccroche, déçu, trahi une fois de plus, alors que c'est moi qui fais tout depuis le début. Qui ai cherché ton assassin, qui l'ai identifié, qui ai retrouvé sa trace, et, elle, elle n'est même pas foutue de décrocher son téléphone. Elle en a rien à foutre de nous. Pleure pas, on réessayera dans trois heures pour la choper avant qu'elle parte au boulot.

Je prends la cartouche de Marlboro (offerte par Storm avec un spray antimoustique), déchire l'emballage, soulageant ma colère. Clope. Briquet. Journaux et magazines étalés sur le billard : une vingtaine de *Playboy*, quelques exemplaires de *L'Équipe* et un *Figaro*, dont je m'empare. La une datée du 8 septembre m'accompagne jusqu'au matelas, où je m'allonge, fume en retrouvant ma France. Manifs antinucléaires, regroupement familial, 22 000 licenciements prévus dans la sidérurgie... à l'Est, rien de nouveau. Autres pages, et je passe à l'international : tensions au Tchad, émeutes en Iran, puis cet encart, en bas de la page culture. Ce nom, cette photo, ce sourire que je n'ai pas.

- 45 -

Minuit.

Impossible de dormir.

La faute aux autres, dehors, en train de se pochtronner. Leur hilarité grasse, le bruit des pompes, la jungle et ses voix infernales. À bout, je me recroqueville sur le matelas, oreiller sur la tête, mais le vacarme persiste avec son tourbillon d'images. Yannick. Amérindiens. Toi et ton visage magnifique, creusé par la tige d'acier du derrick, quand le pétrole jaillit, ensanglantant le mur.

« See me ! »

Ton corps bascule.

« Feel me ! »

Ton crâne se vide.

« Touch me ! »

Tes yeux me fixent.

« Heal me ! »

Et m'implorent au son rageur des Who. Ce groupe dont le nom t'a toujours fait rire et qu'on ne chantera plus avec la même ferveur.

- 46 -

Si tu l'avais vu. Un fou. Il jouait si vite qu'on ne voyait plus ses bras. Non, j'exagère pas. Il y a six ans, à la fête de l'Huma, j'étais au premier rang et c'était incroyable. Pas une seule seconde, je ne l'ai vu s'arrêter. Même entre deux toms, pour se désaltérer, il gesticulait, possédé, la moindre pause faisant partie du show.

Il était né comme ça. Lui, le cancre hyperactif, qualifié par ses profs d'« attardé sur le plan artistique ». Ils avaient raison. C'était pas le meilleur batteur du monde, mais le plus stupéfiant. Sa technique, c'était le chaos. Déjanté 24 heures/24, il vivait dans l'extrême – orgies, balades en aéroglisseur, chiottes dynamitées, suites d'hôtel saccagées – jusqu'à ce jour où il s'est écroulé sur scène, défoncé au somnifère pour cheval. Dès le lendemain, il est reparti au front, assurant la tournée à travers le monde. Plus qu'aucun autre, il faisait corps avec sa batterie, anéantie après chaque concert. Il y avait du Nietzsche en lui, du Bukowski, du Tex Avery, et même du Hitler dans sa folie destructrice. Il incarnait la vie dans tous ses aspects, avec toutes ses contradictions.

Keith Moon.

Le batteur des Who, retrouvé mort, chez lui.

C'est arrivé il y a deux semaines, à Londres. Overdose de médocs, ceux qu'il prenait pour soigner son alcoolisme. « Une trentaine de pilules » ; ce qu'a dit l'article, et j'en ai pas dormi de la nuit. C'est sûr, ces derniers temps, il avait beaucoup grossi et son jeu s'était ramolli, mais bordel, c'était Keith Moon. Accident ou suicide, j'en sais rien, mais je suis sûr d'une chose : les Who, c'est fini, et ma jeunesse est morte avec eux.

— Salut !

Un employé barbu, en salopette dégueulasse et aux ongles noirs, comme tous les autres. J'espérais boire mon café tranquille, c'est foutu.

— Salut...

— Ça va ?

— Mm.

— Mal dormi ?

Il s'assoit à ma droite, décapsule sa Bud. 8 heures du mat' et déjà à la bière. Trois gorgées, et il regarde ses collègues sortir des baraquements, dépasser le derrick en direction du réfectoire. Leur mollesse trahit une routine que j'ai l'impression d'observer pour la centième fois. Vision déprimante, où la voix de ta mère me revient. Sa voix que je n'ai pas entendue ; impossible de la joindre. Je me sens mal, putain. Le mec aspire trois autres gorgées et continue, bien décidé à parasiter mon début de journée :

— Moi aussi, au début, j'arrivais pas à dormir. Trop de bruits dans la jungle.

— C'est clair.

— Demandez des somnifères au doc.

Le chassé-croisé des employés se poursuit, parmi lesquels je reconnais Philippe, fusil sur l'épaule. Je renoue avec mon café, regarde des employés qui déplacent plusieurs bidons. L'un d'eux interpelle son collègue – « Qu'est-ce tu fous ? » – à côté de moi, qui termine sa canette. Il la broie dans sa main, puis se lève :

— Allez...

— C'est quoi, ces bidons ?

— Mercure. Pour purifier l'or.

— Vous en trouvez ?

— Un peu.

— Et après, le mercure, vous en faites quoi ?

— Ben, rien.

— Comment ça ?

— Ça nous sert plus.

— Vous... vous le laissez dans la rivière ?

— Ben ouais, où vous voulez qu'il soit ? Allez, j'y vais !

Il s'en va rejoindre les siens. Je les regarde charger les bidons à l'arrière des 4 x 4, repense à cette rivière couleur cuivre. J'y revois sombrer les corps qui, de toute façon, étaient condamnés à crever, intoxiqués au mercure, comme tous les pêcheurs du coin. En somme, je n'ai fait qu'accélérer leur destin, leur épargnant un cancer terrible et sans chimio → traitement → pilules → Keith Moon, et la déprime fait son come-back. Je balance mon gobelet dans la poubelle, me dirige vers l'infirmerie. Somnifères.

- 47 -

Jeudi soir.

... Yannick. Yannick. Yannick. Yannick. Yannick. Yannick. Yannick. Yannick. Yannick. Yannick. Yannick. Yannick. Yannick. Yannick...

— 'Pouvez me passer le sel ?

Une voix, et le réel me pète à la gueule. Retour au réfectoire, au brouhaha, au ragoût de perroquet et topinambours bouillis. Le mec en face, des grumeaux dans la barbe :

— Le sel.

Je le lui tends, il s'en empare comme si c'était un dû :

— Vous avez l'air éclaté.

— Ouais... j'ai dormi toute la journée.

— Fatigué d'avoir pioncé ? Z'entendez ça, les mecs ?

Tous s'esclaffent autour de la table. J'aurais mieux fait de rester dans ma piaule. C'est ma faute. Au réveil, j'ai réessayé de joindre ta mère – sans succès – et ça m'a déprimé encore plus, j'ai pensé que ça me ferait du bien de bouffer avec le groupe. J'ai eu tort. Tous des losers, surtout à ma table : dix bourrins, parmi lesquels un boxeur déchu, un caïd en cavale, un ex-légionnaire et deux anciens du GUD.

— *Papa, c'est quoi « gude » ?*
— *Groupe union défense. Des teigneux qui cognent les étudiants, surtout les basanés.*
— *C'est pas gentil, de faire ça. Ils sont en prison ?*
— *Oh, non ! La plupart se sont recyclés chez Giscard.*

Et l'autre con, qui n'en finit pas de saler son assiette. L'un de ses collègues lui arrache la salière, alors ça clashe. Ils s'engueulent, s'envoient chier dans les rires de leurs congénères, puis le dîner se poursuit, bruyant, abrutissant de virilité. Le triomphe du capitalisme : user les hommes pour les réduire à ce qu'ils sont. Je découpe ma barbaque, mâche un morceau de ce perroquet qui ne criera plus.

— 'Paraît que vous venez avec nous, dimanche ?

Le mec, à ma gauche : Ambroise, vingt-huit ans, né à Cayenne et exploité ici. Il m'a branché dans la file, quand j'attendais avec mon plateau.

— Ouais.

— Vous verrez, le Suriname, c'est spécial. Les gens sont moins cool qu'ici.

Je ne le relance pas, concentré sur mon assiette. Et puis, Storm m'a déjà briefé. Si le Suriname est *spécial*, si ses habitants sont *moins cool*, c'est que cette ancienne colonie hollandaise a obtenu son indépendance il y a trois ans et que les Blancs n'y sont pas les bienvenus. Et moi, bien sûr, je vais devoir traverser ce pays jusqu'au Guyana. Blasé, je croise mes couverts dans l'assiette et me lève, Ambroise me relance :

— Je peux finir votre viande ?

Je n'ai pas dit « Oui » qu'il incline mon assiette et, du couteau, ajoute mon reste de ragoût au sien.

— Ce soir, on projette *Le Cercle rouge*. Vous serez là ?

— Je l'ai déjà vu.

— Nous aussi, mais c'est un bon film.

Je pars avec mon plateau, m'oriente vers la poubelle près de la sortie. Dormir ; j'ai hâte. Et avec les somnifères, je suis sûr de pioncer jusqu'à l'aube. Non, ma chérie, n'insiste pas, *Le Cercle rouge*, c'est pour les grands. En plus, il faut que je réessaie de joindre ta mère. « Du sang ? » Non, c'est pas vraiment un film violent, il y a peu de fusillades, mais tu ne le verras pas. Parce que. Arrête d'insister, maintenant. Et puis, Delon meurt à la fin et c'est nul.

- 48 -

Vendredi matin.

— C’est sûr, le forage, c’est tout un art.

— Mm.

— Après, plus on creuse, plus ça chauffe.

— Mm.

— C’est pour ça qu’on met du fluide.

— Mm.

— Un mélange d’eau et d’argile. Pour refroidir la tige.

L’employé continue ses explications, passe du fonctionnement du derrick au job des géologues. Qui analysent la boue. Qui étudient la roche et sa porosité, sa perméabilité, etc. Je me fous de tout ça, d’autant que j’étais juste venu lui demander du feu, car mon briquet m’a lâché. J’essaie d’en placer une, mais impossible, le mec est bien trop content d’avoir un inculte en face de lui :

— Normalement, il est censé y avoir du pétrole sous nos pieds.

— Et à part ça...

— Une nappe estimée à deux mille barils, mais on commence à en douter.

— ... vous avez un briquet ?

— Ah, non, je fume pas. J'avais un pote qui fumait, il a fini à l'hosto et...

Je me casse, trop stone pour m'énerver. Grâce aux somnifères, je pionce un maximum - 10 h-18 h, 20 h-8 h - et le reste du temps, j'essaie de joindre ta mère, je fais des pompes, j'enchaîne les clopes. Mais là, ça va être dur de trouver un briquet, vu que les autres sont tous partis au boulot. Philippe, peut-être. Lui, il est obligé de rester ici pour protéger le site, mais je ne le vois pas sur son mirador. À tous les coups, il cuve ses bières.

Je traverse la plateforme, dépasse l'infirmerie, avant de me sentir observé. Storm, au sommet de son escalier. Je le salue d'un hochement de tête, il fait de même et regagne son antre dont il ne ressortira qu'en fin de journée, au retour de l'équipe, pour la pesée de l'or. Je continue d'avancer, cherche entre les baraquements, puis contourne le réfectoire, devinant une ombre à travers la fenêtre. Quelqu'un. J'ouvre la porte et trouve Philippe, à genoux, en train de sucer le cuistot. Celui-ci stoppe son amant, qui me reconnaît et baisse la tête. Le cuistot, livide :

— Heu...

— Vous avez du feu ?

Il fouille nerveusement sa poche. Il me tend son briquet, j'allume ma Marlboro et le lui rends. Philippe, honteux, sans me regarder :

— Vous direz rien, hein ?

— Dire quoi ?

Je sors, retrouve la canicule, les moustiques, le vide déprimant de la plateforme. Et le temps, ennemi de chaque instant, qui joue avec mes nerfs comme avec une harpe maléfique. Dans la pirogue, il ne se passait rien, mais au moins, je dérivais. Là, je macère. Mais le pire, ce n'est pas ça, non. Le pire, c'est que tu sois témoin de mon pourrissement et que je ne sois plus ton héros.

- 49 -

Vendredi soir.

« Un sous-marin japonais nous a mis deux torpilles par le travers avant. Voilà, chef. Ça s'oublie pas, ça. On rentrait d'une mission de l'île de Tinian, où on avait livré une bombe, celle d'Hiroshima. LA bombe. Onze cents marins à la mer. Le navire a coulé en douze minutes. On est restés sans voir un requin pendant près d'une heure. »

La voix est rugueuse, le regard azur. Autour d'une bouteille de gnôle, le pêcheur Quint confesse à Hooper et au shérif Brody son traumatisme, lorsqu'il était à bord de l'*USS Indianapolis*. Ma séquence préférée des *Dents de la mer*.

« Quand il s'approche de vous, le requin, il fait pas vivant. Jusqu'à ce qu'il vous happe. Là, ses petits yeux noirs deviennent blancs, et alors on entend ces cris terribles qui vous percent les tympans, et l'océan est tout rouge. Et malgré qu'on se débatte, qu'on gueule, qu'on hurle, ça

grouille de partout et ça vous met en pièces. À l'aube de ce premier jour, cent hommes étaient morts. »

C'est la deuxième fois que je le vois et, même si l'écran est moins grand et le son un peu pourri, je l'apprécie encore plus. Ici, au fond du réfectoire, assis derrière les autres. Il ne manque que Storm, en réunion téléphonique avec le siège de l'AOC.

« Le cinquième jour, à midi, un Lockheed Ventura nous a survolés à basse altitude et nous a vus. C'était un jeune pilote, plus jeune que M. Hooper. Enfin bref, il nous a vus, il est reparti, on a attendu encore trois heures, puis un hydravion s'est pointé et nous a pris à son bord. Vous voulez que je vous dise ? C'est à ce moment-là que j'ai eu peur : en attendant mon tour. »

Quel film, quelle maîtrise... et le réal' n'avait même pas trente piges. Ce jeunot a changé l'histoire du cinéma, alors que moi, à quelques années de la quarantaine, je n'ai toujours rien accompli. « Arrête de te comparer aux autres » – ce que ta mère m'a le plus dit durant toutes ces années. Avec « Je t'aime », bien sûr, mais ça, ça compte plus.

À l'écran, le monologue fait place au chant lointain d'une baleine, puis le trio bourré entonne un air de marin. On fraternise, on tape sur la table et l'atmosphère se détend, lorsqu'un employé – crâne rasé, nez cassé – s'assoit à côté de moi et murmure :

— Paraît que tu veux aller au Guyana.

— Ouais.

— Qu'est-ce que tu vas foutre là-bas ?

— Je vais retrouver un pote.

— Te fous pas de ma gueule. Les menteurs, je les reconnais.

Devant, un mec nous fait signe de la fermer. L'autre le chope par les cheveux – « Encore une fois et j'te pète les dents » – puis le renvoie au film, où le requin s'attaque à la coque du bateau. L'équipage est tendu, comme moi :

— Tu cherches la merde ?

— Non, mais j'aime pas qu'on me prenne pour un con. Vu ta gueule, ton regard de chasseur, ça se voit que t'es pas un touriste.

— Et toi, ta gueule, elle raconte quoi ?

— Elle dit que j'ai pris vingt ans pour viol et que je me suis tiré à ma première perm'.

Je le fixe, il soutient mon regard :

— Alors ?

— Alors quoi ?

— « Ton pote au Guyana », c'est qui ?

— Ça te regarde pas.

— Je vois... j'aimerais pas être à sa place.

Le mec me tapote l'épaule, se relève et – tranquillement – regagne son siège parmi les autres. Tous captivés par le film, où Quint pète les plombs, tire dans l'eau avec son fusil, ordonne à Hooper de prendre la barre. En retrait, Brody vérifie le barillet de son flingue, le referme d'une main crispée et scrute la nuit. Il flippe. Moi aussi. Car ce violeur, cette ordure m'a touché et je n'ai pas réagi. Aucun sursaut, aucune sensation de malaise : ce contact m'a semblé naturel, quasi familier, comme si mon corps était déjà prêt, de l'autre côté.

- 50 -

Samedi matin.

... Yannick. 28. Yannick. 29. Yannick. 30, et j'arrête les pompes, essoufflé, les bras en feu. Je prends le bol, goûte mon café devant la fenêtre, observe la plateforme déserte. Décor sinistre qui, demain, à la même heure, sera remplacé par la jungle du Suriname.

J – 1.

Hâte d'y être, et pour ça, une seule solution : somnifères, encore. Mais avant, je vais préparer le sac, ça me rapprochera du voyage. Je retire mon linge de la corde, le plie soigneusement – comme tu sais faire, maintenant – et l'empile entre les deux bouteilles d'Évian. J'y ajoute le flacon de désinfectant, la boîte de pansements pour mes pieds, même si je compte bien rejoindre le Guyana en avion. J'ai assez de fric pour ça.

Je reprends mon café, pense à ta mère, à Pigalle. J'y revois Josiane et son bistrot, ses habitués dont je n'aurais jamais soupçonné qu'ils puissent me manquer. Je les imagine au comptoir, critiquant Chirac et encensant Platini, touchants de simplicité dans ce monde si complexe, lorsqu'un hurlement ébranle le site. J'en perds le bol, éclaboussant mon jean, me précipite à la fenêtre. Vrombissements. Poussière. Trois 4 x 4 aux freinages stridents. Des portières s'ouvrent, des employés appellent à l'aide. J'enfile mes baskets et sors aussitôt, percuté par le médecin, fonçant vers les véhicules.

— QU'EST-CE QUI SE PASSE ?

Personne ne me répond. Je m'élance à mon tour, aspiré par les plaintes abominables, me fraye un passage jusqu'à l'un des 4 x 4, à l'arrière duquel un employé convulse de douleur. Insoutenable, son calvaire me répugne, et je recule, bousculé par les autres. Le médecin fouille sa sacoche :

— SA LANGUE ! AIDEZ-MOI !

En sueur, il lui coince un stylo entre les dents. Deux mecs le rejoignent, tentent de contenir leur collègue. Qui hurle. Se gratte le bras jusqu'au sang. Moi, je recule encore et bute contre quelqu'un, qui n'est autre que Storm, la mine affligée :

— Et allez... encore un...

Le supplicié se débat, repousse ses potes, qui le plaquent de force sur le dos, tandis que le médecin lui fait une injection. Je me tourne vers Storm.

— Qu'est-ce qui lui est arrivé ? Serpent ?

— Fourmi flamande.

— Hein ?

— Une véritable saloperie.

— C'est une fourmi qui l'a mis dans cet état ???

Storm n'a pour seule réponse qu'un soupir, puis repart, tête baissée, en direction de son bureau. La crise du mec s'atténue enfin, lui arrachant des sanglots, remplacés par le vrombissement du forage.

- 51 -

Samedi soir.

— *Allô ?*

— C'est moi.

— *Franck ! Enfin !*

— Oui, « enfin ». J'essaie de te joindre depuis trois jours !

— *J'étais en formation dans le Nord. J'ai le droit, non ?*

— Je ne pouvais pas savoir. Ça fait trois jours que...

— *T'étais censé appeler il y a plus d'une semaine. J'ai flippé, j'ai imaginé le pire, alors si quelqu'un doit gueuler, c'est plutôt moi !*

— La semaine a été compliquée.

— *Comment ça ?*

Sa voix s'est adoucie, fragilisée par une inquiétude qui me confirme que j'existe encore pour elle, que je n'ai pas été qu'un géniteur. Je m'assieds sur le tabouret.

— Trop long à expliquer.

— *C'est ce que tu dis chaque fois. Qu'est-ce qui t'est arrivé ?*

— Rien. J'appelais pour te dire que je serai au Suriname demain.

— *Tu peux répéter ? Je t'entends mal, la ligne est mauvaise.*

— J'ai dit que je serai bientôt au Guyana et...

— *Ça suffit, maintenant. Il faut que tu reviennes. Je suis allée au commissariat et j'ai vu le toxico. Il a avoué, il sera jugé d'ici deux mois. C'est fini.*

— Il a avoué de suite ?

— *Au bout d'une journée. Les flics lui ont mis la pression.*

— S'il a parlé, c'est qu'il était en manque. Ils ont dû lui promettre une dose ou...

— *Arrête ! C'est fini, je te dis, ils l'ont trouvé ! Reviens, Franck !*

Elle enchaîne, des sanglots dans la voix, et me dit qu'elle s'inquiète pour moi, qu'elle a peur qu'il m'arrive quelque chose, qu'elle ne reconnaît plus l'homme qu'elle a aimé. J'essaie d'en placer une, mais Chirihane poursuit en roue libre, me parle avec ses tripes et nos souvenirs - ceux d'avant toi - lorsqu'on avait le temps de tout, les restos, les concerts, les voyages. « Reviens », « T'es en train de te perdre »... elle me parle comme jamais auparavant, jusqu'à ce « J'ai besoin de toi » qui me crispe.

— « Besoin de moi » ? Alors, fallait rester.

— *Dis pas ça... c'était trop dur de...*

— Maintenant, t'es avec Alex.

— *Oui, mais j'ai besoin que... que tu sois pas loin... depuis ton départ, c'est comme si... ça ravive tout, elle me manque tant... reviens, je t'en supplie !*

— Je reviendrai quand je l'aurai tué.

— *Mais... mais tu fais chier à t'obstiner, à t'accrocher au passé !*

— Je m'accroche pas, je...

— *Si ! T'entends plus rien, t'es enfermé dans ton truc ! J'en peux plus !*

— Chirihane...

— *Laisse-moi ! Laisse-moi vivre ma vie ! Ne m'appelle plus ! Plus jamais !*

Elle raccroche violemment ; le bruit m'explose le tympan. Cette fois, je crois que je l'ai vraiment perdue. Songeur, je m'adosse contre la paroi. Le combiné dans la main, je pense à elle, l'imagine en train de pleurer à 8 000 kilomètres d'ici. Ça me fait de la peine, j'en reviens pas qu'elle soit devenue aussi crédule. J'aimerais l'aider, tu sais, mais elle est dans le déni et je ne peux plus rien pour elle. Les flics n'ont rien trouvé pendant un an et là, d'un coup, ils auraient chopé ton assassin ? Nous, on sait. Et on le tuera.

- 52 -

Dernière nuit.

Anaconda.
Marseille.
Fourmi.
Machette.
Amérindiens.
Moustiques.
Keith.
Montparnasse, ta mère, puis l'autre pêcheur et sa gueule éclatée, tous succombent sous la lame du rasoir. Plus je racle, plus ça saigne, plus ça *jungle* en moi. Incantations saturées aux décibels d'agonie. Je n'ai pas peur.

- 53 -

« YEAAAAAAAAH ! »

Mes yeux se rouvrent sur un gros cul, fessé à tour de rôle par les employés. J'ai connu mieux comme réveil. Hagard, je me rétablis sur le siège, à l'arrière du car, tandis que l'autre remonte son froc et trinque avec les siens. Ça saute, ça renverse sa bière en se marrant. À l'avant, le chauffeur leur dit de se calmer, sans succès. Ambroise, à droite :

— On arrive à la frontière.

— J'avais compris.

Je m'étire, regarde défiler la jungle à travers la vitre. D'ici peu, je quitterai enfin la Guyane et cette imminence me revigore, tandis que l'on traverse le pont, que la douane apparaît. Le car s'arrête, mais pas les soûlards, qui reprennent en chœur *Les Gondoles à Venise.* Je fouille ma veste, vérifiant que le fric y est toujours, puis sors mon passeport.

— Oh, pas la peine ! dit Ambroise.

Ses propos se confirment : dehors, les douaniers serrent la main de notre chauffeur, qui leur remet des cartouches de Marlboro et des packs de Bud. L'AOC connaît bien ses employés, assez pour préserver leur anonymat. La barrière se lève, le car repart et me voilà au Suriname. On se rapproche, ma chérie, plus que 2 500 kilomètres et Yannick sera à nous. J'observe le panorama. Même végétation, mêmes arbres... vu le décor, c'était pas la peine de faire deux pays. On roule le long d'une falaise ocre, donnant sur une crique paradisiaque, puis un village où le car s'arrête sous des hourras. À l'ouverture des portes, tous se bousculent pour sortir, accueillis par de jeunes métis en soutifs et minijupes, maquillées à outrance. Les mecs sont déchaînés ; elles feront le job.

Ambroise descend, célébré à son tour – *« Hi, darling ! »* Les putes flattent leurs héros du jour, qui leur promettent l'extase. Bouillon de mensonges, où la misère des uns fera le calvaire des autres. 9 h 53, et je me décide à sortir. Moustiques. Drugstore. 4 x 4 alignés aux abords d'un garage. Hôtel à trois étages, décoré de lampions et palpitant de disco, vers lequel tous se dirigent. À l'entrée, picolent deux blonds en marcel, coiffés à la Claude François. Notre chauffeur descend du car, je me tourne vers lui :

— Pour aller à l'aéroport...

— C'est loin.

Il s'éloigne en direction du garage. Connard. Je traverse le village, dépasse la dizaine de 4 x 4 – aux portières arborant le logo Shell – et rejoins les deux Cloclo.

— Bonjour. Je veux aller à...

— *Eh ? Ik snapte het niet.*

— Hein ?

— *We're Dutch. Speak english ?*

— Heu... *yes... looking for the airport.*

Ils s'esclaffent, se foutent de ma gueule en néerlandais. Des employés de Shell. Le pays est peut-être indépendant, mais reste un trésor pour les compagnies pétrolières.

— *Take the bus, man !*

— *Where ?*

Trois ivrognes surgissent avec des filles hilares. Ils me bousculent pour rejoindre leurs deux potes, les entraînent vers le bordel. Le groupe disparaît dans les vapeurs du disco et du vice. Excédé, je prends le chemin du drugstore.

— *Hi, darling !*

Une pute – Noire, la trentaine – au soutif pailleté. Elle me tire par le bras.

— *Come on, I want you !*

Je me libère, elle revient à la charge et m'indique le bordel.

— Lâche-moi.

— *Oh ! French ?* Français ? puis, tout sourire, « Paris ! », « Tour Eiffel ! »

— C'est ça. Allez, tire-toi.

— Je t'aime ! Viens, mon chéri !

— LÂCHE-MOI !

Je la repousse. Elle s'écroule, peine à se rétablir – défoncée – puis remet ses talons aiguilles, se casse en m'insultant. Je pénètre enfin dans le drugstore, n'y trouve que des packs de bières et des pyramides de boîtes de conserve. Aucun vendeur. Les mots de Storm me reviennent – « *À votre arrivée, vous serez seul. Quoi qu'il arrive, l'AOC ne vous connaît pas* » – et je sors, non pas seul, mais isolé. La nuance est là-bas, dans cette ambiance festive vomie par le bordel. Désolé de t'avoir amenée ici, c'est pas un lieu pour une enfant. Un jour, quand tu seras grande, tu me le reprocheras et tu auras raison. Tu me reprocheras aussi de ne pas avoir su garder ta mère, pas su lui donner envie de rester. J'ai essayé, tu sais, je l'ai suppliée, mais ça n'a pas suffi.

Et si j'ai fini par comprendre, je ne me pardonnerai jamais de t'avoir vu pleurer tant de fois en réclamant ta *maman*. Ton désarroi insoutenable et mon impuissance, dans ce trou perdu.

Meurtri, je sors mes clopes, en dépose une à mes lèvres, actionne le briquet. La flamme jaillit, puis s'éteint... soufflée par une EXPLOSION. Propulsé, je ne suis plus. Pantin ex-humain. Tornade centrifuge, où le soleil m'accueille et m'enlace et m'étouffe et me crame, avant de me recracher sous un déluge de braises.

Mal.

« Laisse les gondoles à Veniseuuuuh ! »

Ma tête.

« Le printemps sur la Tamiseuuuuh ! »

Mon corps.

« On n'ouvre pas les valiseuuuuh ! »

Mal partout.

« On est si biiiien ! »

Et ces acouphènes qui me vrillent les tympans. Je tousse, la gueule dans la terre. Mes mains. Tremblements. Mes doigts crochus de terreur, que j'appuie sur le sol pour essayer de me relever. Ma cage thoracique se resserre en corset, mais je m'acharne et me rétablis enfin, tourne sur moi-même. Cabanes dispatchées. Car renversé. 4 x 4 encastrés, du sol aux arbres. Et le bordel anéanti, dont les flammes sont autant de hurlements. Une fille en sort, torche humaine au visage fondu, s'écroule sous le poids d'autres victimes.

Horrifié, je m'enfuis entre les débris calcinés et trébuche, m'étale sur un capot. Tableau de bord. Aucune clef. Là, non plus. Là, non plus. Là ! Je m'empare du trousseau, m'enferme dans un 4 x 4... sans volant. Si, à gauche, et je passe d'un siège à l'autre, avant de réaliser que je n'ai plus le sac à dos. Mon sac avec ta robe. Je le cherche, de flammes en cadavres fumants, l'aperçois parmi les décombres. Je ressors, confronté à un flingue.

— BOUGE ! ALLEZ !

La pute, celle que j'ai envoyée chier. Elle me pousse vers le volant, enragée, s'installe sur le siège passager :

— DÉMARRE !

— M... mon sac...

— DÉMARRE OU JE TE BUTE !

Je débraye, roule et percute un 4 x 4, recule et en défonce un autre. La pute me file un coup de crosse – « QU'EST-CE QUE TU FOUS ? » – alors je braque le volant de toute ma haine et accélère, les larmes aux yeux, contraint d'abandonner ta robe. L'autre, agitant le flingue :

— Fonce !

— C'est ce que je fais ! Qu'est-ce qui s'est passé ?

— Prends à gauche !

Un virage, et je frôle un arbre, m'engage sur un chemin chaotique, éprouvant les amortisseurs. La pute essuie son maquillage avec un torchon, qu'elle jette par la fenêtre, retire son soutif pour enfiler un marcel. J'entrevois ses seins, je sens le flingue sur ma tempe – « Concentre-toi sur la route ! » – et je roule longtemps...

- 54 -

... très longtemps, le cœur battant. Une demi-heure que la jungle défile, que la vie continue pour des milliards de gens à travers le monde, et moi, je suis toujours prisonnier du village en feu. Corps calcinés. Brasier hurlant, qui dévore ta robe et me prive de toi une fois de plus. De trop. Je serre les dents, les doigts sur le volant, mais ça me reprend, alors je retire ma main droite et la secoue, la frotte contre ma cuisse. La pute, agitant son flingue :

— Tu fais quoi, là ?

— J'ai une crampe.

— Te fous pas de moi ! Les mains sur le volant !

— Mais où on va ?

Elle ignore ma question, surveille nos arrières dans le rétro extérieur. Elle qui parle français, je le réalise à l'instant. La crampe s'intensifie et me tord les phalanges, mais je résiste, j'encaisse, j'encaisse tout, la douleur, les morts, les échecs successifs.

— À droite !

— Où ? Il n'y a pas de route !

Elle appuie le canon, me creusant la tempe, alors je braque, m'engouffre dans la jungle. Les branches, les lianes fouettent la carrosserie, quand surgissent d'énormes mâchoires d'acier. Panique. Frein. Volant. J'évite de peu la machine et manque d'en percuter une autre, plusieurs. Une dizaine de pelleteuses, arrachant les arbres dans un boucan assourdissant.

— C'est qui ? Qu'est-ce qu'ils font ?

— Attention !

Je zigzague entre les véhicules, les troncs éclatés, les singes écrasés, et traverse la zone déboisée, semblable à un terrain vague. Des ouvriers nous insultent, nous jettent des canettes, et nous voilà hors d'atteinte. Les cris des mecs font place à ceux des perroquets, effrayés par notre échappée, où le chemin redevient jungle. Au-dessus, les feuillages se rejoignent et forment une voûte qui nous entraîne dans un tunnel verdoyant interminable...

- 55 -

... et me propulse dans un halo aveuglant.

— Arrête-toi !

Je freine et l'immaculé s'évapore, révélant une clairière cernée de hautes herbes, puis des tentes lacérées, des corps ensanglantés. Deux nanas et trois mecs, tous en uniformes kaki : soldats ou guérilleros, criblés de balles. L'horreur continue. Et ce silence irréel.

Je me tourne vers l'autre, médusée, le flingue tremblant. Je songe à le lui arracher, lorsqu'une larme cisèle lentement sa joue. Son menton frémit, sa main ouvre la portière, et je la regarde sortir, avancer de trois pas, puis s'arrêter, hypnotisée par les cadavres. Un pépiement résonne alors, dans les hauteurs, et la jungle se réveille, apportant juste ce qu'il faut de sons pour attiser l'épouvantable.

Fuir.

Concentré sur elle, je fléchis mon bras et referme mes doigts sur la clef, sans parvenir à redémarrer le moteur. Crampe, encore. Ma main se crispe, mon estomac. Carnage. Portière, et je sors du 4 x 4. Elle pointe son arme...

— TIRE-TOI !

… puis s'approche d'un corps, s'agenouille auprès de lui. La suite m'est cachée par son dos frémissant. Ses reniflements ; elle pleure un amant ou un frère, un frère d'armes. Peut-être est-elle en train de lui caresser le front, de lui tenir la main. Je pourrais en profiter pour fuir, mais je reste là, à observer son deuil. Longtemps, j'ai espéré ça, mais ta mère n'a jamais pleuré en ma présence, elle attendait que je sois au boulot. Elle m'a toujours privé de son deuil, comme si je pouvais pas comprendre, comme si mon calvaire était indigne du sien. Alors, j'ai cherché cette souffrance ailleurs – des tox du 14e au lépreux devant l'église – sans la trouver, jusqu'à aujourd'hui. Et ça fait du bien.

L'autre examine des traces de pneus, déambule à travers le camp, disparaît sous une tente. Je m'appuie contre le capot, allume cette clope que j'aurais dû fumer au village. Une bouffée, et je revis l'explosion, tout ce qui m'a conduit ici, dans cette jungle où je ne cesse de revenir si tant est que j'en sois déjà sorti. Ses bruits, ses morts, comme cette femme à quelques mètres de moi, défigurée, le scalp partiellement arraché. Je vois les mouches, je respire la chair pourrie, et tout ça, sans la moindre répugnance. Ce corps n'est qu'un cadavre de plus avant le prochain. Yannick, peut-être. Moi, sans doute.

— T'es encore là ?

Je relève la tête, la découvre en treillis et rangers, le regard haineux, les traits vieillis par l'épreuve. Elle pointe son flingue vers moi.

— T'es sourd ? Je t'ai dit de te tirer !

— Je sais pas où aller.

— Je m'en fous. Tire-toi !

— Qu'est-ce qui s'est passé, ici ?

— Casse-toi ou je te bute !

— C'est qui, ces gens ?

Ses yeux se troublent, le flingue tremble, avant de s'affaisser sous le poids de l'émotion. À une question près, j'étais mort. Ça peut encore survenir, lorsqu'elle se sera ressaisie.

— Tu bosses pour l'AOC ?

— Non.

— Je t'ai vu descendre du car !

— Je ne travaille pas pour la compagnie.

— Alors, pour qui ? La CIA ? Les escadrons ?

— Les... ?

— Joue pas au con ! Tu sais très bien de quoi je parle !

— Non, je ne comprends rien.

Elle vise mon genou droit :

— Et là, tu comprends mieux ? J'te le demande une dernière fois, tu bosses pour qui ?

— Pour personne.

Elle soutient mon regard, y injectant sa paranoïa. Moi, l'ancien disquaire bouffeur de coquillettes, soupçonné d'être un agent américain. Si elle redoute tant la CIA, c'est qu'elle a bien des trucs à se reprocher, à commencer par l'explosion. « L'attentat », car tout ici, du sang aux uniformes, pue la politique dans ce qu'elle a de plus trash.

— D'où tu viens ? Qu'est-ce que tu foutais au village ?

— Je viens de Paris.

— Et ?

— Et le reste, ça me concerne.

— Continue comme ça et je te bute.

— Alors, fais-le, qu'on en finisse.

Je jette ma clope et fouille ma veste, balance tout à ses pieds :

— Mon fric et mon passeport. Vas-y, fais-toi plaisir.

Elle marque un temps d'arrêt entre stupeur et indignation, se baisse pour ramasser l'enveloppe, le passeport. Elle y découvre mon identité, ce qui la conduit à me dévisager pour vérifier *ma gueule de Franck*, puis compte les billets. Ses yeux s'écarquillent, adoucissant ses traits, puis son front se plisse de suspicion. L'accalmie n'aura pas duré longtemps. Elle glisse le tout dans une poche de son treillis.

— Sacré paquet de fric. C'est pour quoi ?

— J'en ai besoin pour... retrouver quelqu'un.

— T'es un tueur ? C'est un contrat ?

— Non.

— T'as intérêt à parler ! et visant ma tête, je t'écoute !

— *Allez, papa. Vas-y.*

— *Je veux pas.*

— *Il faut que tu le dises. Il est temps, tu crois pas ?*

— *Elle n'est pas obligée de savoir.*

— *Je parle de toi.*

— *C'est trop dur... j'ai peur... veux pas craquer...*

— *Ça te fera du bien. Allez, dis-le.*

L'autre s'approche de moi, me colle le canon entre les yeux :

— Alors ?

Alors, après tant de rétention, tant de jours et de nuits à crever en solo, je m'effondre et raconte. Tout. Lui parle de toi, de lui, de ta beauté, de ta voix, de ta spontanéité, de l'odeur printanière de ta nuque, de tes extravagances de petite boute-en-train, de ce *toi* qui me consume à chaque seconde. Et maintenant que j'ai tout déballé, que je suis purgé jusqu'à l'os, je te hais car tu m'as menti. Non, « ça ne m'a pas fait du bien », ça a empiré, car ces mots étaient destinés à Yannick quand je l'aurais eu entre mes mains. Maintenant, tout est gâché, foutu, et c'est à cause de toi. Non, tais-toi. Ferme-la. Je ne veux plus t'entendre, t'as compris ? Ferme-la ou ça va mal se passer. Prostré, j'essuie mes larmes d'un revers, avant de me découvrir assis, appuyé contre la roue du 4 x 4, aux pieds de cette connasse immobile, le regard voilé de pitié.

— Voilà. Maintenant, tu sais.

— ...

— Et toi, t'es qui ?

Elle avale sa salive, se tourne vers les cadavres. Moi, j'étends les jambes sur la terre. D'une main molle, je sors mon paquet de clopes, l'ouvre et constate qu'il ne m'en reste que quatre, ce qui me déprime davantage.

— T'en veux une ?

- 56 -

« On n'a pas de nom. Comme ça, personne peut nous identifier. On n'a pas de nom, mais on a des armes et des réseaux à travers toute l'Amérique du Sud. On est en guerre contre les multinationales qui pillent et affament. »

La haine.

« Les balles, les bombes, ils comprennent que ça. Et crois-moi, avec l'action de ce matin, ils mettront du temps à se relever, à remplacer leurs employés. Leur production est arrêtée pour au moins deux mois. »

La haine.

« C'est pour ça qu'ils nous traquent, qu'ils ont assassiné les miens. Mais on lâchera rien. Tant que l'ennemi sera implanté, on fera sauter ses pipelines, on butera ses collabos. »

La haine dans les veines, tandis qu'on fonce vers le sud, que je m'éloigne du Guyana. Et l'autre flippée qui alterne entre le rétro, sa boussole et moi. Putain de guérillera à l'idéologie bien rodée. J'ai essayé de nuancer ses propos, mais elle avait réponse à tout. La violence ? La seule alternative. Les employés des compagnies ? Des complices. Les putes ? Des exploitées qui jouent le jeu du capitalisme. Moi ? Un Blanc égoïste qui, par son inactivité, cautionne les dictatures en Amérique du Sud.

Ainsi, me voici à présent otage d'une révolutionnaire, en direction du Brésil. Et si elle ne m'a pas buté, c'est qu'elle a besoin de ma gueule et de mon passeport pour passer la frontière. *« Je me planquerai à l'arrière, sous la couverture. T'auras intérêt à être réglo »* – ses derniers mots avant le départ. Dix minutes qu'on roule, dix minutes que je bouillonne de rage, au volant du 4 x 4.

— Pourquoi le Brésil ?

— Je dois rejoindre les miens.

— Et après ? Tu me buteras, c'est ça ?

— Ça dépend de toi.

Je la fusille du regard, l'insulte en silence. Une salope de haut niveau dont j'ignore le prénom et avec laquelle je n'ai rien à partager, pas même une Marlboro qui est l'« incarnation de l'impérialisme américain ». Son flingue ; j'aurais dû le prendre quand j'en avais l'opportunité.

— N'essaie même pas, dit-elle.

— Quoi ?

— J'ai besoin de toi, ouais, mais si tu joues au con, j'hésiterai pas à te buter.

— Je vois... elle est belle, ta révolution.

— Qu'est-ce que t'y connais ? Tu vis en dictature ? Non ! Alors, ferme ta gueule !

Je me contiens, hanté par Yannick et son tatouage et la route et le flingue et la jungle omniprésente, compressant mon champ de vision... où la végétation perd en volume, quelque peu épurée. Ses arbres, moins nombreux, laissent entrevoir des bicoques délabrées, des champs en friche, puis une décharge, au loin.

— Je peux savoir ce qu'on fuit, au moins ?

— Des tueurs. Les escadrons brésiliens.

— Ils vous traquent jusqu'ici ?

— Partout.

Elle en remet une couche sur la CIA, enchaîne avec les dictatures en Amérique du Sud, un plan Condor qui leur permet d'échanger des infos sur les opposants comme elle, et ce déluge de mots m'oppresse davantage. J'ignorais les trois quarts, mais certains trucs ravivent des souvenirs, d'un JT à une marche contre Pinochet, où je me revois défiler avec la conviction puérile de changer le cours de l'Histoire. À l'époque, j'étais de tous les combats, à raison d'une manif par semaine : contre la peine de mort, pour l'IVG, contre les licenciements, pour la libération d'Angela Davis et...

— ... tous les combattants emprisonnés ! Mais visiblement, ça te dépasse !

— Non. J'ai d'autres priorités, c'est tout.

Elle braque subitement le volant. Je m'insurge - « Qu'est-ce que tu fous ? » - tandis qu'elle nous entraîne à travers la jungle et écrase mon pied sur la pédale de frein. Arrêt brutal ; ma tête heurte la vitre. Je gueule, elle me censure avec le canon, quand résonnent des vrombissements. On se retourne, observe la végétation aux sons des moteurs, de plus en plus proches. La peur au ventre, je scrute les feuillages entre lesquels je devine la route, où passe un camion, deux, dix, occupés par des militaires. L'autre, son flingue à deux mains :

— Merde... ils vont au sud.

— C'est eux ?

— Non. La garde nationale.

— Ils te recherchent, eux aussi ?

— J'en sais rien. Mais en ce moment, ça clashe entre les Créoles et les hindous, alors...

— Je m'en fous ! Qu'est-ce qu'on fait ?

— Je réfléchis.

— On ne va pas rester là !

— Je réfléchis, je te dis ! Ferme-la !

Encore un camion, et le convoi disparaît. À cran, je refais face au volant, sur lequel je croise mes bras, appuie mon front. Expire. Inspire. Respire au rythme indolent de la jungle, ses brisures d'écorce, son goutte-à-goutte de feuille en feuille, et cette mélodie a quelque chose de désespérément vrai.

- 57 -

Au nord, les compagnies minières.

Au sud, la garde nationale.

À l'est, les tueurs.

Alors, ce sera l'ouest, direction la rivière Courantyne, où elle volera un bateau pour aller rejoindre ses potes. Ça m'arrange, car cette rivière fait office de frontière avec le Guyana. Quand on y sera, je lui choperai le flingue avant qu'elle me bute.

— Ramène ton cul !

Je sors du 4 x 4, franchis l'enceinte de la décharge aperçue tout à l'heure, qui s'avère être un cimetière de bagnoles et de camions. Dépotoir assombri par des pyramides de pièces détachées, aux relents d'essence et de plastique cramé. J'enjambe les débris, manque de choper le tétanos à chaque pas :

— Je peux savoir ce qu'on fout ici ?

— La végétation sera trop dense. Faut changer de véhicule.

— Quoi ? T'as vu où on est ? Il y a même pas de quoi bricoler un vélo !

Elle s'éloigne, contourne une citerne, un bric-à-brac de cylindres. Je la suis du regard et la perds, avant de la retrouver du côté d'une Jeep défoncée, sans roues.

— C'est sûr, avec ça, on roulera mieux !

— Ta gueule.

— *HANDS UP !*

Je sursaute, découvre un colosse en salopette noircie de cambouis, armé d'un fusil à pompe. Terrifié, je lève les mains, la nana aussi :

— N'ayez crainte, monsieur, je vais vous expliquer.

— *Oh ! Frenchies !* Jette ton arme !

Elle obéit, ce qui me surprend. Me déçoit. Me glace le sang. Jamais nous n'atteindrons le Guyana, jamais je ne le tuerai, « jamais » – le mot me déchire de l'en-dedans, tandis que le mec ramasse le flingue et le coince dans son froc, s'approche de nous. Son fusil et sa carrure se précisent au fil des secondes, de même que sa gueule burinée, tout en alcool et cicatrices. Il se dresse devant moi, me détaille de haut en bas et je m'écroule à genoux, plié en deux. Coup de crosse. Pareil pour elle, mais dans la gueule. Étalée au sol, elle crache du sang :

— Sa... salaud... je vais te buter...

— L'attentat, ça t'a pas suffi ?

— Je vois pas... de quoi... tu parles...

— Ah, ouais ? Pourtant, ils arrêtent pas de parler de vous à la radio : « un Blanc et une négresse en direction du nord ». Grâce à vous, je vais me faire un paquet de fric !

Il lui file un coup de pied dans le ventre, elle se tord de douleur. Moi, je reprends mon souffle, croise les mains sur la tête et me concentre sur ce tacot, en face de moi. Une Chevrolet boueuse, sans pare-brise, ni portières, à l'habitacle envahi de végétation, où bourdonnent des guêpes. *« Agnan »* – les yeux exorbités de l'Amérindien. La guérillera frotte son abdomen, ses côtes, puis le mec lui caresse les seins avec le fusil...

— Eh ! T'es plutôt pas mal !
... puis le descend jusqu'à l'entrecuisse...
— Pas mal du tout, même !
... remonte le canon jusqu'au visage...
— Et avec une grande bouche, en plus !
... et l'instant s'alourdit au son d'un *ziiiiiip* cauchemardesque. Braguette ouverte, le mec sort sa bite gonflée de vice, dominant sa proie. Il lui appuie le canon entre les yeux :
— Suce.
— Non.
— Suce ou je bute ton pote.
— C'est pas mon pote.
— On va voir.
Il m'appuie le canon sur l'oreille et je frémis, terrassé, ferme mes paupières. OK, cette fois, c'est fini. Vraiment. Je vais crever comme une merde dans une casse de bagnoles à 10 000 kilomètres de chez moi. Mes dernières secondes sont les tiennes, dans la boulangerie, où tu t'éloignes discrètement de Yannick, *te tournes pour ouvrir la porte, mais il s'enfuit et te pousse fort, si fort, que ta tête heurte le mur...*

CRAC !

... et je rouvre les yeux, découvre les deux autres au sol, en train de se battre. Corps à corps bestial. Pris de panique, je me retranche derrière la Jeep, les regarde s'empoigner. Sueur et poussière. Lui qui l'étrangle à deux mains, elle qui lui martèle – *CRAC !* – la gueule – *CRAC !* – à coups de crosse – *CRAAAAC !* – et le mec succombe, la mâchoire disloquée, le nez enfoncé. Haletante, la guerrière se rétablit :
— Merci pour ton aide !
— Heu...

Un coup dans la tronche, et je claque au sol. Extinction des feux.

Je me suis réveillé vers 13 heures en plein cagnard, ligoté avec des fils électriques. Elle était à quelques mètres, allongée sous un vieux camion militaire, en train de bricoler l'essieu avant. Je l'ai observée en silence, l'ai vue visser des tas de boulons, vidanger, changer les roues, les phares et toutes sortes de trucs, puis faire le plein.

Et maintenant, me voici clope au bec, ma veste à la main, debout face à ce camion de l'US Army. Mastodonte rafistolé de toutes parts, Frankenstein mécanique au pare-brise cyclopéen et à la calandre en forme de gueule prête à m'engloutir.

— Allez ! En route !

Elle ordonne et j'écrase ma clope, investis la cabine, accueilli par le flingue. Je balance ma veste à l'arrière, près du fusil à pompe. À côté, tout ce qu'on a trouvé dans la piaule du mec : une couverture, une lampe à pétrole, deux bocaux de haricots, cinq bananes, six jerricans d'essence et dix bouteilles d'Évian. Je vire les toiles d'araignées, découvre un volant poisseux avec – cousu au centre – le macaron d'une pin-up fifties. À l'étroit, j'enclenche la clef, ajuste mon siège rongé par la moisissure. Son crissement précède le vrombissement du monstre, que je dirige vers le chemin. Ça pue l'huile et la sueur : l'odeur du non-retour.

- 58 -

Camion GMC M211.
Six roues.
Deux tonnes et demie.
Moteur six cylindres.
400 000 kilomètres au compteur.

Et moi, au volant. Ça me rappelle l'armée. Il y avait ce mec, Kader, analphabète. Avec Rémi, un pote de Rungis, on le faisait bosser une heure tous les soirs, avant de se pieuter. Surtout Rémi. Moi, j'ai vite laissé tomber. Les journées étaient si pénibles que j'avais besoin de déconner avec les autres. Pendant ce temps, Kader s'acharnait sur son cahier, au point qu'à la fin, il lisait et écrivait aussi bien que nous. Au lieu de picoler, j'aurais mieux fait de l'aider : cette fierté m'aurait fait du bien, surtout maintenant, car c'est dur d'être humilié, otage d'un flingue. Je me sens vaincu, aussi usé que le moteur. 137 chevaux vieillissants, promis à l'abattoir, jouant leur dernière course à 3 400 tours/minute. Ça bataille tellement sous le capot que j'ai l'impression d'y être, bazardé de pistons en soupapes, harcelé par le grésillement – *« Grzgrzgrz ! »* – de l'autoradio.

— On est obligés de supporter ça ?

— Oui.

— J'en peux plus.

— Pauv' chou.

J'hésite entre « Va chier » et « Je t'emmerde » mais, blasé à l'idée d'une énième joute, opte pour le silence du mépris. Silence perverti par le vrombissement, les grincements de la cabine, du sol à la paroi supérieure, jusqu'au moindre boulon. Puis, le cliquetis des portières, le crissement des essieux, le crachat tuberculeux des pots d'échappement... cette poubelle ambulante nous lâchera avant ce soir, c'est sûr. Et le volant, et la pin-up au centre, et le grésillement insupportable de l'autoradio.

— Ça me file la migraine.

— Te plains pas. Une chance qu'il fonctionne encore.

— Tu parles d'une chance...

— On finira peut-être par capter une radio, une alerte nous concernant.

Je soupire, atterré. Capter un truc, ici, en pleine Amazonie. J'agite la main, balayant les moustiques, la remets sur le volant. Ses vibrations m'électrisent les bras jusqu'aux clavicules, ajoutant l'usure à l'inconfort du siège, où je transpire comme un porc. L'autre aussi, mais elle s'en accommode, rivée sur la carte. Depuis le début, rien dans son attitude ne trahit un quelconque malaise. Elle a l'habitude d'être en cavale, sa maigreur en témoigne. Malnutrition. Je manœuvre le volant, frôlant un large tronc :

— Et sinon, tu t'appelles comment ?

— Qu'est-ce que ça peut te foutre ?

— On est partis pour faire un bout de chemin ensemble, alors...

— « Un bout de chemin » ? Tu te crois en vacances ? Concentre-toi sur la route !

— TU ME FAIS CHIER ! JE TE DEMANDE TON PRÉNOM, C'EST TOUT ! MAIS T'AS RAISON, JE M'EN FOUS ! JE M'EN FOUS ET JE T'EMMERDE !

Je brusque le levier, accélère. Crispée, l'autre songe à me punir d'un coup de crosse, je le sens, mais elle se replonge dans la carte, me surveille, consulte sa boussole, me surveille, range tout dans la sacoche et la pose entre ses rangers.

— Je m'appelle Founé.

— OK...

Elle s'enfonce dans le siège et regarde à travers la vitre, fouettée par les feuillages. Ça aussi, c'est insupportable. Tout : sa présence, la puanteur de l'habitacle, le clac-clac-clac-claquement des lianes contre la bâche.

— « Founé »... c'est brésilien ?

— J'ai une gueule de Brésilienne ?

— Pas que la gueule.

— Ça veut dire quoi, ça ?

— Rien, c'était de l'humour... tu sais, ce truc qui sert à détendre l'atmosphère.

— Mes potes se sont fait buter, alors ton humour, tu peux te le foutre au cul !

Je resserre mes doigts sur le volant. Non. Ta gueule. Arrête ou je t'en colle une. Je t'ai dit de la fermer, tu te souviens ? Je veux plus t'entendre, plus jamais, et je me concentre sur le trajet, lorsqu'un craquement tonne sous nos pieds, ébranlant la cabine. J'échange un regard avec Founé. On vient d'écraser un gros truc – rondin ou animal – auquel les roues arrière donnent le coup de grâce. Les amortisseurs accusent le coup. Ça tangue sous la bâche, où les jerricans s'entrechoquent et basculent sur le fusil. Chargé.

- 59 -

Quatre heures que je conduis. Que j'ai chaud, soif. Que l'odeur d'essence me file la gerbe et que le ramdam du camion me rend fou. Pas le moindre break, juste ce boucan en continu, qui ne me laisse aucun répit. Le moteur, l'autoradio, la carrosserie... tout ça aurait pu générer quelques variations, histoire de briser la monotonie, mais non : l'association de ces bruits produit un enfer à l'exceptionnelle régularité, si parfait, qu'il annule le temps, l'espace, jusqu'à ma propre respiration, et c'est ce qui me plombe. Ne plus m'entendre respirer, comme si j'étais mort.

— Tiens ! dit Founé.

Elle me tend le bocal de haricots, vidé de moitié. L'odeur accroît ma nausée, mais la faim est trop forte. Je le récupère et l'incline, verse les haricots dans ma bouche, mâche mon Canigou. Infect. Founé, essuyant ses lèvres d'un revers :

— Je vais dormir un peu.

— J'en ai besoin, moi aussi.

— Demain.

— Hein ???

Elle ouvre la sacoche, sort un rouleau de chatterton, arrache une bande et l'enroule autour de sa main, fixant le flingue.

— Tu fais quoi ?

— Je me protège.

Founé déchire la bande d'un coup de dent, récupère le fusil, le décharge à ses pieds. Elle s'enfonce ensuite dans le siège, puis libère un profond soupir, annonçant une sieste imminente. Connasse.

- 60 -

Elle danse.

En apesanteur, elle se cambre en arabesques filandreuses, sublimées par la lueur des phares. Nuit brumeuse, où les faisceaux attisent le pire à chaque feuille, chaque particule du clair-obscur organique. La couverture sur les épaules, je fume, embuant la vitre de mon appréhension. Concentré, cramponné au volant, au centre duquel la pin-up ne me quitte pas des yeux.

Autre taf', et je balaie les moustiques, lorgne la boussole sur le tableau de bord, me tourne vers Founé. Deux heures qu'elle pionce, calée contre la portière, sa main-flingue relâchée. Sommeil agité ; elle n'arrête pas de frémir. Cauchemar ou culpabilité, peut-être le souvenir de ses compagnons d'armes. Elle souffre, et moi, j'observe le relief de sa petite poitrine à travers son marcel. Ses tétons conviés par la fraîcheur de la nuit. Sa gorge lézardée de mèches brunes. Son visage au noir ruisselant et ses lèvres charnues, balbutiant au son du moteur.

- 61 -

Lentement, elle me lèche la colonne de sa langue râpeuse. Comme quand j'étais en colo. Qu'il fallait sortir de la tente, la nuit, pour aller pisser dans les buissons. Alors, l'angoisse culminait, sadique, avant que je détale, le pyjama taché. Là, je ne repartirai pas en courant. Car le jour se lève, que je suis adulte et que je sais que les monstres n'existent pas. N'EXISTENT PAS. Plus je me le répète, plus *elle* me remonte le dos, taquine mes vertèbres une à une, ressuscite le gamin que j'étais pour le soumettre à nouveau, mais il résiste et force sur ma vessie, essayant d'occulter la jungle et ses bruits.

— Ça y est ? dit Founé. T'as fini ?

À peine réveillée et déjà tendue. La journée s'annonce bien. Je boutonne mon jean et me tourne vers le camion, confronté au flingue, à son regard tyrannique. Quelques mètres, puis je passe des arômes végétaux à la puanteur de la cabine. Founé retire la clef du contact et sort, disparaît dans les buissons. Chacun son tour. Je bâille, rêve d'un café-clope, pense à toi, à Yannick… avant de me ressaisir. Je m'empare alors du fusil, ce que j'aurais dû faire dès le début, et cherche les balles au sol, qui n'y sont pas.

— C'est ça que tu veux ?

Founé, exhibant l'une des cartouches. Elle la remet dans sa poche, avec les autres, se rassoit. Furax, je balance le fusil à l'arrière, tandis qu'elle claque la portière :

— Je savais que je ne pouvais pas te faire confiance.

— À ma place, t'aurais fait pareil.

— Je serai jamais à ta place.

Elle me tend la clef, je la lui arrache, mets le contact. Pédale. Vitesse. Grincements métalliques, et la bête rugit avec son putain d'autoradio.

« *Grzgrzgrz*7 heures 23*grzgrzgrz !* »

Dernière gorgée, et elle me passe l'Évian, que je m'empresse de boire, conduisant d'une main. Je peux me le permettre, le terrain est assez plat, jonché de branchages et de fruits pourris. Je lui rends la bouteille, remets ma main sur le volant, soulageant celle de droite. Founé se replonge dans la carte, attirant mon attention.

— On est où ?

De l'index, elle entoure une zone située entre *loin* et *nulle part* :

— D'ici trois heures, on sera à la moitié du trajet.

J'acquiesce, sans savoir si je dois me réjouir ou déprimer. Le jour poursuit sa mutation à travers la brume. Et Yannick, derrière ce mur vaporeux.

« *Grzgrzgrz*11 heures 38*grzgrzgrz !* »

Rouler, encore. Écraser la terre, percer le vert et sa surenchère dans les cris des singes. Tout à l'heure, l'autoradio s'est mis à saccader, puis il y a eu comme une voix robotique. J'y ai cru, Founé aussi, mais le grésillement a repris. Depuis, l'ennui s'étire, tapissé des mêmes branchages et des mêmes fruits pourris, éclatant sous les roues.

— Je suis cassé. Faut vraiment que je dorme.

— Ce soir.

« *Grzgrzgrz*14 heures 06*grzgrzgrz !* »

Rouler, encore et toujours. En sueur, aveuglé par le soleil, avec les moustiques pour unique horizon. Founé consulte sa boussole et, du flingue, m'indique la gauche. Je braque et les pneus suivent, écrasent, forcent comme s'ils étaient sur le point d'exploser.

— C'est comment, Paris ?

— Sympa. Et toi, t'es d'où ?

— Je suis née ici.

Sa réponse a l'intonation de la lassitude, semblable à la chute d'un ballon crevé, que je n'ai aucune envie de ramasser. Founé se tourne vers la vitre, observe l'extérieur. Nos silences cohabitent quelques secondes, lorsqu'elle poursuit :

— Je suis Ndyuka. Mes ancêtres ont été expédiés ici, au XVIIIe, dans les plantations.

— Ah... tu parles bien le français.

— Et aussi l'anglais, l'espagnol. Ça aide, pour la survie.

— Ça fait longtemps que t'as pris les armes ?

— Peu après l'indépendance. Quand le business a continué avec les Néerlandais.

— Tu t'attendais à quoi ?

— On fait tous des erreurs... puis, j'ai compris. Avant, la domination se faisait par la violence. Maintenant, c'est par le fric. C'est comme ça que vous gérez vos anciennes colonies.

— « Vous » ? Je suis pas responsable des saloperies du passé.

— Et celles d'aujourd'hui ? Tu sais ce qu'il se passe en Guinée ? Au Mali ?

— Non, mais...

— Les gens crèvent la dalle, voilà ce qu'il se passe !

— Eh ben, ils n'ont qu'à se révolter.

— Ils ont peur ! S'ils se rebellent, on leur tire dessus, comme en Martinique !

Là, elle n'a pas tort. Ça remonte à quatre ans, et si je me souviens de la date, c'est que c'était la Saint-Valentin. Avec ta mère, on était dans un resto et il y avait une télé sur le comptoir. C'est là qu'on a vu la manif. Les ouvriers réclamaient une hausse de salaire, ils ont reçu deux cents gendarmes. Résultat : deux morts et des dizaines de blessés. Pas de quoi perturber le préfet de l'époque, devenu ambassadeur de Monaco.

— OK, le monde est pourri, mais tu crois que ta guérilla changera quelque chose ?

— Et toi ? Tu crois que le tuer, ça te rendra ta fille ?

Je freine d'un coup sec, stoppant le camion.

— Je t'interdis de parler d'elle.

— Désolée... ça m'a échappé...

— Si tu recommences, je te tue.

— Ah, ouais ? Et comment ?

— Je trouverai.

Et je reprends la route, ponctuant notre dernier échange de la journée.

- 62 -

Mygale.
Là, sur mon mollet.

Immobile, elle n'a de vivant que le frottement de ses mandibules. Énormes, comme ses yeux noirs, tous ses yeux lustrés, palpitants à la lueur de la lampe. Je la fixe, étranglé de terreur, allongé sur le dos.

Ne pas bouger.

Ici, à l'arrière du camion.

Ne pas bouger.

Et Founé, qui n'est pas là.

Ne pas bouger, tandis que la mort avance mé-tho-di-que-ment. Je bloque ma respiration, serre les poings et me crispe de tout mon être, contenant mes frissons. Elle remonte chaque millimètre de mon jean, avant de s'arrêter au seuil du genou. Son abdomen frétille, ses pattes fléchissent... quand j'agite brusquement la jambe, expulsant la bestiole. Elle rebondit, je me jette à l'extérieur – « AAAAAAH ! » – et échoue devant un animal embroché au-dessus d'un feu. Founé m'observe avec consternation, assise en tailleur, le fusil sur les cuisses. Je me redresse, tremblant :

— M… m… mygale…

Elle se rétablit et, le fusil sur l'épaule, s'approche du camion. Moi, je m'éloigne, la regarde monter à l'arrière.

— Fais gaffe…

— C'est bon, je l'ai !

Founé descend du camion, un papillon noir au bout des doigts :

— Sacré monstre, en effet.

J'en reviens pas, j'ai halluciné. Quel con. Elle libère l'insecte, qui se casse et me nargue, avant de se fondre dans le crépuscule. Founé se rassoit près du feu, tourne le truc embroché. Une sorte de gros rat que j'évalue à quatre kilos, dont le fumet et la chair ruisselante attisent mon appétit.

— C'est quoi ?

— Un agouti.

Je m'assieds à mon tour, de l'autre côté du feu, le cul dans la terre. Une seconde, je songe à la remercier pour notre futur dîner, mais non. Les « merci », les « bonjour », toutes ces conneries, c'est fini depuis longtemps. Yannick. La fraîcheur de la jungle s'abat sur moi et je frissonne, réchauffe mes paumes au contact des flammes. Founé ouvre alors la sacoche, sort un paquet de tabac, ce qui me surprend.

— Tu fumes ?

— Ça m'arrive.

Elle se roule une clope et glisse les feuilles à l'intérieur du paquet, qu'elle lance à côté de moi. Je le récupère, m'en roule une :

— On est loin du Guyana ?

— À ce rythme, on devrait arriver après-demain, dans la matinée.

J'allume ma clope, examine mes avant-bras irrités, ponctués de petites traces de piqûres. Founé avale une bouffée de tabac, saisit ses cheveux et les noue, s'en fait un chignon épais. Je fume en détaillant sa nouvelle coiffure, puis la cuisson de l'animal, l'écoulement du jus, tandis que la nuit amorce son sacre dans les voix de la jungle. Branches, rongeurs, oiseaux… puis ce boucan crescendo, qui s'intensifie. Déchire le lointain. Fait vibrer les arbres, terrorisant la faune. Singes, perroquets – leur panique est couverte par un vrombissement tonitruant, de plus en plus proche. Founé balance de la terre sur les flammes :

— Aide-moi ! Allez !

On écrase les braises à coups de pied, elle me tire par le bras et m'entraîne dans les buissons. Épineux, déchaînés à l'approche de l'hélico. Il nous survole, soufflant la terre, tordant mes tripes, avant de s'amenuiser au profit de la jungle, qui reprend sa quiétude originelle. Pas moi.

- 63 -

La brume s'épaissit à vue d'œil, absorbant la verdure, tandis que la lune entame son déclin. Plus besoin de montre ; je sais qu'il est entre 5 heures et 5 h 10. Des jours, des semaines, que je vis *jungle.* Pare-brise, rétros... où que je regarde, elle gangrène toujours plus mon esprit, le privant de toute divagation. Impossible de penser à autre chose, la moindre tentative n'est qu'une esquisse aussitôt corrompue par la végétation. Founé, scrutant le ciel :

— Tu peux accélérer, hein.

— J'ai peur que le moteur...

— Accélère.

Je passe la troisième et la boîte de vitesses n'aime pas ça. Son grincement se répercute à travers la cabine, relayé par l'acharnement des pneus, qui crissent, font de chaque seconde un suspense éreintant. Founé se penche vers le tableau de bord pour vérifier la jauge d'essence, obstruant partiellement ma vue avec son chignon crépu. Senteur agréable malgré la sueur, après quoi elle reprend sa posture initiale :

— Tu parles anglais ?

— Je me débrouille. Pourquoi ?

— C'est ce qui se parle le plus au Guyana. Tu sais où le trouver, ce mec ?

— Aux dernières nouvelles, il serait à Jonestown.

— Ah... ils en ont parlé à la radio, une communauté en bordure du Venezuela.

— J'en sais rien. Mais je trouverai.

— Si c'est bien là, t'en as au moins pour trois semaines. Tu devrais arriver début novembre, pour la saison des pluies. Ça risque de compliquer tes plans.

— Ça m'empêchera pas de le tuer.

— Et s'il n'est pas à Jonestown, tu feras quoi ?

Je ne dis rien, concentré sur le trajet et la naissance de l'aube entre les cimes. Il y sera. Il le faut.

- 64 -

Rouler, du matin au soir, traverser la jungle et son invariabilité étouffante. Périple abrutissant de routine, où le présent n'est qu'un passé dupliqué au son infernal de l'autoradio.

« Grzgrzgrzgrz ! »

Founé se redresse sur le siège, masse ses lombaires. Un moment qu'on n'a pas parlé, nos seuls échanges se résument à des bâillements et ça me va très bien. Je tire sur ma clope, change de vitesse, décolle ma main gauche du volant, examine l'ampoule au creux de ma paume. Ce soir, elle sera multipliée par trois, dont je devine les prémices aux jonctions rougies de mes phalanges.

« Grzgrzgrzgrz ! »

Autre taf', et j'observe le crépuscule, pense à Yannick, aux GI qui ont occupé ce camion avant moi. Des dizaines de jeunes, dont certains à peine sortis de l'adolescence. Je les imagine assis à l'arrière avec leurs casques, leurs fusils, déconner en mâchant leurs chewing-gums. Cuba,

Corée, Vietnam... peut-être ont-ils fait tout ça, tué, violé, brûlé tous ces villages dont je me fous.

« Grzgrzzzz... Brésiliens... grzzzz...
vingt dernières années... »

Stupéfait, j'échange un regard avec Founé, les yeux écarquillés. Elle tend l'oreille, comme moi, mais le grésillement reprend. Non. Oui. Non. Oui, ça capte encore et elle augmente le volume, la voix se répand dans l'habitacle, étrangement familière, reconnaissable entre mille.

« ... il n'y a pas de fatalité... grzzzz...
que la volonté des hommes ne puisse surmonter...
grzzzz... vous avez donné espoir
à la moitié d'un continent... »

Giscard. J'en reviens pas. Giscard, là, maintenant, dans l'autoradio. Je m'attendais à tout, un tube latino, un message d'alerte nous concernant, mais pas à ça. Même au fin fond de l'Amazonie, ce connard continue de me coller aux basques.

— C'est...

— Tu savais pas ? dit Founé, six mois qu'ils annoncent sa venue à Brasilia.

— Il est en direct ? C'est dingue !

— Non. Vous avez reçu Geisel il y a deux ans, il vous reçoit en retour.

« ... face aux difficultés du présent et aux incertitudes de l'avenir... grzzzz... la France et le Brésil ouverts plus que quiconque à l'entente entre les races et au dialogue des cultures... grzzzz... peuvent y constituer des facteurs décisifs d'équilibre et de progrès. Je pense plus généralement

aux grandes tâches qui s'imposent à nous, si nous voulons bâtir un monde plus sûr, plus juste et plus pacifique... »

Giscard en direct du Brésil, à une centaine de kilomètres d'ici, peut-être moins. Sidération, haine – je peine à me concentrer sur le trajet.

— « Un monde plus pacifique », soupire Founé, tu parles !

— Et encore, tu l'entends pas tous les jours. Moi, ça fait quatre ans, et c'est dur...

— Ce qui est dur, surtout, c'est qu'une démocratie cautionne une dictature. Pendant qu'il parle, ton président, on torture et on emprisonne.

— Mm... au moins, Carter a eu les couilles d'y faire allusion, quand il est venu.

— Ça l'empêche pas de faire du fric avec le Brésil. Lui et tous les pays capitalistes. Et nous, on se fait buter comme des chiens.

« ... c'est en pensant à tout ce que peut apporter... grzzzz... à nos peuples l'entente entre le Brésil et la France, que je vous invite, mesdames, messieurs, à lever avec moi votre verre en l'honneur du président de la République fédérative du Brésil et de Mme Geisel... grzzzz... et en l'honneur du grand peuple brésilien, auquel j'apporte le message d'amitié et de confiance du peuple français ! »

Le discours s'achève dans un torrent d'applaudissements saturés. Je baisse le volume, entends la voix d'un commentateur brésilien, tout en servitude et en grésillements.

— Si je m'attendais à ça ! Je pensais pas qu'on pouvait capter et...

Je m'interromps en la voyant pleurer, cachée derrière ses mains tremblantes. Vision bouleversante ; sa détresse me fissure. J'hésite, puis me décide à lui tapoter l'épaule. Elle repousse ma main – « Laisse-moi ! » – et se ressaisit en partie, passe des larmes aux sanglots, tournée vers la vitre. Founé reste ainsi longtemps, absorbée par le défilé de la jungle, obscurcie par la nuit.

Elle a fini par s'endormir, sans avoir scotché le flingue à sa main. J'aurais pu.

- 65 -

— Allez, on se réveille !

Je sursaute sur le siège, enveloppé dans la couverture. Moustiques, tête lourde et bouche pâteuse. Je découvre Founé au volant – clope au bec, flingue entre les cuisses – puis m'étire, masse ma nuque :

— On est arrivés ?

— Ouais.

Je scrute la brume, où la nature s'effeuille par endroits avant de se dérober, dévoilant une rivière. Le Guyana, enfin. J'en reviens pas. Tout ce temps, ces semaines infernales... j'en ai les larmes aux yeux. Encore quelques arbres, et les roues fendent la rivière. Le moteur peine, l'eau claque contre les portières, mais je n'ai pas peur car il y a quelque chose de profondément rassurant à observer Founé manœuvrer le volant, gérer les pédales avec précision. Aux râles du capot se joignent les tuyaux d'échappement, qui tonnent et crachent, puis la berge apparaît, bordée de manioc. Founé coupe le contact :

— Faut refaire le plein.

Elle s'empare du flingue et mon cœur s'emballe, comme si je passais d'otage à témoin gênant, mais Founé descend du camion. Moi aussi, soulagé, même si elle peut encore me buter sur la berge. L'angoisse me glace les os un peu plus à chaque pas, lorsque je me retrouve face à elle. Founé, le flingue à la main :

— Sur le trajet, tu verras pas grand monde, mais si tu croises une patrouille...

— Je ne dirai rien.

— Ah ouais ?

— Qu'est-ce que tu veux que je raconte ? Hormis ton prénom, je ne sais rien de toi.

Son regard se trouble quelque peu, perd en dureté ce qu'il gagne en mélancolie, trahissant comme un regret, puis elle ouvre mon enveloppe...

— Je te prends 400, pour les changer à la frontière.

... et me rend le reste du fric, avec la boussole et la carte.

— T'es sûre ?

— Je me débrouillerai. J'ai noté des trucs pour te repérer jusqu'à l'ouest.

Je récupère la carte, traversée d'une diagonale ponctuée de croix, de noms insolites comme « Kurupukari ». Founé pointe plusieurs de ses indications :

— Tout ça, c'est des villages. Aucun danger, les Arekunas sont cool. Ça, c'est un temple. Quand tu verras cette cascade, tu seras plus qu'à un jour de route. Et là, c'est l'aéroport de Port Kaituma, à une dizaine de kilomètres de Jonestown.

— Merci... vraiment... et toi ?

— Je trouverai vite une barque. Avec le courant, je serai au Brésil après-demain.

— OK... eh ben... bonne chance pour la suite.

— À toi aussi. J'espère que tu le trouveras.

— Je le trouverai.

Founé n'a pas l'air d'y croire et acquiesce néanmoins, sans doute pour ne pas me heurter. Elle scrute le ciel avec insistance, cherche un hélico parmi les rares nuages, puis monte à l'arrière du camion, ressort avec l'un des jerricans pour refaire le plein du camion.

— Te sens pas obligée.

— Mon cadeau de départ.

Elle sourit, pour la première fois depuis notre rencontre, révélant une dentition parfaite. Ses traits se détendent alors et son visage s'adoucit, rond et radieux, celui de la femme sereine qu'elle ne sera jamais.

Un gazouillis, là-haut, et Founé s'accroupit, ouvre le réservoir, le remplit avec soin. Moi, je regagne la cabine, pose mon passeport et le reste sur le tableau de bord. Une, deux, trois gorgées d'eau, et je me relâche sur le siège. Passe ma langue sur mes dents. Rêve de dentifrice. Observe la brume à travers le pare-brise. Pense à Yannick, essaie de l'imaginer avec ses cheveux bruns et son tatouage, avant de refermer la bouteille. Je la pose sur le siège passager, redescends du camion... et la terreur me saisit.

Anaconda.
Founé.

Sa main tendue, ses cris censurés par le monstre ; plus elle résiste, plus il l'emprisonne. La soulève. La claque contre la berge. Et son corps hideux, long, si long, qui n'en finit plus de jaillir de la rivière. Je m'élance et la tire par le poignet, il m'expulse d'un revers surpuissant. Choc. Poussière. Asphyxie de Founé, tordue tel un jouet disloqué. Il continue de s'enrouler autour d'elle ; ses écailles défilent et m'aveuglent, étouffant davantage sa proie. Qui suffoque. Lutte de toutes ses forces et disparaît sous l'étreinte barbare. Sonné, je me rétablis et fixe Founé, dont je ne vois plus que les yeux exorbités.

(Il se referme sur elle)

Ses yeux.

(Se contracte)

Ses yeux.

(Lui brise la colonne)

Ses yeux de sang qui s'éloignent de moi, emportés dans les flots.

- 66 -

Rouler.

Quelque.

Rouler.

Chose.

Rouler.

S'est.

Rouler.

Brisé définitivement, et j'accélère, cramponné au volant. Founé. Toulouse, oh, Toulouse. Fonce et défonce la jungle, écrase les bêtes, les tox, les pédés, les bougnoules, les Ranucci dans l'enfer vert, et allez les Verts ! Et les roues qui tournent, tournent, tournent en spirale syncopée. 1-2. 3-4. 1-2. 3-4. 1-2. Me berce. 3-4. Transperce. 1-2. Vrille mon cerveau. 3-4. Jusqu'au cortex, où ça craque et geint à répétition. Orgie mécanique, lancinante, à la voix robotique...

« Trans ! Europe ! Express ! »

... qui corrompt la cabine avec ses synthés sinistres. Pin-up. Infiltre les pores de ma peau. Moustiques. Booste la machine. Ouais, mec, le meilleur album de

Kraftwerk, j'te le fais à vingt balles. Version allemande ou internationale, c'est toi qui choisis, qui paies, paieras pour ce que tu lui as fait...

« Trans ! Europe ! Express ! »

... et le chaos se durcit, hypnotique, fait palpiter les boulons tout autour. Tempo claustro en stéréo. Yannick. Jonestown. *« Reviens, je t'en supplie ! »* Et le moteur en surchauffe, comme moi, homme-camion au beat toujours plus frénétique. Transe indus' obsessionnelle...

« Trans ! Europe ! Express ! »

... qui s'envenime avec *Metal on Metal*, plus froid, plus glauque, plus vite, à en déboiser toute l'Amazonie. Les branches – pulvérisées. Les portières – martelées. Fracas, percus, grattements aliénants, et l'acier mord l'acier, la vie tue la vie dans le déchaînement des cris, des crissements des pneus me suppliant d'arrêter...

- 67 -

... et rouler la nuit, rouler le jour, avec l'autoradio à fond.

« Et c'est DJ Giscard, toujours en direct !
Vous êtes chauds ?
Ouais ? Alors, on continue avec le dernier AC/DC ! »

Je mets le volume à fond, reconnais l'intro d'*Up To My Neck In You*. Rock brut, sans prétention, sans gras. Et les gars balancent ça en pleine période disco. Quelle audace, putain. Bon s'égosille – *« Now I'm up ! »* –, Angus entame son solo et moi, je mâche mes haricots en battant du pied, mate discrètement les cuisses de Founé. Elle me prend en flag', m'appuie le flingue sur la tempe :

— *Je m'appelle Sheleya.*

— *Joli prénom.*

— *Sauf quand on le lit. Les gens prononcent le* h *entre le* s *et le* é, *et ça fait « shé ».*

— *Non, ça fait chier.*

Elle sourit, alors AC/DC fait place aux Jackson Five et leur *Dancing Machine*. Une bombe, ça aussi. Et ouais, y a pas que le rock dans la vie. Le refrain, les cuivres font groover le crapaud éclaté contre le pare-brise, qui zwip-zwipe au son des autres, de Queen à Motörhead...

- 68 -

... en passant par Mitterrand...

« C'est aujourd'hui que l'avenir s'inventeuuuh !
Changeons la vie et maintenaaaant ! »

... au congrès du PS...

« France socialiste, puisque tu existes !
Tout devient possible, ici et maintenaaaant ! »

... où mes phares tronçonnent les arbres, les jaguars en fuite. La nature se rebiffe alors, s'élève et se tord. Elle nous teste, la salope, mais on va lui montrer ce qu'on a dans le ventre. Levier. Yannick. Vitesse, et j'écrase la pédale de tout mon poids, puise dans les entrailles du camion de quoi gravir la côte. Les pneus patinent, le moteur s'insurge autant que la jungle, qui se referme sur moi, mais je passe en force et continue de rouler...

- 69 -

... des nuits, rouler des jours, rouler encore et toujours à Woodstock, où les mecs de Ten Years After achèvent leur morceau sous les applaudissements des 500 000 spectateurs. Un sourire, quelques mots dans le micro, et Alvin Lee rallume la mèche avec sa guitare : *I'm Going Home* enflamme le public, aussi déchaîné que le groupe. Le trip va durer dix minutes et personne ne le sait parmi tous ces hippies, de même qu'ils ignorent qu'une bonne moitié d'entre eux finira bureaucrates en costard-cravate. Pour l'heure, Alvin et ses potes écrivent l'Histoire, tandis que je referme le réservoir, bazarde le jerrican. En sueur, je regagne la cabine, attirant l'attention des GI aux uniformes boueux. Le sergent, cigare aux lèvres :

— *It's OK ?*

— Ouais. Et j'ai checké les bielles.

— *Good boy.*

Je lorgne la boussole, fais craquer mes cervicales et remets le contact...

- 70 -

... lorsque apparaît un arbre renversé, colossal. Je braque le volant, torturant mes ampoules, contourne l'obstacle et me remets dans l'axe. Les remous – le pare-soleil se décroche et se balance devant moi, tenu par une vis improbable. Miroir diagonal, où je ne me reconnais pas : teint cireux, yeux lézardés de veinules, barbe hirsute brunie de jus de haricots. Soif. Tellement. Une gorgée, et l'eau se répand, tiède, réconfortante, étrangement sous-jacente. Mon jean, trempé de pisse. Ça fait marrer Brassens, tandis que je m'enfonce dans la nuit, aspiré par son œil diaphane aux paupières de brume...

- 71 -

... rouler des semaines, au son grésillant de l'autoradio. Plus de musique, plus qu'une bouteille. Assoiffé, affamé, enchaîné au volant, extension de mes mains poisseuses. Yannick ; son image m'échappe de plus en plus. Mon cerveau – *« Grzgrz ! »* – court-circuité par la canicule. Et l'agonie du moteur, la succion acharnée des moustiques, les grincements du camion, de mon corps suintant la pisse et la crasse.

Je me gratte les couilles, allume ma dernière Marlboro. Plénitude ternie de culpabilité, pour n'avoir pas retardé davantage cette clope. Je pourrais l'éteindre et la finir plus tard, mais ce ne serait pas pareil, alors je la fume, y puisant un plaisir ambigu, un peu plus amer à chaque seconde. Instant rythmé par le balancement du pare-soleil et de son petit miroir, où je te découvre à l'arrière.

Ton visage craquelé, décharné par endroits.

Tes cheveux épars dégoulinant de pourriture.

Ta peau flétrie sous ta robe auréolée de putréfaction.

Et tes yeux qui n'y sont pas, ouverts sur l'abîme, d'où s'échappent deux cancrelats. Je les regarde descendre le long de tes joues, zigzaguer entre les plaies pour disparaître sous ton col, puis croise à nouveau tes orbites.

— Coucou, ma chérie ! Ça va ?

Aucune réponse, ce qui ne te ressemble pas. Toi, la pipelette. En voyage, les autres parents prévoient des jeux, des bouquins pour occuper leurs gamins, mais pas moi : on peut passer quatre heures de train sans rien, juste toi et moi, à discuter. Mais là, tu n'as que le silence à m'offrir entre tes lèvres purulentes.

— Eh ben ? Qu'est-ce qu'il y a ?

— *Tu m'as dit de plus te parler, alors je me tais.*

— Non, mais j'ai dit ça sur le coup de la colère. C'est fini, maintenant.

— *Tu te fous de moi ? D'abord, tu me dis de la fermer, tu menaces même de me frapper, et après, parce que tu te sens seul, je suis censée te tenir compagnie ?*

— Mais... qu'est-ce qui te prend ?

— *Depuis le début, tu fais de la merde ! Tu t'es vu ? Tu sais même plus où tu vas !*

— C'est pas vrai. Je suis la carte et les indications...

— *C'est ça, continue à t'entêter ! Maman avait raison, elle a bien fait de te lâcher ! Et moi, comme une conne, je t'ai cru !*

— Hein ? Mais pourquoi...

— *Tu m'as dit que tu le trouverais, mais j'aurais dû savoir que ce serait perdu d'avance ! Et tu vas crever ici, comme une merde ! Tu m'as trahie, je te déteste !*

— Ma... ma chérie... dis pas ça, je t'en supplie... et je le trouverai, je te jure...

— *Si tu m'avais protégée, on n'en serait pas là ! C'est à cause de toi si je suis morte ! Je te hais ! Maintenant, fous-moi la paix et crève, sale fils de pute !*

Je m'effondre, quand survient un *JBLORF !* Marécage. Le camion tangue, s'embourbe. Ça crisse, s'infiltre et inonde l'arrière. Panique. Boussole. Carte. Passeport.

Sacoche, qui m'échappe dans le basculement du véhicule. Je la récupère, l'eau gagne les sièges et capture mes chevilles, mes mollets, mes cuisses. J'ouvre la portière, là-haut, balance la sacoche sur la berge, puis la bouteille, mais glisse, heurte le levier de vitesse, me glace au contact des flots. Immergé jusqu'au torse, je m'agrippe au siège passager, me hisse avec effort et parviens à m'extraire, me jette dans la vase. Gluante, fétide – j'en ai plein la gueule. Plus je nage, plus j'ai la gerbe, concentré sur la sacoche à une dizaine de mètres. Le camion périt dans un bordel de grincements et d'effervescence bulleuse, quand résonne un plongeon. Je regarde derrière, vois la queue d'un alligator dépasser du marécage, où les écailles anguleuses serpentent dans ma direction.

Nager.

Nager de toutes mes forces.

Nager et me retourner, confronté à sa progression fulgurante, alors je redouble de rage, exulte en atteignant la berge, exténué. J'arrache la sacoche et m'élance, trébuche, m'étale sur le flanc, pétrifié à la vue du monstre. Énorme. Sa cuirasse ruisselante. Son goitre répugnant écrasé sur la terre. Ses yeux carmin et sa gueule, qui se rapproche, se déploie, se referme... sur la sacoche, tandis que je m'enfuis à travers la jungle. Animal, je cours longtemps, écorchant mes bras, avant de m'écrouler, les poumons en feu.

Seul.

Tout seul, une fois de plus.

Et plus de carte, plus de boussole, plus d'eau, plus de passeport, plus rien.

- 72 -

J'ai roulé, roulé, roulé. Maintenant, je marche, marche, marche, le cerveau enfiévré sous ma veste. J'ai cru que ça me protégerait d'une insolation, mais ça ne fera que la différer, tant la canicule est impitoyable. Jamais eu aussi chaud. Tellement, que ce mot en est obsolète. Ce que je subis est au-delà du concept de « chaleur » : je ne transpire pas, je fris. Brasier sans pitié et sans fin, à l'image de la jungle, qui resserre sa camisole végétale. Si, au moins, j'avais une machette... alors, je m'éreinte à me frayer un chemin, cassant les branches, saignant mes mains.

Marcher.

Ruminer ma soif dans les cris démentiels des singes, les craquements du bois et de mes articulations.

Marcher.

Frémir au moindre bruissement, scruter l'espace en redoutant les mygales et les pires saloperies.

Marcher.

Défoncer mes baskets, sentir mes orteils macérer dans leur jus brûlant et continuer d'avancer, obsédé par Yannick, à l'affût d'un village, d'un repère évoqué par Founé, tout ce que la nature me refuse. Foisonnante et perverse, elle pousse le vice jusque dans ses interstices, me laissant entrevoir un embryon d'horizon. Un os exhibé devant le chien que je suis, pour mieux le faire avancer. Même si c'est inutile. Tu me l'as dit, ta mère aussi, et vous aviez raison. Ça me fait du bien de vous savoir ensemble. Si belles, assises sur le canapé, à jouer aux sept familles. Dans la famille NULLE, je voudrais le père.

- 73 -

Et les broussailles s'écartent, dévoilant un rocher. Je m'approche, à bout de souffle, y devine une gravure, comme des yeux et un sourire inversé. Divinité. Mauvais présage. Je tourne sur moi-même, parano, avant de me découvrir assis, affalé contre le rocher. J'expire, évacuant l'air chaud, qui revient s'infiltrer et me carbonise les poumons.

Res.

Pi.

Rer.

J'y arrive pas, alors j'attends, confronté à mes baskets trouées, mon jean lacéré, ressens des chatouilles au niveau du sternum. Barbe grouillante de mouches. Soif. Je m'essuie le front, la sueur me crame les rétines et les joues, où persiste la sensation de brûlure. Ces plaies que je touche avec effroi, découvre sur mes avant-bras. Soif. J'ai peur, mais me décide à examiner mes pieds, galère avec les lacets. Plus de tonus. Soif. Je m'acharne, réussis à défaire le nœud et ma basket se détend ; volupté fugace, suivie d'une douleur qui m'embrase la voûte plantaire, collée à la semelle. Je force, le mal a l'intensité d'une déchirure, et serre les dents en extirpant mon pied. Écarlate, zébré d'irritations huileuses. Et mes orteils en sang, difformes, entre lesquels ont germé de petits boutons blanchâtres. J'en presse un, du bout des doigts, et la giclée libère un minuscule parasite aux crochets frétillants... que j'éclate entre mes doigts. Même sort pour les autres.

HEUREUX (adj.) : qui jouit du bonheur, qui est durablement content de son sort. *Exemple :* « C'est le pays joyeux des enfants heureux », Casimir et *L'Île aux enfants.*

- 74 -

Le temps, cette chose étrange. Le temps qui enfante et tue, le temps des mortels et des arbres millénaires, des secondes furtives et des kilomètres dilués laborieusement dans chacun de mes pas. Marcher depuis des heures, des siècles, alors que ma montre est bloquée sur 8 h 14 ; horaire marécage. Désormais, quoi que je fasse, il sera toujours 8 h 14, même la nuit, même lorsque je lui éclaterai sa sale gueule.

(Yannick)

Marcher hier, marcher demain. Nord, sud, jour, nuit – je sais pas et je m'en fous, tant que j'avance. Titube d'épuisement. Traîne mon corps, terrain de jeu de toutes sortes d'insectes ligués contre moi, à me pomper le sang, à pondre leurs larves sous ma peau desséchée, tandis que je m'enfonce dans l'irrémédiable.

(Yann)

Repousser inlassablement les branches, qui raclent mes fringues, ma peau, mon âme et la dépècent pour l'offrir à l'astre suprême. Continuer, même si chaque mètre me vieillit, martyrise davantage mes pieds. Je leur ai sacrifié mon tee-shirt, les ai enveloppés, mais le supplice ne fait qu'empirer, comme la fièvre.

(Ya)

Pied droit. Aïe. Pied gauche. Aïe. Droit. Aïe – mes lombaires, quand je me baisse pour ramasser le fruit pourri. Le presse entre mes mains calleuses, aspire ce qui lui reste de jus, tète les feuillages, lèche les gouttes de rosée. Sitôt gobées, sitôt évaporées dans mon désert, où je m'enlise, agrippé à son image…

( )

… qui s'annule. Faim. Je me concentre, essaie de raviver sa silhouette. Faim. N'obtiens qu'un flou vivace, particules d'hébétude jouant à cache-cache avec mes derniers neurones. Si faim, si bon ce croissant chaud, dans les rues de Pigalle.

- 75 -

Fini.

Fini de marcher.

Fini tout, et de la chiasse plein le froc, le doigt sur la tempe, sous le menton, où j'appuie le canon. Je t'aime tellement. Avant toi, j'étais pas moi, et sans toi, ça vaut plus le coup, alors je retiens ma respiration, serre la crosse et *clic... ploc... plic... ploc...* la pluie rafraîchit mon front, baptise la nature tout autour. J'en tombe à genoux et lui ouvre les bras, ma bouche, pour l'accueillir en moi, mais l'averse s'intensifie en déluge bourdonnant. Guêpes. Des milliers de guêpes dessinant leur reine, gigantesque, noire comme la mort et striée d'or. Ses mandibules me capturent, impriment son nom dans ma chair : *« Agnan »*, démon des forêts, qui m'empale sur son dard – « AAAAAAH ! » – avant de me bazarder dans la boue. Le venin me paralyse et la jungle libère ses mygales, ses serpents, ses racines qui m'écartèlent, m'entraînent dans les entrailles du néant.

- 76 -

— À table !

Tu refermes ta BD et accours, sauvageonne affamée. Au menu, ce soir, spaghettis-chorizo, ton plat préféré. Tu t'assois, surexcitée, t'empares des couverts :

— Et toi ?

— J'ai pas faim. Trop mangé ce midi.

Je te regarde attaquer ton assiette, sous le charme, spectateur de ton show permanent. Si craquante, si rigolote avec tes joues de hamster, lorsque tes mastications ralentissent. Tu es en train de cogiter, je le vois à ton regard absent.

— Ça va ?

Tu enroules des pâtes et les engloutis, toujours happée par ta réflexion.

— Eh ben, ma chérie, qu'est-ce qu'il y a ?

— Je suis méchante.

— Hein ? Pourquoi tu dis ça ? T'es gentille, généreuse...

— À la récré, Sarah m'a embêtée, elle tirait sur ma capuche et j'ai voulu me venger.

— Ah... mais ça ne veut pas dire que...

— Si, parce que j'ai pensé à lui faire du mal, et c'était des choses très méchantes.

— Tu sais, ça arrive à tout le monde de penser ça.

— Même aux gentils ? Même à toi ?

— Si on m'embête, oui. C'est humain, c'est normal.

Tu acquiesces et continues de manger, mais je vois que ma réponse n'a pas suffi. J'attends que tu me relances, ce que tu fais après avoir avalé :

— Mais... que les gens méchants, ils ont des pensées méchantes, d'accord, mais si les gentils aussi, c'est quoi la différence ?

— C'est quand on choisit de faire le mal qu'on a imaginé. Toi, tu ne t'es pas vengée, car tu savais que ça n'aurait pas été bien. C'est ce qui fait que tu es gentille.

— Mais si les gentils peuvent être méchants, les méchants peuvent être gentils ?

— Oui, lorsqu'ils regrettent ce qu'ils ont fait. Tu sais, beaucoup de gens ont des vies difficiles, des malheurs, c'est pour ça qu'ils font du mal. Allez, mange, ça va refroidir.

— En fait, c'est super dangereux d'être gentil.

— Heu...

— Ben oui. Les méchants, ils décident pas de faire du mal, alors que nous, on a le choix.

- 77 -

« Amazing graaaace !
How sweet, sweet the sound ! »

Une fraîcheur gospel me caresse les joues, les paupières, qui s'ouvrent sur une contrée translucide délicieusement apaisante. Les limbes, dernier stade avant la rédemption…

« I once was lost but now, now !
Now I'm fouuuund ! »

… lorsque le voile ondule et se révèle moustiquaire, à travers laquelle se dessinent des parois en bois, une porte entrouverte sur l'extérieur, d'où me parvient la chorale. J'essaie de me redresser, de regarder par la fenêtre, mais mon bras s'électrise. Perfusion. Table de chevet. Gobelet, cruche en terre cuite et petit bouquet fuchsia. Et mon corps lourd, ventousé au matelas, cette migraine, ces démangeaisons aux pieds. Que je bouge sous le drap et devine enveloppés de bandages.

— *Hi !*

Une nana au sourire radieux. La quarantaine frêle, coiffure « choucroute » et le cou cerclé d'une collerette en dentelle.

— *I'm Marceline. Glad to meet you. What's your name ?*

— Fr... Franck...

— *OK, Franck ! How are you ?*

— Heu... mal... ma tête...

— *Oh ! French ? Sorry, I don't speak french. Wait a minute !*

Elle disparaît, remplacée par une autre femme dans un coin, ajustant les oreillers de deux couchettes. Nattes, robe à carreaux : son apparence, ajoutée à la rusticité du lieu, m'évoque *La Petite Maison dans la prairie*. Tout y est, le charme désuet du passé, l'atmosphère de sève, jusqu'à l'apparition de Charles Ingalls... en fait, un jeune Noir, svelte, en short et tee-shirt délavé. Il approche un tabouret, s'installe à côté du lit.

— Salut, mec ! Je m'appelle Darius !

— Salut...

— Je parle un peu le français. Alors, bien dormi ? Comment tu te sens ?

— Mal... tête... pieds...

— Ça va passer, t'inquiète pas. On s'est bien occupés de toi. Une chance qu'on t'ait trouvé, il paraît que t'étais en train de délirer.

— S... soif...

Darius saisit la cruche, remplit le gobelet dans la résonance du gospel. Il passe sa paume derrière ma nuque et me relève la tête, porte l'eau à mes lèvres sèches. Une gorgée, je renais. Une autre, je m'étouffe. Il me rétablit délicatement, me tapote le dos d'une main fraternelle, et mon thorax s'apaise. Je termine le gobelet.

— Merci...

— De rien, mec. Alors, d'où tu viens ?

— Paris.

— Eh ben ! Et comment tu t'es retrouvé dans la jungle ?

— Heu...

— Ah, désolé, t'es à peine réveillé et je te bombarde de questions. Je vais te laisser tranquille. Allez, repose-toi bien, et bienvenue à Jonestown !

Mon cœur.
Chaos.

— Jonestown ???

— Ben, ouais !

Je le pousse, arrache le drap, sors du lit.

— Eh, mec ! Tu fais quoi ?

Mes pieds me torturent. Je vacille et avance. Yannick. Marche et tire sur la perf'. Yannick. Qui se renverse et se brise. Darius me dit de me reposer, je l'entends, mais ne vois que cette porte ouverte sur le crépuscule. Je m'y dirige à l'appel du gospel...

« My chains are gone ! »

... et entrevois...

« I've been set free ! »

... une foule galvanisée...

« But now, I seeee ! »

... quand je suis pris d'un vertige. L'atmosphère, incroyablement humide. Et les moustiques. Et mes pieds mortifiés. Et la chorale exaltée devant une silhouette : dernier flash avant la nuit.

- 78 -

« … NIGHT ! WHITE NIGHT !
WHITE NIGHT ! WHITE… »

- 79 -

Réveil.

Lit.

Moustiquaire.

Déjà vu, déjà debout, ce qui m'étonne et me rassure. Mes pieds, redevenus fiables. De mon périple, ils n'ont gardé que des cicatrices, à l'instar de mes bras, dont je redécouvre la peau bronzée, décrassée. On m'a lavé, déposé des fringues propres sur la chaise : slip, marcel, jean et baskets à ma taille. Quant à ma montre, on me l'a retirée. Le cadeau de ta mère, qui me manque, mais pas autant que toi.

Je détaille le lieu, sorte d'hosto miniature un peu cheap, avec une dizaine de lits disposés en U. Deux sont occupés : à droite, une nana ronfle, et là-bas, un blond sous perfusion, recroquevillé. Je caresse mon épaisse barbe, saisis la cruche pour remplir le gobelet, verse de l'eau à côté – ma main, fragile. Sensation de régression, humiliante, gommée par la fraîcheur de l'eau. J'ajuste mon jean tombant, me tourne vers le grand miroir à bascule. Choc. J'ai dû perdre au moins 10 kg ; aussi maigre que... et Yannick me revient. Sa gueule, son tatouage Anarchie.

Lui, quelque part dehors.

Enfin, après tout ce temps.

Je serre les dents, traverse la pièce d'un pas martial et ouvre la porte, ensorcelé par le panorama : palmiers aux feuilles rubis, bananiers et citronniers étincelants, buissons constellés de baies arc-en-ciel, champs de maïs aux reflets d'or... ce que la nature a de plus beau à offrir a germé ici, parmi ces jardins d'enfants, ces potagers féconds où l'on cueille avec le sourire. Des centaines de gens, jeunes et vieux, Blancs et Noirs, unis dans l'émancipation du labeur. Je les observe, envoûté par cet éden étendu à perte de vue, traversé de colibris et de perroquets aux plumages de bonbons. Jamais. Jamais je n'ai eu à contempler une telle magnificence, même à bord de la pirogue. Ce jour-là, la jungle m'avait subjugué. Aujourd'hui, elle m'émeut par son extraordinaire générosité, sa capacité à accueillir les humains pour y sublimer leur idéal de paix. Jonestown, le rêve de mes vingt ans devenu réalité. Là où tout commence, où tout s'arrêtera bientôt.

— *On a réussi, ma chérie.*

— *Non, c'est toi. Je suis désolée pour ce que je t'ai dit.*

— *C'est rien. Je t'aime.*

— *Moi aussi, je t'aime. Et je suis fière d'être ta fille.*

Darius surgit, une bêche à la main, coiffé d'un chapeau de paille.

— Salut, Franck ! Ça va mieux, on dirait !

— C'est... c'est magnifique...

— Et encore, t'as rien vu ! Dis, tu m'as fait peur, l'autre soir ! Je t'ai rattrapé à temps ! T'as failli t'écrouler !

— Ah... quel jour on est ?

— Le 7.

— Le 7 quoi ?

— Novembre ! Tu m'as l'air bien déphasé, toi !

Un mois. J'ai passé un mois dans la jungle – seul – et j'en reviens pas d'avoir survécu. Ma stupeur fait place à une fierté vaine, n'ayant personne avec qui partager mon exploit.

— Darius, j'avais une montre et...

— Ils ont dû te la retirer pour la toilette. J'ai cinq minutes, je te fais visiter ?

J'acquiesce, aperçois des poules et des cochons flairant la terre. L'un d'eux vient renifler mes pompes, repart en direction d'un potager, où bossent des mecs torses nus. À première vue, aucun tatouage. Darius m'indique le pavillon dont je suis sorti :

— Bon, ici, t'as compris, c'est le dispensaire. Ça, c'est l'école, et derrière, la nursery. Avant-hier, on a fêté le trente-troisième bébé.

— C'est beaucoup.

— Ben, on est un peu plus de mille.

— Ah... où sont les autres ?

— Ils déboisent les environs pour l'expansion du site.

Il m'explique d'un air emballé, me dit qu'ils ont bâti Jonestown en un an « tout seuls, à la sueur et à la machette », oubliant d'évoquer ces pelleteuses à l'arrêt. Je me garde d'y faire allusion pour ne pas sabrer son engouement, quand Yannick me revient en mémoire. Mille personnes, ici, mais je le trouverai, je t'en fais le serment. Darius avance, la bêche sur l'épaule, et je le suis, ménageant mes pieds. On marche entre les potagers à l'abondance sidérante, où les gens – *« Hi ! »* – me saluent un à un – *« Welcome ! »* Je leur réponds, avant d'apercevoir une tour avec des haut-parleurs, d'innombrables cabanons turquoise reliés entre eux par du linge étendu en guirlandes multicolores.

— C'est immense... j'ai connu une communauté hippie, mais là...

— Nous, c'est différent. Jonestown est une colonie agricole de 11 000 hectares.

— Et comment...

— On loue au gouvernement du Guyana. Il craignait une invasion du Venezuela, alors il nous a filé ce terrain : les autres auront jamais les couilles d'attaquer un millier d'Américains ou Carter leur enverrait l'armée ! Tiens, là, c'est l'école. Et ici, la scierie.

— Et ça, c'est quoi ?

— La cantine. C'est là aussi qu'on organise les fêtes, les réunions.

On dépasse l'immense carbet au toit de tôle, ouvert sur l'extérieur. Bancs. Longues tables. Estrade. Large chaise en osier sous une pancarte. J'y devine un message, mais Darius m'invite à le suivre, ce que je fais, séduit par la beauté du site. Autres potagers, autres agriculteurs, autres salutations au même sourire. Exactement le même que celui de Darius, cette franche amabilité tout en hospitalité et bienveillance, à la limite de la béatitude. Et toujours aucun tatouage Anarchie.

— Et donc, vous vivez en autarcie... c'est légal, ça ?

— Légal et solidaire. Le gouvernement est socialiste, comme nous, même si on se réclame plutôt du socialisme apostolique.

— Connais pas. C'est quoi ?

— C'est le bonheur, Franck ! Ici, on vit dans la paix et le partage.

— Ça fonctionne vraiment ? J'y croyais avant, mais...

— ... tu t'es fait avoir, comme moi ! C'est logique, les idéaux ont toujours été un produit du système, ce monde capitaliste qui oppose tout, les hommes et les femmes, les Blancs et les Noirs, la foi et la révolution. Mais si on y réfléchit, le pentecôtisme et le marxisme ont beaucoup en commun, à commencer par l'égalité entre les êtres.

— Mouais...

— Je comprends ton scepticisme, j'étais pareil, mais on y est arrivés ! On l'a fait, mec ! Regarde autour de toi ! Regarde-nous ! Sens !

J'observe, des jardins aux cultivateurs, des palissades en bois blanc aux gamins jouant à l'ombre des arbres fruitiers. Tableau paradisiaque, dont l'harmonie me parvient à la faveur d'une brise aux arômes de fleurs.

— Tu doutes encore, Franck ? Père te dirait que...

— « Père » ?

— C'est grâce à lui qu'on a créé tout ça. Lui, il dit que c'est grâce à nous, il refuse qu'on l'idolâtre, il dit que c'est à cause de ça que les religions ont échoué, mais moi, je sais que, sans lui, j'aurais jamais ouvert les yeux. Moi et les autres.

— C'est votre chef ?

— Oh, non ! Comme il le dit lui-même : « Seul, je ne suis rien. Ensemble, nous sommes tout. » J'ai jamais côtoyé quelqu'un d'aussi humble, d'aussi juste ! Tu sais, lorsqu'il était en Californie, il mariait les Noirs et les Blancs ! Ça lui a causé des problèmes, le KKK l'a menacé et tout, mais il a jamais lâché ! Quel courage, quelle intégrité !

— S'il est si courageux, pourquoi il a quitté les États-Unis ?

— Trop de monde. Il nous fallait plus d'espace, et c'est pas fini, on arrête pas d'accueillir des nouveaux. T'es le vingtième depuis le début du mois !

La visite se poursuit avec son lot de découvertes (W-C avec sciure, cabines de douche, terrain de basket) et de « *Welcome !* ». De jeunes Noirs, essentiellement. Soit Yannick est à l'intérieur d'un cabanon, soit il déboise les alentours. On dépasse un petit terrain herbeux, que Darius me présente comme le cimetière. Je n'y vois aucune croix, mais huit bouquets et autant de prénoms gravés sur des rondins de bois.

— Le dernier décès remonte à une semaine.

— Et...

— Le climat. Certains ne le supportent pas, surtout les vieux.

On s'éloigne du cimetière et il me parle de son enfance dans le ghetto d'Oakland, de sa mère française, de son père qui s'est tiré, de ses galères avec « des sales personnes croisées au sale moment », puis plante sa bêche et croise ses mains sur le manche :

— Et toi, alors ? Comment tu t'es retrouvé dans la jungle ?

— Je voulais venir ici.

— Tu débarques de Paris exprès pour nous ?

— Un pote m'a parlé de vous et m'a invité à le rejoindre ici. Il s'appelle Yannick.

— Ça me dit rien. C'est quoi son nom ?

— Heu... en fait, c'est juste une connaissance... il est brun, assez maigre et...

Un larsen strident provoque mon sursaut, précédant les haut-parleurs :

« WE'RE PEOPLES TEMPLE !
WE WORK FOR PEACE ! »

Voix grave, celle d'un homme au timbre chaleureux, diffusée à travers tout le site. Le message résonne, nappe les visages de Darius et des autres d'une intense quiétude, avant de refaire place aux chants d'oiseaux, aux coups de pelles dans les potagers.

— C'était quoi, ça ?

— Père. Il s'adresse souvent à nous. Il vient de dire que...

— « On œuvre pour la paix. » Je comprends un peu l'anglais.

— Ah ! Du coup, pas la peine que je te parle en...

— J'ai dit « un peu ». Les autres reviennent quand de la jungle ?

— Au crépuscule. D'ailleurs, il faut que j'y retourne ! À plus !

Darius se casse avec sa bêche, sa démarche cool d'Afro-Américain sympa. Un mec bien. Je le regarde s'éloigner, observe les agriculteurs tout autour, les entends parler américain. Je comprends les trois quarts et c'est grâce à Cindy, à laquelle je repense. Une nana de Liverpool, rencontrée après l'armée. J'en ai gardé de bons souvenirs et quelques notions d'anglais, sans lesquelles je serais totalement perdu, ici. Yannick. Je le cherche parmi les habitants, tandis que la voix reprend, là-haut :

« PAIX ! NOUS ŒUVRONS POUR LA PAIX ! »

- 80 -

Ma barbe. Si elle pouvait parler, elle en aurait des choses à raconter. Trucs glauques qui me reviennent, tandis que je la désépaissis aux ciseaux. *Cut.* Marécage. *Cut.* Guêpes. *Cut.* Founé et tous ces morts accumulés à mes pieds. Je plonge mes mains dans la bassine, m'asperge la gueule, tartine mes joues de savon *Made in Jonestown.* « Ici, on fabrique tout nous-mêmes » ; les mots d'Irene, une nana de l'Ohio arrivée il y a six mois avec son bébé. Elle m'a filé une serviette, une brosse à dents, m'a montré mon matelas. Le même cabanon que Darius et deux autres personnes pas encore rencontrées.

Yannick.

J'appuie la lame, passe et repasse, rajeunis ma tronche à la peau irritée, marquée par mon périple. Ces rides ; j'ai pris dix ans. Amer, je trempe le rasoir, égalise mes pattes – droite, gauche, droite encore – puis hésite, avant de finalement épargner ma moustache arquée à la Zappa : je sais que ça t'amuse de me voir avec ça. Je me rince, observe mon reflet dégoulinant dans le miroir, tandis que la voix résonne de nouveau à l'extérieur :

« NOUS ŒUVRONS POUR LA PAIX !
UN MONDE D'ÉGALITÉ ET DE VERTU ! »

- 81 -

Ceux qui ne se souviennent pas du passé sont condamnés à le répéter

La pancarte dominant la chaise en osier, vide. Et plus loin, les marmites, dont le fumet attise mon appétit. Rien avalé depuis la banane de cet aprèm. Je trépigne dans la file, observe la foule attablée à l'intérieur du carbet. Au menu, ce soir : pain, riz et tomates bouillies. Je regarde les habitants bouffer, discuter entre eux, puis compte les enfants à l'écart. Dix par table, soit trois cents gamins. Sages, ils mangent sans le moindre chahut, les plus âgés aidant les plus jeunes, à l'image de cette ado nourrissant un bébé, Lolita déjà responsable à la délicatesse de maman. Darius, dans mon dos :

— J'ai la dalle...

— Moi aussi.

Devant, le manchot se remet à avancer, ce que je fais, avant de m'arrêter à quelques mètres de ceux servant le dîner. Marmites. Louches. Gamelles. Marmites. Louches. Gamelles, et c'est mon tour. Je salue la femme en anglais :

— Bonsoir, madame.

Elle sourit – mon accent, sûrement – et me sert une portion. J'en aurais bien repris une louche, mais je me contente de ça, vu le nombre de gens derrière nous. Cuillère en bois, tranche de pain, et je cède la place à Darius. Quelques secondes d'attente durant lesquelles je dévisage les Blancs, cherche quelqu'un répondant au signalement de Yannick. Une rousse nous fait des signes, au milieu de la foule. Darius me devance avec sa gamelle et on se fraye un passage entre les gens, les tables, jusqu'à celle de la fille.

— Salut, Franck !

Les autres me saluent avec autant d'enthousiasme. Moyenne d'âge trente ans, et parmi eux, cinq mecs → quatre Blancs → deux bruns sans tatouages. Darius s'installe à côté de la rousse, moi, en face d'eux. J'attaque ma gamelle, et lui me présente le groupe : Pete, Luther, Anna, Ed, Tom, Esther, Ramón, Mary...

— ... et Amy ! sourit la rousse. Bienvenue parmi nous !

Esther ne me quitte pas des yeux. Elle est bandante avec ses gros seins, mais je ne suis pas là pour ça et continue de manger en observant la foule. Tellement de monde... on doit être au moins cinq cents, sans compter les dizaines d'autres dans la file. Et toujours aucun tatouage, à moins qu'il ne soit dissimulé sous des manches longues. Amy me relance :

— Alors ? Il paraît que tu viens de Paris ?

On me demande ce que j'y faisais, je parle de la boutique, ils évoquent à tour de rôle leur vie d'avant : chômeur à Boston, serveuse à Seattle, prof à Memphis... toutes sortes de profils, d'origines sociales, et les mêmes louanges envers Jonestown, où tous se disent heureux et épanouis. Je les crois, à en juger par leur mine ravie. Ravie et marquée par leur journée, de l'agriculture au déboisement.

— Vous avez l'air crevés.

— On bosse dur, dit Anna. Six jours sur sept.

— C'est beaucoup, surtout avec cette chaleur...

— Ouais, mais t'as vu notre paradis ? Ça mérite bien quelques efforts !

Je reprends une cuillerée, observe la chaise en osier :

— Et ça ?

— Son siège. Normalement, Père mange avec nous, mais il est contrarié depuis hier. Une délégation du Congrès américain va venir dans quelques jours.

— Pourquoi ?

— Ils n'acceptent pas qu'on vive hors du système. Ils ont harcelé les communistes, les hippies, les Panthers, et maintenant, ils s'en prennent à nous.

Je croque un morceau de pain, mâche en pensant à la ségrégation, au maccarthysme, et ne peux que leur donner raison. Je me demande ce que Founé aurait pensé de Jonestown et de sa philosophie libertaire. D'une table à l'autre, on se lève, on débarbouille les gamins, et le lieu se dépeuple. Ed poursuit :

— Ils nous diffament avec leurs médias et leurs faux témoignages. Comme quoi on serait une secte, qu'on serait maltraités. Ils nous mettent la pression, ils veulent envoyer une commission d'enquête, alors qu'on fait rien de mal. Tu vois bien, Franck !

— Mm... le pouvoir aime rarement les insoumis.

— On vit en paix et on dérange personne, sauf le capitalisme. À travers nous, c'est Père qui est ciblé. Un homme si bon, si juste... si tu le voyais, Franck !

— Je ne demande que ça.

— Il est très occupé, mais ça viendra. Au fait, t'as trouvé ton pote ?

— Pas encore.

— Il est peut-être déjà couché. Il s'appelle comment ?

— Yannick. Un Français, lui aussi.

— Ça me dit rien. Il y a peu de *frenchies*, ici.

— Brun, maigre, tatouage Anarchie... c'est un tox. Il y en a ici ?

— Ouais, dit Darius, moi.

Sa réponse me déstabilise. Ça doit se voir, puisque Luther me tape sur l'épaule :

— La moitié d'entre nous a connu la défonce.

— Ah... désolé pour vous... puis, à Darius : Et ça va ?

— Maintenant, ouais. J'ai tout essayé, les cures, l'hypnose, mais il n'y a qu'ici que j'ai réussi à décrocher. Comme Luther et les autres.

— Et c'est grâce à quoi ?

— La paix. On a appris à lâcher prise. On s'est libérés du fric et du matérialisme, tous ces trucs anxiogènes qui pourrissent le monde. Avant de faire la révolution au niveau mondial, il faut déjà la faire en chacun de nous.

Un bail que je n'avais pas entendu un truc aussi pertinent. J'avale une gorgée d'eau, pose le gobelet, renversant ma cuillère. Je me baisse pour la ramasser et découvre, sous la table, les mains de Darius et d'Amy jointes tendrement. Je me redresse, décontenancé. Le couple comprend, échange un regard complice, puis Amy prend la parole :

— Oui, on est ensemble. Ça fait trois ans.

— On s'est rencontrés dans un hosto. J'étais là pour une cure, et elle, pour... heu...

— Mon ex était violent avec moi. J'ai longtemps cru que je ne connaîtrais jamais le bonheur, jusqu'à ce que Darius entre dans ma vie.

Elle lui adresse un sourire auquel il répond, tout aussi amoureux. Darius m'avait caché ça. C'est donc avec Amy qu'on partagera notre cabanon. La quatrième couchette ? Yannick, peut-être – une chance sur mille. Je termine ma gamelle, pas rassasié.

— Cool. Je suis content pour vous.

— Nous aussi, on s'aime, dit Ramón en désignant Anna.

— Ah... on dirait pas... vous vous cachez ?

— Non, on est pudiques. Père nous a appris à rejeter le schéma conjugal, ce piège du capitalisme qui veut qu'on possède les biens et les individus, qui a fabriqué du patriarcat et des femmes soumises pendant des siècles. T'es en couple, Franck ?

— Je l'ai été.

— Alors, on se comprend. Le couple tel qu'on nous l'a inculqué induit des sentiments néfastes comme la jalousie, la possessivité.

— Ça arrive, mais le couple, ce n'est pas que ça.

— C'est aussi ça. Et nous, on préfère le véritable amour, pur, égalitaire.

— Allez, dit Pete, il se fait tard !

Ils se lèvent tous. Chacun récolte ses miettes dans sa gamelle, moi aussi, et Esther est la moins appliquée, cherchant à croiser mon regard. C'est fait, alors elle m'adresse un sourire. J'y réponds par politesse, puis on libère la table, réquisitionnée par un autre groupe. Aucun tatouage. Bassines, vaisselle... on quitte la cantine, marche dans le crépuscule de Jonestown. Les cabanons se succèdent, après quoi les autres se souhaitent bonne nuit, puis les femmes s'éloignent, nous laissant sur place. Éberlué, je me tourne vers Darius :

— Vous ne dormez pas ensemble ?

— Surtout pas. La chair est faible, tu sais bien !

On s'oriente vers les cabanons réservés aux mecs, je pense à ceux qui occupent le nôtre. Yannick ; deux chances sur mille. Et me voici, pensif, marchant en compagnie de Ramón l'ancien routier, Ed l'ancien prof, Pete l'ancien punk, Tom l'ancien libraire, Darius et Luther les anciens tox. Nous traversons les jardins, assaillis par les moustiques, quand Ed et Ramón nous saluent, investissent leur pavillon. Pareil pour les autres, qui me laissent seul avec Darius.

— Ils ont l'air sympas, lui dis-je.

— Ils le sont. Ici, je fais que de belles rencontres, et t'en fais partie.

Darius me tape sur l'épaule chaleureusement, mais son geste a quelque chose de fragile, comme s'il était davantage guidé par le besoin que l'envie. Amy lui manque. « Bonne nuit ! » – un métis, tout sourire, au sommet de la tour. Il est en train de fumer et je pourrais lui en gratter une, mais Darius est pressé d'aller se pieuter, alors tant pis.

— Ça doit pas être facile de quitter Amy tous les soirs.

— Heureusement, je la revois demain matin.

— Ça vous manque pas de dormir ensemble ?

— Grande cause, grands sacrifices.

— Mm... dis, le prends pas mal, mais « Père », il serait pas un peu bizarre ?

— Je m'attendais à cette question. Tu sais, si c'était le cas, il ne serait pas autant apprécié de la femme de Carter.

— Le président ?

— Et ouais. Il est aussi pote avec le vice-président, le maire de San Francisco et plein d'acteurs. Il a un gros réseau à travers les États-Unis.

Arrivés au cabanon, des ronflements nous parviennent. Yannick ; je me tiens prêt. De l'index, Darius mime un « Chut ! », tourne délicatement la poignée. J'entre le premier et, dans la pénombre, devine deux Chicanos endormis sur leurs matelas. L'un a gardé ses pompes, qui schlinguent à quelques centimètres de mon oreiller. Vision d'autant plus pathétique que j'étais prêt à tuer. Vraiment prêt – je l'ai senti en franchissant la porte : ce frémissement intérieur, décisif, qui précède les grands rendez-vous. Du moins, l'ai-je cru. Ravaler ma vengeance, une fois de plus, en espérant demain, peut-être.

Darius ferme la porte, s'assoit sur son matelas, se désape. Son soupir, tout en détente, se fait murmure :

— Bonne nuit, Franck.

— Toi aussi.

Il retire ses baskets, je fais pareil et me glisse sous la couverture. Confort bas de gamme, mais comme l'a dit Darius, « Grande cause, grands sacrifices ». Darius qui s'endort déjà, je l'entends au ralentissement de sa respiration. Un frisson, et je me recroqueville, songeur, traversé d'une multitude de visages, ceux des gens rencontrés tout au long de cette journée. Leurs sourires, leurs louanges envers Jonestown ne me lâchent pas ; la nuit va être longue, surtout avec les ronflements des autres.

Yannick.

- 82 -

« NUIT BLANCHE ! »

Mon cœur implose...

« NUIT BLANCHE ! »

... et je panique, tombe du matelas. La nuit se referme sur moi, tandis que les haut-parleurs remettent ça – *« NUIT BLANCHE ! »* – dans un vacarme assourdissant.

— Qu'est-ce qui se passe ???

Darius se dessine à la lueur d'une bougie, suivi des Chicanos, titubant de sommeil. Darius bâille, les cheveux en pétard, puis m'aide à me rétablir :

— T'inquiète pas, tout va bien.

— C'est... c'est quoi ?

— Une réunion.

— En pleine nuit ?

— Je t'expliquerai. Tu peux te recoucher.

Darius remet ses baskets, les autres enfilent chacun un sweat. Un peu d'eau sur la gueule, et ils sortent à la hâte, se mêlent à des dizaines de gens. Ombres fugitives, innombrables, accourant en direction de la cantine éclairée par de grands spots. La porte se ferme, verrouille ma confusion.

- 83 -

La poule incline la tête, hésite. Ça gamberge à fond sous sa crête, mais elle finira par venir. Elle ne le sait pas, mais moi oui, car une poule est aussi prévisible qu'une baston dans un groupe de rock. La voilà qui avance, attirée par les miettes. J'attends qu'elle s'approche, tape du pied et la regarde s'enfuir en battant des ailes.

— C'est pas sympa, dit Darius en mâchant sa banane.

— Elle m'emmerde.

— Oh, toi, t'es de mauvaise humeur, ce matin !

— Pas réussi à me rendormir.

Je goûte mon jus d'orange, lorsqu'une trentaine d'habitants nous rejoint à la cantine. Les yeux cernés, encore épuisés par leur journée d'hier.

— C'était quoi, votre réunion ?

— Pour se préparer en cas d'attaque.

— « Attaque » ? De qui ?

— CIA, FBI, l'armée vénézuélienne... on a pas mal d'ennemis, mais Père nous rassure, nous dit chaque fois comment il faudra procéder.

— « Chaque fois » ? Vous faites ça souvent ?

— Une nuit sur trois. Un assaut peut survenir à tout moment, alors on se tient prêts.

— Si ça arrive, vous ferez quoi ? Vous êtes armés ?

— Et puis quoi encore ? Face à la haine, la meilleure défense, c'est l'amour. Gandhi a montré la voie, mec ! Si tu veux, tu pourras participer à la prochaine réunion.

Les nouveaux nous saluent, s'installent avec leurs jus et leurs bananes. Je dévisage les mecs, cherche un tatouage parmi eux, lorsque les haut-parleurs grésillent...

« NOUS ŒUVRONS POUR LA PAIX ! »

... et la voix se diffuse à travers Jonestown, égayant le visage de Darius, des gens tout autour. Ils étaient crevés, ils ne le sont plus.

— C'est un message enregistré ?

— Oh, non ! Père nous parle en direct de chez lui.

Il m'indique un pavillon derrière la tour, équipé d'une antenne radio. La seule habitation avec étage. Darius, en mastiquant :

— Je sais ce que tu t'dis. « S'il prône l'égalité, pourquoi sa maison est plus grande ? »

— Ça m'a traversé l'esprit, ouais.

— En fait, ils ont sept enfants avec Marceline. C'est elle que t'as vue à ton réveil. Une femme remarquable. C'est un peu notre maman à tous, et moi, j'ai plus mes parents.

Darius est sympa, mais il me plombe le moral avec son passé. Tox, sans famille... on dirait du Zola à la sauce Burroughs. Puis, sa manière d'anticiper mes pensées – « Je sais ce que tu te dis. » Me voici donc aussi prévisible que cette conne de poule. Peut-être, mais Darius ignore l'essentiel. Je termine mon jus d'orange...

« J'ENTENDS VOTRE FATIGUE, JE L'ENTENDS ET LA RESSENS MOI-MÊME FACE À L'AMPLEUR DE NOTRE TÂCHE ! »

... observe les Blancs tout autour...

« MAIS N'OUBLIEZ PAS ! CETTE USURE EST UN PIÈGE DU PASSÉ ! CETTE PRISON DONT NOUS NOUS SOMMES LIBÉRÉS ! »

... leurs bras...

« RÉSISTONS AUX SIRÈNES DU FUTILE ! NOUS NE SOMMES PAS NÉS POUR CELA, MAIS POUR HONORER LA VIE ! »

... et repère un tatouage d'Elvis sur l'épaule d'un mec. Je sais, ma chérie, moi aussi, j'y ai cru. Je cherchais ton assassin, j'ai trouvé un fan du King. Darius m'interpelle :

— Tu cherches encore ton pote ? Faut que tu demandes à Gwladys. S'il est ici, elle le sait forcément, c'est elle qui garde les passeports.

— Pour quoi faire ?

— Ben, c'est plus sûr, ça évite de les perdre.

Des gens quittent les tables, s'évaporent dans Jonestown et sa mosaïque de couleurs. D'autres les remplacent à la cantine, et parmi eux, aucun Yannick. Peut-être est-il encore couché. Peut-être est-il déjà en train de déboiser les environs. Peut-être n'est-il pas à Jonestown, tout simplement. Alors, la fatigue se fait cafard, vorace.

— Et Gwladys, où je peux la trouver ?

— Elle est déjà dans la jungle avec les autres. D'ailleurs, aujourd'hui, c'est mon tour.

— J'aimerais bien y aller, moi aussi. On y va ?

— Faut que j'en parle à Larry. C'est lui qui gère.

Darius offre nos miettes à la poule. On rince nos gobelets, on jette nos peaux de banane dans un bac de compost, puis on traverse Jonestown, où la population se répartit, des potagers aux champs de maïs. Amy et Esther sortent du pavillon de Jones, se dirigent vers nous : « Salut ! » Esther, les cheveux attachés, est ravie de me revoir. Darius n'a d'yeux que pour Amy, qui lui sourit, avant de se tourner vers moi.

— Bien dormi, Franck ?

— Non.

— Il s'habituera vite ! s'exclame Darius. Et toi, bébé ? Ça va ?

— Oui. Je suis contente de te voir.

Intimidée, Esther n'ose pas s'adresser à moi. Sa solitude, flagrante, traduit un vécu de souffrances que je n'ai ni le temps ni l'envie de découvrir. Chacun sa merde. Les filles nous saluent et repartent. Darius regarde *son* Amy s'éloigner, se remet en chemin :

— Elle t'aime bien, Esther...

— Je suis pas venu pour ça.

Il nous entraîne en direction d'une grange. Des gens en sortent – casquettes/machettes – et s'orientent vers des camionnettes alignées. L'équipe jungle. Darius salue le groupe, me demande de l'attendre ici. Je m'arrête, le vois se diriger vers la grange, observe les environs. À l'ombre des palmiers, des bébés en culotte jouent dans la terre, sans la moindre surveillance, livrés à eux-mêmes. Ça me choque, mais à les voir s'amuser ensemble, téter leurs biberons, je comprends qu'ils évoluent en parfaite autonomie et ne risquent rien. Je me demande ce que ça aurait donné si tu avais grandi ici, loin du béton et des pots d'échappement. Curieux monde que Jonestown, où une autre éducation semble possible. Tout.

Le soleil commence à cogner, alors je m'abrite à l'ombre de la tour. Là-haut, le mec me salue et je l'ignore, concentré sur la grange. Darius en sort avec une machette en compagnie d'un Jésus en chemisette, bermuda et rangers. Ils restent sous le porche. Darius lui parle, l'autre l'écoute en me fixant, puis le premier me rejoint :

— C'est Larry. Je lui ai parlé de toi.

— Alors ? La jungle ?

— Il va demander à Père, il reviendra dans deux minutes. Allez, à ce soir !

— À ce soir.

Darius quitte mon champ de vision, où Larry continue de me scruter, là-bas. Il se gratte la barbe sans me lâcher du regard, puis quitte le porche, s'oriente vers le pavillon de « Père ». Je le regarde pénétrer à l'intérieur, quand résonnent des vrombissements. Les camionnettes, prêtes au départ. Darius et des dizaines d'autres montent à l'arrière. J'observe la fenêtre du grand pavillon, imagine Larry à l'intérieur.

Une seconde, ton sourire me revient.

Une autre, Yannick te remplace.

Une troisième, Larry se dresse face à moi, avec une casquette et une machette :

— Tu peux y aller.

— Heu... merci.

Il me donne le tout, je mets la casquette :

— Je voulais savoir...

— Ouais ?

— À mon arrivée, j'avais une montre et...

— Je suis pas au courant.

Il se casse d'un pas rapide, en direction de la grange. Spécial, ce Larry. Les dernières camionnettes démarrent, font le plein de travailleurs. Tous ces mecs que je côtoierai jusqu'au crépuscule. Yannick. Je regarde la machette dans ma main, me dirige vers le convoi… et m'arrête, pris d'une étrange sensation, qui me conduit à me retourner. À l'étage du pavillon, une silhouette m'observe à travers le rideau. J'y devine un regard noir, des lunettes, peut-être. Puis, ces mots résonnant en moi, cette voix qui n'est pas la tienne et devient mienne : *« Nous œuvrons pour la paix. »*

- 84 -

La jungle. On y revient toujours. La jungle et sa moiteur, ses lianes entrelacées, ses feuillages fouettant la carrosserie, comme avant. À se demander si j'ai réellement atteint Jonestown, si je n'ai pas fantasmé ce bled. Après tout, ce que j'y ai vu et entendu pourrait s'apparenter à un rêve, mais les rêves ne sentent pas, et là, ça pue l'aisselle estivale. Tous ces mecs qui blablatent autour de moi, à l'arrière de la camionnette. Américains, Brésiliens... il y a aussi un Mexicain en pleine discussion avec un Néerlandais. Regard azur, blondeur peroxydée ; on dirait Dave en plus maigre, sans *Vanina*, mais avec bandana.

Yannick. C'est à lui que je pense en observant ma machette. À lui et sa tête tranchée, son corps démembré... et ça freine subitement. On se bouscule, les premiers sautent avec entrain et je descends à mon tour, foule la terre. Pelleteuses à l'arrêt, troncs renversés, feuillages empilés çà et là – on nous a bien préparé le terrain. Je balaie les moustiques, rejoins le groupe devant un haut mur de branches entremêlées : l'enjeu du jour. Tout ça à dégager avec nos seules machettes. Un mec apparaît...

— Ça va, les gars ?

... vêtu d'une combi kaki, mitraillette en bandoulière. Une anomalie dans un paradis comme Jonestown. Je m'approche d'un jeune, lui parle à voix basse :

— Pourquoi il est armé ?

— Pour nous protéger. La semaine dernière, un jaguar nous a attaqués.

Le mec en kaki, les mains sur les hanches :

— Tout le monde est prêt ?

— OUAIS !

— On œuvre pour quoi ?

— POUR LA PAIX !

— J'ai rien entendu ! On œuvre pour quoi ?

— POUR LA PAIX !

— Parfait ! Allez, courage !

Tous s'alignent devant les branches, je me fais une place parmi eux, et c'est parti : les lames s'abattent, le bois craque sans céder, alors on remet ça bruyamment, excitant les perroquets tout là-haut. Je débute à peine que je transpire à fond, mais je m'acharne, creusant l'entaille. Huit coups, et la branche tombe enfin. Les autres en sont déjà à leur troisième.

Plus tard.

Tchac !

Yannick.

Tchac !

Yannick.

Tchac !

Yannick qu'est pas là. Je l'ai cherché partout, j'ai vu des tatouages, mais c'étaient des trucs de gangs, de taulards. À tous les coups, il fait partie du groupe qu'on entend de l'autre côté du chantier. *Tchac !* Qui m'éreinte. *Tchac !* Sous cette canicule. *Tchac !* Comme les autres, ces torses ruisselants, ces lames qui tranchent et tranchent encore, centimètre par centimètre...

— Pause !

... et on s'arrête tous dans une expiration commune. La machette ; je la plante dans la terre, examine ma paume irritée. Si j'avais su, j'aurais demandé des gants.

— Bon boulot, les gars !

Fourbus, les autres se regroupent autour des caisses pour y piocher les bouteilles d'eau, qui passent de mains en bouches, de bouches en mains. Trois gorgées chacun, et pas une de plus : règle à laquelle je m'astreins. Désaltéré, je ne le suis déjà plus en filant la bouteille au suivant, m'assieds dans la terre, m'adosse contre un arbre. Un soupir, et je décolle la casquette de mon crâne, observe l'intérieur pour vérifier à quel point elle est trempée, ce qui ne m'apporte rien. Je la remets, regarde les gars se relâcher dans la même posture que moi. L'impression de m'observer en cinémascope.

— T'en veux ?

Je tourne la tête et découvre un blond de quarante kilos, clope au bec. Sa main osseuse me tend un paquet de tabac. Je m'en empare ; des siècles que j'ai pas fumé. « Merci » – je me roule une clope, craque une allumette et lui rends le tout, qu'il range dans sa poche, avant de m'obliger à lui serrer la main.

— Je m'appelle Roy.

— Franck. Ça fait longtemps que t'es ici ?

— Huit mois. Je sortais de taule, j'avais plus de job, plus de meuf, plus rien... puis, j'ai entendu parler du Temple du peuple. Et toi ? D'où tu viens ?

— France.

— Vraiment ? Waow !

— Je suis venu retrouver un pote. Un Français, comme moi. Brun, la vingtaine, tatouage Anarchie sur l'épaule... ça te parle ?

— Non. C'est cool que tu nous aies rejoints, parce qu'il y a beaucoup de boulot.

— Mm... je suis cassé... je sais pas si j'arriverai à tenir jusqu'à...

Et je réalise. Je réalise enfin ce qui aurait dû m'interpeller dès le début, cette évidence jusqu'ici noyée dans la foule et la multitude d'informations : de ce Roy à Darius, d'Amy à Esther, en passant par ces mecs devant moi, tous les habitants, aucun d'eux ne possède de montre.

— Allez ! On reprend !

Roy et les autres écrasent leurs clopes, se remettent à déboiser. Moi aussi, absorbé par mes pensées. Aucune montre, ni horloge à Jonestown. Puis, cette mitraillette.

- 85 -

Quand t'es née, on t'a acheté plein de bouquins pour bébés. Mme Fontaine, la gentille libraire, appelait ça des « albums d'éveil ». Il y en avait avec des surfaces à toucher, d'autres avec des rabats, mais celui qui te captivait le plus, c'était *Avant/après.* Tu y découvrais la notion d'évolution, d'une graine devenue fleur à un œuf devenu poussin. Eh ben, là, c'est pareil : ce matin, on était tous debout dans la camionnette, et maintenant, on est tous assis. Avant/après notre journée harassante.

Avachi contre la paroi, j'observe les autres, aussi usés que moi. Je masse ma paume, ce qui me soulage quelque peu, lève les yeux et m'en remets aux feuillages quadrillant le crépuscule. Fresque féerique sans cesse réinventée, à laquelle il ne manque qu'une musique. Un morceau aérien. J'explore mes souvenirs, fouillant dans mes bacs à vinyles, cherche un groupe pour accompagner cet interlude merveilleux. Gong ? Trop farfelu. Crimson ? Trop sombre. Yes ? Ouais, *South Side Of The Sky.* Pas le début, un peu chiant, mais la partie avec les chœurs...

« La, la, la, la, la, la ! »

… le piano…

« La, la, la, la, la, la, la, laaaa ! »

… couverts par le crissement des pneus. Retour à Jonestown. Les corps se redressent, quittent la camionnette un à un. Je récupère la machette – Aïe ! – et change de main, sors avec les derniers. Des quinquas, comme ce mec chétif, que j'aide à descendre.

— Merci…

— Ça va aller ?

Il acquiesce, reprend son souffle. Je rejoins les autres dans la grange, me calque sur leurs gestes : machette à droite, casquette à gauche, le tout empilé sur deux longs établis poussiéreux. Je ressors avec le groupe, suis le mouvement entre les potagers. On dépasse le pavillon de Jones, où pénètre un ado à la coupe afro, et on se dirige vers les douches.

— Salut, mec !

Darius et sa jovialité permanente. Je me mets en chemin, il me relance :

— Alors, cette journée ?

— Crevante.

— Les premiers jours sont difficiles, mais au bout d'une semaine, t'auras pris le rythme.

— Pas sûr que je tienne une semaine.

— Mais si, tu verras. Allez, une bonne douche et…

« NOOOON ! »

Le cri résonne à travers le site. La souffrance d'une fille, à la sortie du dispensaire, soutenue par une infirmière. J'échange un regard avec Darius, aussi médusé que moi. La nana éplorée se débat, mais l'infirmière la retient, l'empêche de retourner à l'intérieur.

« NOOOON ! »

Alertés, des centaines d'habitants accourent. Leur panique se propage jusqu'à Darius et moi, nous dépasse en direction du dispensaire, d'où sortent deux Latinos transportant un corps. Ils le déposent au sol, la fille se rue sur le mort, l'enlace de son désarroi...

« NOOOON ! YANNICK ! »

... et je suis foudroyé. Et les hurlements. Et l'émotion de la foule. Et moi, qui avance lentement, le cœur survolté. Bouscule les gens. Me fraye un passage. Traverse les murmures, les sanglots, les mots de ta mère au téléphone – *« Je te dis que les flics l'ont arrêté ! »* – et mes tripes se contractent en prière animale. Les derniers habitants s'écartent, je m'arrête à quelques mètres de la fille agenouillée, embrassant follement « YANNICK ! » Alors, les cris, le brouhaha cessent dans ma tête. Plus aucun bruit, rien que le silence et ce cadavre allongé, devant moi. Sa maigreur, son visage... et je me revois hier matin, juste après mon réveil, dans le dispensaire, *sorte d'hosto miniature un peu cheap, avec une dizaine de lits disposés en U. Deux sont occupés : à droite, une nana ronfle, et là-bas, un blond sous perfusion, recroquevillé,* dont je découvre l'épaule tatouée du logo Anarchie.

(Non)

Je vacille.

(NON)

Submergé par l'indicible.

« NOOOOON ! » – la fille agrippée à ce blond-qu'a-pas-les-cheveux-bruns-comme-Yannick-même-si-elle-hurle-son-prénom, lorsque l'infirmière l'arrache au mort :

— Viens, Jane... viens, c'est fini.

Et la preuve ultime, celle que je redoutais, me transperce. J'étais à Jonestown, je me retrouve à Marseille avec Jules – *« Jane, l'une de mes pensionnaires. Entre eux, ça a été le coup de foudre »* – et la rage reste bloquée dans ma gorge, me déchausse les dents. L'infirmière éloigne Jane, effondrée, me laissant seul face à lui. Ton bourreau et moi, enfin réunis, mais trop tard. Ouais, l'infirmière a raison, c'est fini. J'ai perdu et t'as gagné, fils de pute. Tu t'es teint les cheveux pour essayer de m'échapper, c'est ça ? Brun ou blond, t'étais là, tout près, à portée de mains, mes mains qui auraient pu t'étrangler, t'étriper. T'étais là, après tout ce temps, ces milliers de kilomètres, et je suis passé devant toi sans te voir, trop pressé de te traquer. Réveille-toi. Tu peux pas me faire ça. Réveille-toi, enculé. Tu peux pas, après ce que tu m'as infligé. Réveille-toi, je t'en supplie. Allez, juste une seconde. C'est tout ce que je te demande, tu me dois bien ça. Une dernière seconde de vie, pour que je te l'arrache de mes propres mains, et Darius me rejoint :

— « Yannick » ? C'est lui, ton pote ?

Je serre les poings à m'en saigner les paumes.

— Merde… Franck… je suis désolé…

Les larmes me crament les yeux.

— Si j'avais su… t'avais dit qu'il était brun, alors…

Tremblant, je ne vois que Yannick, scrute sa peau, traverse ses paupières et le sonde, n'y trouvant que mon chaos. Darius, encore :

— Je le connaissais pas… paraît qu'il a été mordu par une mygale, il y a trois jours… c'est pas le premier à qui ça arrive… je suis vraiment désolé, Franck…

Il me tape sur l'épaule et je rejette sa main, bouillonnant de fureur. Darius se remet à parler, je sais pas ce qu'il dit, je m'en fous, je veux qu'on me laisse tranquille, me laisse avec ton assassin. Soulevé. Enveloppé dans un drap par les deux Latinos, qui se tournent vers moi et se figent. Ma détresse, sans doute. Non, c'est pas moi qu'ils regardent, mais derrière. Darius aussi, la foule entière, tournée vers la cantine aux spots aveuglants. Tous immobilisés, à l'approche d'une présence.

— C'est lui, chuchote Darius.

Ébloui par les spots, je ne vois qu'une silhouette noirâtre à l'aura spectrale, avançant d'un pas conquérant. Jane s'y précipite – « Père ! » – puis se blottit dans les bras obscurs, où ses pleurs reprennent. Insoutenables. Je tourne le dos à tout ça, m'éloigne de la foule, tandis que la voix résonne derrière...

« APPROCHEZ !
JANE A BESOIN DE NOTRE AMOUR ! »

... et j'avance dans la nuit, en direction de la grange. Encore un pas, un supplice, et je pénètre à l'intérieur, m'écroule à genoux, m'enfonce le poing dans la bouche.

Mords.

Fort.

Très fort.

Et le sang, les larmes me submergent. Pardon, ma chérie. C'est pas ma faute, mais je te demande pardon. Tu sais, j'ai tout fait pour honorer ma promesse. Tout. Pardonne-moi, je t'en supplie. Pourquoi tu dis rien ? T'es fâchée, c'est ça ? Je te demande pardon, de toute ma vie, mais c'est inutile, je le sais bien. Je te comprends. Après tout ça, tu dois en avoir marre. Moi aussi. Alors, ouais, extirper le poing de ma bouche, sentir le sang s'écouler le long de mon bras et me rétablir, balader mon regard dans la grange. Pelles. Râteaux. Casquettes. Chapeaux de paille. Machettes, et j'en prends une, l'applique sur ma gorge. Je t'aime. Je t'aime et j'arrive.

Je ferme les yeux, retiens ma respiration, appuie la lame sur ma carotide… quand le cri. Darius et son cri strident, sa main sur la mienne, sa panique précédant ma chute, le choc, la nuit.

- 86 -

— *C'est... c'est qui ? N'approchez pas !*

— *C'est moi, papa.*

— *Ah... j'ai eu peur... j'ai cru que...*

— *Je te pardonne.*

— *Ma chérie... je regrette tellement et...*

— *Je sais. Allez, rendors-toi.*

- 87 -

Je ne mérite pas ça.

Ma vengeance mûrie durant des mois, à chaque seconde, chaque battement cardiaque, au-delà des routes et des rencontres, cette vengeance dont je t'avais fait le serment m'a été volée. Ma vengeance à moi, à laquelle j'ai tout sacrifié. C'est pour elle que j'ai tenu, pour elle que j'étais encore *demain*, pour elle que j'ai trahi mes valeurs et tant frôlé la mort. Ma vengeance, mon dû. Du matin au soir, elle était là, omniprésente, si réelle que j'en respirais presque l'odeur de sang chaud, avant qu'elle ne me soit confisquée.

Mygale. Il est mort à cause d'une putain de mygale. J'ai beau le savoir, me le répéter, j'arrive toujours pas à y croire. Dès que j'entrevois la scène, il y a comme un clapet qui se referme dans ma tête. Et pourtant, c'est ce qui s'est passé. C'est pas possible, il y a autre chose. Il y a forcément autre chose. Le destin, Dieu... quelque chose qui a décidé de me punir, comme si t'avoir perdue n'avait pas suffi. J'ai subi l'injustice la plus abominable au monde, et à présent, je dois endurer le pire des châtiments.

Non, je ne mérite pas ça. Aussi con, aussi imparfait que je puisse être, je ne mérite pas ça. Si ta mère était là, elle me dirait que rien n'arrive par hasard, que tout a un sens. Elle a toujours été un peu mystique. Sauf le jour de ta mort, lorsqu'elle m'a appelé, pendant que j'écoutais Atomic Rooster.

DEATH.
WALKS.
BEHIND.
YOU.

Là où la vie s'est arrêtée.

YOU.
BEHIND.
WALKS.
DEATH.

Mais remonter le temps me ramène au même point : ta mort, si injuste, et mon échec, qui l'est tout autant. Tu es morte, il est mort, et vous voilà réunis. Peut-être lui as-tu pardonné, à lui aussi. Je t'en sais capable, tu as cette force en toi. Tu es si généreuse… ta pureté est ma détresse. Abyssale. Tellement que j'en suis asséché, incapable de chialer. Ici, devant ce trou qui accueillera bientôt ton bourreau.

Je ne sais même pas comment je suis arrivé au cimetière. Je ne me souviens de rien, juste de l'assaut de Darius et de ton pardon. Ça m'a fait du bien, tu peux pas imaginer, et si je suis toujours en vie, c'est sans doute pour honorer ta miséricorde encore et encore, jusqu'à ce que je crève enfin. Je trouverai un autre moyen, t'inquiète, mais je ne partirai pas sans l'avoir revu. Son enterrement, je m'en fous. Ce que je veux, c'est le fixer une dernière fois, lui vomir en silence ma haine à la gueule. En attendant, je subis le défilé des habitants, tous ces cons qui me tapent sur l'épaule, me témoignent leur soutien pour la mort de *mon ami*. « Condoléances », « Désolé », « Courage »... leurs mots se déversent en bouillie sonore. Dix minutes que ça dure, qu'ils affluent avec leur compassion. Et le pire dans tout ça, c'est qu'en honorant sa mémoire, ils piétinent la tienne.

— Courage, me dit Darius, je suis là.

Je ne desserre pas les dents, concentré sur la tombe. Amy, Tom et les autres enfoncent le clou. Insupportable, leur parade se termine avec Esther et sa pleurniche.

— Je suis vraiment désolée, Franck.

Je l'ignore, attends qu'elle se casse, mais elle reste et en remet une couche :

— Je suis de tout cœur avec toi. Si tu as besoin de parler ou...

— Lâche-moi.

Elle marque un temps, le menton tremblant, et s'éloigne, accablée, lorsqu'un groupe apparaît. Une mini-procession composée de six mecs portant Yannick. Il n'a plus son teint cireux d'hier soir. Ils lui ont lavé le visage, le corps – son tatouage n'en est que plus flagrant : ce logo unique au monde, A flamboyant au tracé brut, gondolé par le relief de son épaule, qui descend lentement, lentement, lentement à l'intérieur de la tombe aux sons des pleurs de Jane, soutenue par deux autres filles. Jane, défigurée par le deuil. À la voir si désemparée, je me dis que sa souffrance doit être proportionnelle au bonheur vécu avec lui. Ton bourreau, un mec bien ? Non. Quand on fait ce qu'il a fait, on est un salaud, point barre.

Jane ; on lui parle, lui tend une petite pelle remplie de terre, que sa main tremblante peine à saisir. On insiste, elle échoue encore, lorsqu'une autre main – veineuse – lui glisse la pelle au creux de la paume et lui replie tendrement les doigts. « Nous sommes avec toi » – la voix de Père, là, devant moi. Massif, ancré dans le sol en monolithe humain.

Cheveux bruns gominés.
Ray-Ban aux verres teintés.
Visage émacié.
Chemisette rouge au col éventé.

Et cette force invisible, ce magnétisme. Des années que je n'avais pas ressenti ça, cette dense légèreté presque palpable, ce réconfort profondément intime et sécurisant. La dernière fois, c'était en franchissant le rideau de perles de la cuisine de... mes parents. Maman. Papa. Vos sourires apaisés – conjugués au tien – me bouleversent et je me tourne, quitte le cimetière.

— Tu restes pas ?

Darius, qui appartient déjà au passé, comme les autres. Je m'éloigne, poings serrés, dépasse la tour en direction de la sortie. Oui, ma chérie, il est temps. Pour en finir, j'ai besoin d'être seul, hors d'ici. Alors, adieu, le dispensaire. Adieu, la nursery. Adieu, les potagers. Adieu, les champs de maïs. Adieu, les haut-parleurs. Adieu, Jonestown et sa pancarte d'accueil. Encore quelques secondes, et son « Bienvenue » sera dans mon dos... mais Larry apparaît face à moi :

— Où tu vas ?

— Je pars.

— Pourquoi ?

— Parce que.

— Tu te plais pas, ici ?

— Je me casse, c'est tout.

— Non.

— Comment ça « non » ?

— Non, tu pars pas.

Ses yeux. D'antipathique, il devient hostile. J'avance, excédé, mais il me retient par le bras.

— Retire ta main.

— Alors, retourne avec les autres.

— Écoute...

— Personne ne sort d'ici.

— Hein ?

Larry me fait signe de regarder derrière moi. Je me retourne et ne vois que la tour, au sommet de laquelle le mec me vise avec un fusil. L'instant bascule. Radical, comme cet index caressant la détente du fusil, je le sens d'ici. Et Darius, Ramón et les centaines d'autres, qui me fixent au pied de la tour. Un millier de regards alignés derrière leur Père.

- 88 -

« À PRÉSENT, SAVOURONS CE DÎNER ! »

La tour : un mirador.

Jonestown : une prison.

Darius et les autres : des illuminés sous emprise.

Une secte, bordel de merde. Je suis prisonnier d'une secte. Et cette question qui me ronge le cerveau depuis des heures : comment ne l'ai-je pas compris plus tôt ? J'ai la haine, putain. La haine à m'en arracher les yeux, ce que je ne peux faire ici, au milieu de cette foule. Mille adeptes, mille gardiens.

« SAVOURONS LE FRUIT DE NOTRE LABEUR ! »

Plus j'y pense, plus l'évidence me pète à la gueule. Leur dévotion, leurs passeports confisqués, leurs réunions nocturnes... je sais, ma chérie, moi aussi, ça m'a surpris, intrigué, mais je n'y ai rien vu d'alarmant, et pour cause : à chaque truc, ils avaient tous une explication logique. L'abstinence ? De la pudeur. La mitraillette ? Une protection face aux fauves. Et tout était comme ça depuis le début. N'importe quel plouc aurait capté, mais pas moi, et j'en crève d'avoir été aussi con, de t'avoir amenée ici.

« MANGEONS, MAIS N'OUBLIONS PAS !
NOUS ŒUVRONS POUR LA PAIX ! »

Si tu savais à quel point je m'en veux. Mais non, j'essaie de comprendre, c'est tout. Yannick, peut-être. J'étais si obsédé à l'idée de le tuer... obsédé et usé... puis, les autres et leur exaltation permanente... comme si tout ça avait anesthésié ma vigilance, alors que le piège était là, partout, à chaque instant. À commencer par l'absence de montres. Aucun repère temporel, et pas de radio, pas de journaux, pas de télé. Jonestown est coupé du monde avec – pour seul média – la voix de Père. Et moi, j'ai parcouru des milliers de kilomètres pour venir m'enfermer ici.

— Tu manges pas ?

Un battement de cils, et je passe de ma gamelle à Darius, en face de moi. Retour à la cantine avec Amy and Co. Ventre noué, je pose ma cuillère :

— Pas faim.

Je pousse mon assiette au centre de la table. Tous me remercient, sauf Esther, qui m'ignore depuis notre arrivée. Visiblement, elle n'a pas apprécié que je l'envoie chier. Qu'elle crève. Qu'ils crèvent tous avec leur gourou, sur son trône en osier. Le révérend Jim Jones ; Darius m'a beaucoup parlé de lui, avant de me dire que tous préféraient l'appeler « Père ». Père qui prédit l'avenir. Père qui guérit les cancers. Père qui est la réincarnation de Moïse, Lénine et Bouddha. J'en rirais si la réalité n'était pas aussi asphyxiante. Et lui avec son micro, ses sermons...

« ŒUVRONS POUR LA PAIX
ET PRÉPARONS L'AVENIR,
CAR L'ENNEMI EST À NOS PORTES ! »

... où chaque mot est pesé, écrasant. Rouleau compresseur insidieux, progressant dans le brouhaha de ses martyrs, si épuisés par leurs journées, si endoctrinés. Des métastases, voilà ce qu'ils sont. Un cancer généralisé d'une table à l'autre, comme ici, où Darius et les siens se partagent ma gamelle. Ça ne leur fait qu'une demi-cuillère chacun, mais ils s'en réjouissent comme d'un buffet à volonté. Pathétiques.

Je les regarde bouffer, mastiquer mollement leur existence, et ça me révulse. Des victimes, ouais. Des vies brisées par la misère et toutes sortes d'épreuves, mais pour lesquelles je n'ai aucune compassion. Et surtout pas Darius, qui m'a empêché d'en finir. De l'empathie, je n'en ai que pour ces bébés, tous ces gamins vampirisés par Jones. Leurs rires, leurs voix fluettes... j'ai si mal que j'arrive même pas à les observer.

— Franck ?

Ramón et sa moustache. J'ai pas envie de répondre, mais je prends sur moi :

— Ouais ?

— Qu'est-ce qui t'a pris, hier ? Pourquoi t'as voulu te suicider ?

— L'enterrement... j'ai pas supporté...

— Heureusement, Darius est arrivé à temps.

— Mm.

— Et c'est pour ça que t'as voulu partir ?

— Laisse-le, dit Darius avant de s'adresser à moi : On te comprend, mec, et on est là.

Darius me gratifie d'un sourire, un peu différent pour une fois. Sourire spontané, où s'exprime toute la bonté dont il est capable. Pauvre mec. Sans son intervention, on serait enfin réunis, toi et moi. Une gorgée d'eau, et je pose mon gobelet :

— Personne n'est jamais parti d'ici ?

— Ben, non. Pourquoi on partirait ? On a tout ce qu'il nous faut !

— Je sais, mais...

— T'es pas bien avec nous ?

— Si... évidemment...

— Alors, pourquoi tu te poses des questions ?

— Comme ça... je suis fatigué...

Darius soupire, sauce sa gamelle avec du pain. Geste banal sclérosé de routine. Des mois qu'il fait ça, des mois que Jones leur pourrit le cerveau.

« OUI ! L'ENNEMI APPROCHE !
ET CE JOUR-LÀ, NOUS SERONS PRÊTS ! »

Plus le Mal se répand, plus l'ambiance est cool. Ils savent tous que j'ai voulu me casser, et pourtant, aucune critique, ni mise en garde. Toute la journée, j'ai redouté que Jones me convoque, me punisse, mais il n'en a pas eu besoin : Darius et les autres sont sa meilleure arme.

Tandis qu'ils terminent leurs gamelles, je cherche Jane parmi la foule. Besoin de lui parler, de retrouver un peu Yannick à son contact, de savoir s'il lui avait parlé de toi. Je dévisage les nanas, de table en table, essaie de la repérer. Tous ces gens, ces regards éteints... et celui de Larry, immobile dans un coin, qui me fixe. Sans ciller, en mastiquant lentement.

- 89 -

Nuit. Minuit passé, sûrement. Désormais, les heures se comptent en angoisses, ou pire, comme maintenant. En sueur, cramponné au matelas. Jamais été aussi mal. Depuis ta mort, c'est l'enfer, mais là, ça n'a rien à voir. Tachycardie. Terreur. Chute vertigineuse, comme si j'étais aspiré, haché...

— *« Mou-li-nex » ! C'est comme ça que ça s'appelle ?*
— *Non. C'est un mixeur. « Moulinex », c'est la marque.*
— *Ça veut dire quoi, la marque ?*

... et ça ralentit, grâce à toi. Mon cœur s'épuise encore, mais *ça* s'est enfin arrêté. Je m'assieds sur le matelas, essaie de reprendre ma respiration, me réapproprier mon corps. C'est difficile, mais je finis par y parvenir, redoutant que *ça* me reprenne, mais non, pas cette fois. Je renoue avec la pénombre, rythmée par les ronflements de Darius et des Chicanos. À travers les parois, les perroquets chantent leur proximité, me rappelant que si Jonestown est ma prison, la jungle est son enceinte. Alors, le chagrin. Pas le stress, non. Le chagrin dans ce qu'il a de plus excluant. « Chagrin », ce joli mot, pourtant.

Je bâille, me rallonge, lorsqu'un son me parvient de l'extérieur, semblable à un gémissement, en provenance du pavillon de Jones. J'écoute, mais n'entends plus rien, la fatigue m'engourdit. Flashback de cette journée épouvantable – *« Nous œuvrons pour la paix ! »* – qui me fait redouter les suivantes. Et rien ici pour me tailler les veines, aucun crochet au plafond pour me pendre. Rien, juste les *RRRR*onflements appuyés des autres, où leur repos n'est qu'un répit.

RRRR.

J'en peux plus, tu sais.

RRRRR.

Plus la force.

RRRRRR.

Trop dur, tout ça.

RRRRRRR.

Envie de crever.

RRRRRRRR.

Vivement demain.

RRRRRRRRR.

Que je trouve un autre moyen, qu'on se retrouve enfin.

RRRRRRRRRRRRRRRRRRRRRRRRRRRRRRRRRRRRRRRRRRR...

- 90 -

... *RRRRRRR*éveillé en sursaut, ébloui par une bougie, secoué par Darius :

— Allez, mec !

— Hein ?

« NUIT BLANCHE ! »

— Faut y aller !

— Mais...

« NUIT BLANCHE ! »

Il me presse de remettre mes baskets, ce que je peine à faire, la gueule enfarinée. Lui et les deux Chicanos se rhabillent à la hâte. Slips, tee-shirts, bermudas – leurs fringues claquent, leurs corps se tordent en ombres horrifiques. Et moi, désorienté, gangrené par ton absence. Sous la pression des haut-parleurs, ils m'entraînent dans la nuit entre les cabanons, d'où surgissent des centaines d'autres fous. Leur cavalcade me propulse jusqu'aux spots de la cantine, incroyablement bondée. Adultes, enfants... ça chante, ça se dandine en tapant dans les mains. Un océan de joie – *« Amazing Graaaaace ! »* – ondulant à l'infini. À croire que tous les habitants sont présents.

Leurs chants m'envoûtent et culminent à l'apparition de Jones, impérial, entouré de sa Marceline et de leurs gamins : un Noir, une Amérindienne, deux Blancs et trois Asiatiques. Des adoptés, exhibés en vitrine de charité. Si mignons dans leurs pyjamas, si fiers de leur papa célébré en messie. Jones monte sur l'estrade et déploie ses bras :

— Venez ! Rapprochez-vous !

Son sourire s'élargit, immaculé, contrastant avec la noirceur de ses verres. Les adeptes se bousculent par centaines. La dernière fois que j'ai vu ça, c'était pour Bowie au Pavillon de Paris. Paris qui refait place à Jonestown et ses dingues. Darius ; il a disparu et je flippe, avant de le repérer en compagnie d'Amy et leurs potes.

— Mêlons nos âmes ! poursuit Jones, nous en avons tant besoin !

Les gens se regroupent devant l'estrade, où leur dieu s'installe sur sa large chaise en osier. Alors, la foule s'immobilise, statufiée d'avidité en attente. Silence religieux, où seul me parvient le rebond des moustiques contre les spots. Jones croise les jambes, ajuste délicatement ses manches, les branches de ses lunettes, puis saisit le micro d'une main de fer. Un regard à Larry, *en régie*, et il se lance :

— Merci à tous d'être là ! Je vous aime !

— NOUS AUSSI, PÈRE ! ON VOUS AIME !

— Vous savez, je me demande parfois si je mérite autant d'amour...

— OUI, PÈRE !

— … car il m'arrive de douter, moi aussi ! Je suis comme vous, humain et fragile ! Je sais combien il est difficile de rester intègre et pur, nous le savons tous !

Sa tirade s'éternise, entrecoupée de « OUI, PÈRE ! » et « NOUS AUSSI, PÈRE ! » Le show est grossier, mais le charme opère. Quels que soient les visages, ses mots matchent à chaque syllabe. Ses mots qui n'en finissent pas, spiraliques : une perceuse ciblant mon front, là, maintenant. Plus il parle, plus ça vrille…

— Souvenons-nous de Jésus !

… et je lutte…

— Souvenons-nous de Martin Luther King !

… pense à toi…

— Souvenons-nous des persécutés !

… de toutes mes forces…

— Et aujourd'hui, c'est nous qui sommes menacés !

… mais la voix persiste…

— Car je vous le dis ! L'ennemi sera bientôt ici !

… et atteint mon esprit, y injecte toute sa folie. Je résiste, mais Jones durcit le ton, mêle bouddhisme et socialisme, réécrit l'Histoire entre deux évocations bibliques. Et ça vrille, vrille, vrille, vrille, quand la perceuse se rétracte sous l'effet d'une vision : Jane, noyée dans la foule, les yeux écarquillés de fanatisme. À son visage se superpose celui de Yannick, pulvérisé par la voix de Jones.

— L'ennemi sera ici, chez nous ! Le député Ryan me l'a confirmé par radio ! Ils vont venir avec leurs journalistes, leurs mensonges ! Ils viendront et feront tout pour nous ramener dans leur enfer capitaliste ! Mais nous serons forts !

— OUI, PÈRE !

— Forts et prêts pour la victoire ! C'est pourquoi nous allons le faire, cette nuit encore !

À ces mots, tous les regards convergent vers l'extrémité de la cantine, où un groupe transporte des trucs. Impossible de voir ce que c'est ; trop de monde. Quelque chose se prépare et la foule s'en réjouit, dans une ferveur à laquelle je prends part. Mentir. Mentir en ne pensant qu'à ton sourire, auquel je me raccroche désespérément. On me pousse, me devance pour s'aligner en rangs, puis Darius me rejoint.

— Ça va, mec ?

— Ouais. Qu'est-ce qui se passe ?

— Tu vas voir. C'est cool que tu participes.

Je cherche Jane, évaporée, avant de la situer dans la file d'attente.

— Darius... je reviens.

— Où tu vas ?

— J'ai soif, je vais boire.

Je me fraye un passage parmi les adeptes, toujours plus galvanisés par Jones : « Oh, bien sûr, le Congrès prétend que ce sera une simple visite, mais nous savons ! Cette visite sera un repérage, l'étape préliminaire à leur futur assaut ! » Son monologue, interminable, rythme mes pas en direction de Jane. Son regard béat, son impatience commune à tous, jusqu'aux bébés. Le groupe manipule les trucs, qui ressemblent à des cuves. Je comprends que dalle, j'ai pas soif, mais puisque Darius m'observe, je remplis un gobelet d'eau, avale une gorgée et me penche vers...

— ... Jane ?

Elle ne réagit pas, captivée par l'installation des cuves.

— Jane ? Tu me reconnais ?

— Heu...

— On s'est croisés à l'enterrement. Je suis un pote de Yannick.

Ses yeux se voilent, subitement rallumés au son de la voix – « Nous œuvrons pour la paix, qu'ils le veuillent ou non ! À leur fourberie, à leur haine, nous opposerons notre amour et notre miséricorde ! » Jane, essuyant une larme :

— Tu le connaissais ?

— On s'est rencontrés à Marseille avant votre départ. Il m'a dit que vous seriez ici.

— Yannick me manque tellement... c'est vraiment injuste... il a jamais eu la vie facile.

— Je sais, il m'a raconté ses galères à Paris. Tu dois être au courant.

— La came ? Oui, bien sûr.

— La came et... le reste.

— Quoi ?

— Il t'a parlé du braquage ?

— Hein ?

— Marchons vers la victoire ! poursuit Jones. Marchons tous d'un même pas !

La foule avance et emporte Jane, me privant de sa précieuse réponse. Frustré, je la regarde s'éloigner, avant de me découvrir observé par Esther. Elle me fusille du regard, pour une raison qui m'échappe. Une seconde, et je crois comprendre : elle m'a vu parler avec Jane et croit sans doute que j'ai envie de me la faire.

Esther, jalouse.

Esther, blessée dans sa chair.

Esther, qui longe la file pour s'approcher de Larry et lui murmure quelque chose. Il me fixe à son tour, puis se dirige vers l'estrade pour chuchoter à l'oreille de Jones, qui s'interrompt. Ses sourcils se froncent, après quoi il reprend ses sermons. Cette seconde d'interruption, personne ne l'a remarquée, mais moi, je sais. Jones – je sais qu'il me scrute derrière ses

Ray-Ban et je flippe, entraîné par les adeptes. Darius me rattrape :

— Eh ben ? Tu m'as zappé ?

— Désolé... j'ai croisé Jane et...

Sous la pression de la foule, j'avance malgré moi, me retrouvant confronté aux cuves. Et me fige, terrorisé.

- 91 -

Des cinglés.

Et ils le font à chaque réunion.

Un an qu'ils font *ça*, avant d'aller se recoucher, comme si de rien n'était. Moi, j'ai pas réussi à me rendormir. Ce que j'ai vu, ce qu'ils m'ont fait faire... cette abomination me hante depuis cette nuit, mais je refuse. Qu'ils aillent se faire foutre avec leur trip morbide. Jones est encore plus malsain que je ne le pensais, et son délire, ce sera sans moi, car maintenant, je veux vivre. Vivre ce que je suis et qu'ils ne me prendront pas.

— Mec ! Faut y aller !

Darius, derrière la porte de la cabine. J'ai envie de l'envoyer chier, mais je coupe l'eau et lui dis que j'arrive. Dur de parler, de faire semblant, de respirer en permanence ce poison ambiant. Je m'essuie à la va-vite, remets mes fringues. Darius s'impatiente et je me décide à sortir, happé par la canicule, pends la serviette.

— Mec, la douche, c'est le soir.

— Ah.

— Ben, ouais. T'imagines le bordel si on se lavait tous n'importe quand ?

On marche sous les haut-parleurs – *« NOUS ŒUVRONS POUR LA PAIX ! »* – et on traverse le site en direction de la grange. Déboiser pour m'enfuir : mon objectif du jour.

— Tu sais, Franck, il y a des règles, ici.

— « La douche, c'est le soir. » J'ai compris.

— Il y a pas que ça. Il faut toujours manger ensemble et jamais critiquer Père.

— Sinon, qu'est-ce qui se passe ?

— Je sais pas. Un jour, une fille a gueulé, elle a dit que Père était un manipulateur.

— Et... qu'est-ce qu'il a fait ?

— Il l'a reçue chez lui, et le lendemain, elle était redevenue cool.

On dépasse le mirador, les potagers, les gamins alignés devant l'école. Arrivés à la grange, Darius franchit la porte et Larry m'intercepte :

— Non, pas toi.

— Mais...

— Père veut te voir.

Peu après,
pavillon de Jones.

À cran, sur la chaise. Bras croisés, je feins d'être serein et détaille le rez-de-chaussée : intérieur rustique à la déco épurée entre nappes à carreaux, corbeilles de fruits et quelques photos de famille. Pas le moindre bibelot, ni futilité estampillée « capitalisme ». Du salon à la modeste cuisine, tout ici est strictement fonctionnel, agrémenté d'une atmosphère de vacances aux airs de Louisiane.

Tac !

J'attends, observe les gamins.

Tac !

Deux sont en train de dessiner.

Tac !

Quatre jouent aux billes...

Tac !

... et je frémis une fois de plus, sous les yeux de la cadette. Cinq-six ans, couettes et robe à fleurs. Elle me fixe depuis mon arrivée. Mal à l'aise, je lui adresse un sourire qu'elle ignore. Elle voit bien que je flippe, que je pourrais me chier dessus tellement je redoute d'être confronté à son père. La peur, ouais. Et la chaleur. Et les billes heurtant les plinthes, quand Marceline redescend l'escalier avec son look de bigote.

— Il t'attend.

— Merci.

— Tu es sûr que tu ne veux pas un jus de fruits ?

— C'est bon, merci.

Salope. Elle peut se le garder, son jus, je ne risque pas d'en boire après ce que j'ai vu cette nuit. Je me lève et dépasse son sourire - oppressant - pour m'engager dans l'escalier. Au claquement des billes succède le craquement des marches, bénin, d'autant plus sournois, annonciateur d'une cassure imminente, et me voici à l'étage, terne, dénué de mobilier. Trois portes fermées (salle de bains et chambres, j'imagine), puis une autre grande ouverte, donnant sur une pièce à la lumière tamisée.

— *Courage, papa. Ça va aller.*

J'avale ma salive et avance, pénètre dans son antre. Exigu, aux rideaux tirés. Un sauna à l'atmosphère quasi irrespirable, où je découvre d'innombrables armes dans un coin. Pistolets, revolvers, fusils, mitraillettes... arsenal de guerre entassé entre quatre énormes caisses de munitions. Je les dépasse, enjambe les câbles électriques du générateur, m'approche du bureau en bordel : papelards, cassettes, verre d'eau, pilules, poste de radio et micro années 30, derrière lequel Jones est curieusement baissé. Un reniflement, et il referme le tiroir, s'enfonce dans son fauteuil, s'essuie les narines. Coke.

— Bonjour, Franck.

— Bonjour... Père.

— Assieds-toi, je t'en prie.

J'obéis, puisque c'est de ça qu'il s'agit, m'installe face à lui. Ses Ray-Ban, sa chemisette rouge, sa peau grêlée. Mon cœur turbine entre répulsion et fascination. Et cette sensation, comme si j'assistais à l'éclosion d'une vérité, comme si tout ce que j'avais vécu – de ma naissance à ta mort jusqu'à la jungle – n'avait servi qu'à me conduire ici. Jones renifle à nouveau, le visage perlé de sueur, croise les mains sur son bureau.

— Tu aimes les mouches, Franck ?

— Heu...

— Alors ?

— Non... pas vraiment.

Sa joue droite se crispe et l'air s'alourdit, pèse sur mon crâne, mon corps tout entier. Jones décroise les mains, s'empare du verre d'eau, le boit comme un whisky et s'enfonce dans son fauteuil.

— Moi non plus, je n'aime pas les mouches. Elles m'ont toujours indisposé. Pas à cause des microbes qu'elles véhiculent, non. En fait, c'est dû à leur insolence frénétique, cette manière qu'elles ont de nous narguer. Tu vois ce que je veux dire ?

— Oui...

— Eh bien, il y a un mois, j'ai vu une mouche en train d'agoniser sur le plancher.

— Ah...

— Je l'ai regardée lutter, agiter ses petites ailes. Il y avait longtemps que je n'avais pas assisté à une scène aussi saisissante. Et c'est là, en la voyant traîner son abdomen, que j'ai hésité entre abréger ses souffrances et la laisser mourir naturellement.

— Et... qu'avez-vous fait ?

— Ce qu'il fallait faire. Ravi de te rencontrer, Franck.

— Moi aussi.

— Comment te sens-tu, aujourd'hui ?

— Ça va.

— Tu peux tout me dire, tu sais.

Ses Ray-Ban – ma gueule s'y reflète, aggravant mon malaise. De Jones ou moi, je ne sais plus lequel est en train de me fixer. Et sa respiration lourde, sa voix monocorde, qui s'approprie chaque seconde jusqu'au moindre silence.

— Franck... je tenais à te témoigner mon soutien pour le décès de ton ami.

— Merci.

— Je comprends ta douleur. J'ai moi aussi perdu des êtres chers.

— J'en suis navré, Père.

— J'ai connu l'abîme, je sais combien la tentation du suicide est forte. C'est pourquoi il est préférable que tu ne manipules plus aucune lame. Du moins, pour l'instant.

— Je comprends... mais je tiens à participer à la vie de la communauté.

— Tu pourras aider dans les champs de maïs. À mains nues.

Il me scrute, patiemment, avec ce stoïcisme glaçant qui n'appartient qu'aux tyrans. Sur sa tempe droite, une goutte de sueur s'écoule lentement, passe sous la branche de ses lunettes, serpente entre les petites crevasses de sa joue et s'arrête, absorbée par un mouchoir en tissu pourpre. Jones le remet dans sa poche :

— Tu es déçu, mais c'est pour ton bien. Je ne veux que ton bien. Votre bien à tous.

— Je sais.

— Alors, pourquoi as-tu voulu partir ?

— Le... l'enterrement... c'était...

— Je vais te faire une confidence. Avant, je te croyais infiltré par la CIA, mais maintenant que tu es là, je sais que ce n'est pas le cas. Sais-tu pourquoi ?

— Heu...

— Tes yeux, Franck. Ta voix me ment depuis le début, mais tes yeux disent la vérité. Et je vois à quel point cette personne te manque.

— Oui, Yannick était...

— Pas lui. L'autre.

Un mot, et il exhume ton souvenir. Je serre les poings. Mes larmes s'accumulent, troublent ma vue, déforment la gueule de Jones, qui me relance :

— Cela fait longtemps ?

— ...

— Franck ?

— Non... oui... enfin...

— Quel âge ?

Ma langue se bloque. Tes yeux, ton petit cou, ton rire quand je faisais le con dans le bain.

— Hui... elle avait... huit ans...

Jones, le front plissé, libère un profond soupir. Son bras s'anime légèrement, comme s'il s'apprêtait à se pencher pour me taper sur l'épaule. Qu'il me touche et je lui arrache la tête. Mais non, il reste enfoncé dans son fauteuil, à m'observer :

— Quelle tragédie. La vie est si cruelle.

— ...

— Nous allons t'aider. Le Temple du peuple va t'aider à surmonter ça.

— Merci... Père.

— Merci à toi. Notre échange m'a fait du bien. Tu sais, c'est dur, parfois.

— Quoi ?

— Tout... ils espèrent tant de moi... et le député qui sera bientôt là... c'est comme cette mouche, je n'arrête pas d'y penser... et toi, en la voyant agoniser, qu'aurais-tu fait ?

— Comme vous.

— C'est bien là le problème. « Ce qu'un homme a semé, il le moissonnera aussi. » Saint-Paul avait raison. Tu peux y aller, Franck.

Terminé, enfin. L'atmosphère de la pièce – la pression s'amoindrit sur mes épaules, sans pour autant me libérer totalement. Je desserre mes doigts et me relève lentement. Contiens ma rage. Lui tourne le dos. Reviens sur mes pas. L'entends se faire un autre rail, puis franchis la porte.

— Franck ?

Je ne veux pas, mais il le faut, alors je me retourne. Jones, si imposant il y a encore quelques secondes, m'apparaît désormais acculé, avachi de déchéance. De la pitié, c'est ce qu'il m'inspire à cet instant précis.

— Oui ?

— Paris... parle-moi de Paris...

— C'est une belle ville.

— Il paraît... j'aurais aimé y aller.

— Un jour, peut-être.

— Je t'aime bien, Franck, mais tu mens mal. À plus tard.

— À plus tard, Père.

La suite, je ne m'en souviens plus. Effacée par notre entrevue irréelle, qui m'a obsédé toute la journée dans les champs de maïs. « À mains nues. »

- 92 -

L'enfer. Ici, en plein cagnard, au milieu des épis de maïs. Des heures que je m'éreinte à les arracher, me saigne les mains comme un putain d'esclave. Un parmi des centaines. Moi/eux, c'est pareil. Ce que Jones veut. Me briser physiquement, moralement, pour mieux me lobotomiser avec ses haut-parleurs. J'en peux plus ; de moins en moins de tonus. Une semaine que je bouffe rien. À ce rythme, dans un mois, j'aurai la peau sur les os, mais je résiste, continue de chanter dans ma tête à l'insu des autres, en français. Ma langue, ma terre, ma digue face aux sermons de Jones :

— NOUS ŒUVRONS POUR LA PAIX !

Tenir bon, toujours. Avant, la musique était ma passion. Désormais, c'est mon bouclier. En sueur, accumulant leur maïs, je redouble de concentration. Après Higelin et Renaud, je m'en remets à Barbara et son *Aigle noir*. L'intro au piano, puis la voix – *« Un beau jouuuur, ou était-ce une nuiiiit »* – qui couvre celle de Jones :

— ŒUVRONS POUR LA PAIX, MAIS RESTONS VIGILANTS !

— (*« De son bec, il a touché ma joue »*)

— CAR ILS VIENDRONT NOUS ATTAQUER !
— *(« Dans ma main, il a glissé son cou »)*
— ILS LÂCHERONT LEURS CHIENS !
— *(« C'est alors que je l'ai reconnu »)*
— ILS VIOLERONT NOS FEMMES !
— *(« Surgissant du passé »)*
— ILS TUERONT NOS ENFANTS !
— *(« Il m'était... »)*
— ILS DÉTRUIRONT TOUT AVEC LEUR BOMBE !
— *(« Il... il m'était... »)*
— L'APOCALYPSE NUCLÉAIRE EST PROCHE !
— *(« Il... »)*
Et je capitule, exténué, les larmes aux yeux.

Jones : 1 – Moi : 0.

- 93 -

Réveil.
« NOUS ŒUVRONS POUR LA PAIX ! »
Fringues.
« NOUS ŒUVRONS POUR LA PAIX ! »
Banane.
« NOUS ŒUVRONS POUR LA PAIX ! »
Canicule.
« NOUS ŒUVRONS POUR LA PAIX ! »
Maïs.
« NOUS ŒUVRONS POUR LA PAIX ! »
Pause.
« NOUS ŒUVRONS POUR LA PAIX ! »
Eau.
« NOUS ŒUVRONS POUR LA PAIX ! »
Maïs.
« NOUS ŒUVRONS POUR LA PAIX ! »
Douleurs.
« NOUS ŒUVRONS POUR LA PAIX ! »
Douche.
« NOUS ŒUVRONS POUR LA PAIX ! »
Tomates bouillies.
« NOUS ŒUVRONS POUR LA PAIX ! »

Vaisselle.
« NOUS ŒUVRONS POUR LA PAIX ! »
Sommeil.
« NUIT BLANCHE ! »
Terreur, puis réveil, et rebelote. Encore un jour à suer dans les champs. Si mal au dos, aux cuisses, aux mains que je peine à soulever la bouteille. J'insiste, forçant sur mes biceps, et me désaltère enfin, avant de passer l'eau au zombie d'à côté. Yannick. Je m'assieds à l'ombre, le corps lourd, harcelé par les sermons diaboliques de Jones. Et le sniper, au sommet du mirador.
Trois jours que j'essaie de me tirer.
Trois jours qu'il me surveille.
Trois jours de plus sans toi.

- 94 -

J'étais en train d'expulser le pus de ma paume, quand les haut-parleurs ont gueulé. Réunion d'urgence. Intrigué, assoiffé, je suis sorti du champ avec l'équipe et on s'est dirigés vers la cantine. Les gamins étaient déjà là avec leurs pseudo-instits. On s'est rassemblés, rejoints par ceux des potagers, et les derniers en provenance de la jungle.

Puis, Jones est apparu. Nerveux ; front plissé et auréoles sous les bras. Il a branché son micro, nous a annoncé que *l'ennemi* était arrivé hier au Guyana. Une délégation de quatre-vingts personnes en provenance de Washington, dont le député Leo Ryan, des journalistes et d'anciens membres du Temple du peuple. « Des traîtres », a murmuré Darius. Jones s'est montré rassurant, il a dit que la plupart resteraient au nord du pays, que seuls viendraient Ryan, les avocats du Temple et une équipe de NBC News. Que leur avion allait atterrir à Port Kaituma. Qu'ils dormiraient ici. Qu'il ne fallait pas avoir peur. Que la vérité était de notre côté. Que l'armée du Guyana nous enverrait des gars. Que si l'on avait des critiques quant à Jonestown, on verrait ça plus tard et qu'il ne fallait pas en faire part à Ryan et aux autres car ils s'en serviraient contre nous.

C'était donc vrai. Des jours qu'il annonçait l'arrivée d'une commission d'enquête, mais j'y croyais pas, même lorsqu'il m'en a parlé. Tellement parano, tellement de conneries dans sa bouche.

Eh ben, voilà.

On y est.

Le camion revient de l'aérodrome avec, dans sa benne, une vingtaine de passagers. Ici, l'appréhension monte. Jeunes et vieux, tous sous pression, rassemblés derrière Jones et Larry, concentrés sur la progression du véhicule. Moi, je contiens mon impatience. Ces gens de Washington sont une chance inespérée.

Marceline les regarde arriver elle aussi, en face avec les gamins. Tout est prêt : les mensonges, les tuniques colorées, le mirador décoré et sans sniper. Le camion franchit l'enceinte, s'arrête au niveau des cabanons. Marceline passe à l'action, avance avec un plateau de jus de fruits, accompagnée des gamins, qui se mettent à chanter...

« Bienvenue, bienvenue à vous tous !
Heureux que vous soyez avec nouuuus ! »

... en tapant dans leurs mains...

« Il me fait chanter toute la journée !
Pour tout ce que nous redoutons, il est toujours làààà ! »

... et atteignent le camion, acclament les passagers. Le premier à descendre est un quinqua aux cheveux gris, en polo bordeaux. Ryan, sans doute. Une nana en tailleur le rejoint, puis les journalistes avec leurs caméras, leurs appareils photo. À l'arrière du camion, je distingue d'autres personnes, acclamées par les gamins : « Bonjour ! », « Bienvenue ! » – ils ont bien retenu la leçon. Marceline accueille le groupe, serre les mains, offre les boissons. La mascarade débute et ne cessera qu'après le départ des intrus, célébrés en invités. Tous découvrent le site, subjugués, comme je l'étais au premier jour.

Jones se décide à avancer, draine son peuple et moi avec. Les gamins reprennent leur chanson débile, rythmant notre trajet, puis les deux hommes se rencontrent enfin. Poignée de mains ferme ; je suis à une vingtaine de mètres d'eux. Leurs sourires se mentent habilement sous l'œil de Marceline, puis son mari ouvre le bal.

— Bonjour, monsieur le député.

— Bonjour, révérend.

— Nous sommes très heureux de vous accueillir à Jonestown.

— Et nous, très heureux que vous ayez enfin accepté de nous recevoir.

Le ton est donné, tout en diplomatie. Deux renards face à face. Mais si l'un incarne le Congrès, l'autre a toute une armée derrière lui. Un millier de fanatiques prêts à le défendre, s'il le faut. Ça peut péter à n'importe quel moment, mais ça n'arrivera pas. Ryan est une haute personnalité politique et Jones a intérêt à le choyer : au moindre incident, ce serait la fin de son Temple à la con. La femme en tailleur s'approche de lui.

— Jackie Speier, assistante de M. Ryan.

— Enchanté, madame. Bienvenue.

Les journalistes se présentent à leur tour, deux gars en costards apparaissent. Jones leur tape sur l'épaule – ses avocats – et Ryan invite les derniers à descendre du camion, une dizaine de gens au visage crispé. Jones, surpris :

— Bonjour. Vous êtes ?

— Des parents de membres de votre communauté, dit Ryan, ils sont venus prendre de leurs nouvelles.

— Heu...

— Cela vous pose un problème ?

— Au contraire ! Heureux de vous accueillir, mesdames et messieurs !

Les gens le saluent, suspicieux, scrutent la foule dans l'espoir d'y repérer leurs proches. « Mark ! » – une sexagénaire a reconnu quelqu'un. Jones flippe, je le sens, pendant qu'elle se fraye un passage pour venir enlacer un jeune. Mère et fils se retrouvent sous les regards émus. La femme embrasse *son* Mark, lui caresse le visage, et il lui dit qu'il va bien, qu'il est heureux. Les membres de la délégation ont l'air d'y croire. Jones, à Ryan :

— Eh bien, quelle émotion... le vol s'est bien passé ?

— Oui, mais les autres ont appris avec stupeur que leurs réservations à l'hôtel avaient été annulées.

— Ah ?

— Une erreur de la direction, apparemment.

— C'est fâcheux. Et donc, ils ont été contraints de repartir ?

— Non. L'ambassade a prolongé leurs visas et ils ont pu dormir dans le hall.

— Ah... tant mieux !

Les habitants s'agitent, ils veulent voir à quoi ressemble cet *ennemi* qu'ils ont appris à haïr. Ryan est si près, c'est le moment de tout lui balancer. Mon moment à moi. On en a tous au moins un dans la vie. J'ai raté le mien avec Yannick, je réussirai celui-ci. La foule s'anime et j'avance, feins d'être bousculé pour me rapprocher de Ryan, lorsqu'on me retient par le poignet. Un jeune en marcel, à ma droite :

— Pas maintenant.

Il a murmuré du bout des lèvres, sans me regarder. J'essaie de me libérer, il serre davantage mon poignet. « Pas maintenant », ce qui signifie « Plus tard », comme s'il avait un plan. Un adepte repenti. Ou un infiltré de la CIA. Ou un sbire envoyé par Jones pour me fliquer. Le mec me lâche enfin et je n'ose pas me tourner vers lui, reste immobile au milieu de la foule. Personne n'a rien vu, pas même Larry, occupé à surveiller les habitants. Ryan, les mains sur les hanches :

— Quel lieu magnifique... et vous avez bâti tout ça ?

— Et oui ! Monsieur le député, puis-je vous faire visiter ?

— J'allais vous le demander.

— Révérend, dit un journaliste, pouvons-nous prendre des photos ?

— Avec plaisir.

Jones, Ryan et son assistante s'éloignent entre les potagers, suivis par les gamins. Nous, on va préparer le dîner. « La fête », comme l'a dit Marceline.

- 95 -

— Bonsoir, madame. Don Harris, NBC News.
— Bonsoir, jeune homme.
— Que pensez-vous de Jonestown ?
— Je n'ai jamais été aussi heureuse !

Ça se passe à la table d'à côté. Le journaliste cherche à en savoir davantage, alors la vieille paraphrase sa réponse, dithyrambique quant aux conditions de vie. Je sais pas toi, mais moi, ça me retourne le bide. « Jonestown, plus fun que Disneyland » ; ça doit bien faire une heure que j'entends ces conneries. Satisfaits, le mec et son caméraman s'en vont interviewer un jeune Noir.

— Comment ça se passe, ici ?
— On est super bien. Je me suis fait plein d'amis.

Autres questions, même discours. Tout est beau et tout va bien ; on se croirait en pleine propagande soviétique. Pendant que NBC enchaîne les témoignages, la fête bat son plein : chorale gospel, danse country, il y a même un groupe sur scène avec guitare, piano, batterie. Je sais pas d'où ça vient, mais les reprises de rhythm and blues mettent le feu et dupent la délégation.

— Que pensez-vous du révérend Jones ?
— C'est un homme formidable. Ici, on est heureux.

Puis, ce festin étalé des deux côtés de la cantine, toute cette viande rôtie servie avec d'innombrables légumes. De la bonne viande bien juteuse, comme j'en ai pas vu depuis des mois. Une vitrine pour Ryan et une récompense pour les adeptes, qui doivent manger à leur faim pour la première fois. Et pas un pour trouver ça bizarre. Ils étaient victimes, les voilà complices.

— Êtes-vous bien traitée ?
— Oui ! J'adore cet endroit ! C'est le paradis !

Mise en scène gigantesque, huilée à la perfection. Le triomphe du faux, où persiste cependant une once d'authenticité, celle de ces gens heureux d'avoir retrouvé leurs proches. Rassurés, manipulés, comme Ryan, pris en étau entre Jones et sa femme. Vas-y que je te parle, que je te ressers un cocktail, que je te montre des sculptures en bois entre deux dessins offerts par les gamins. Ryan est tombé dans le piège. J'aurais dû lui parler quand j'en avais l'occasion. Là, c'est trop tard, car Larry me surveille. Pas que moi. Depuis le début, il espionne tout le monde, avec l'aide des militaires déguisés en civils. Ramón, le tee-shirt transpirant, me tire par la main :
— Allez ! Viens danser !
— Je suis crevé.
Il insiste, en vain, retourne s'éclater avec Darius et les autres. Même Esther s'amuse, c'est dire l'ampleur de la supercherie. Plus il y a de l'ambiance, plus je

suinte en dedans. Désespéré, je fixe ma gamelle, et ce singe désossé, baignant dans son jus, c'est moi. *Nuit blanche.* La déprime m'envahit, lorsque deux journalistes marchent dans ma direction. Adrénaline. Je me tiens prêt, mais Larry surgit. Il feint de débarrasser la table d'à côté, me cachant partiellement, le temps que la caméra cible une autre personne : cette blonde, donnant le sein à son bébé.

— Bonsoir, madame. Êtes-vous bien traitée, ici ?

— Oui. Je suis épanouie !

— Subissez-vous des pressions psychologiques ?

— Oh, non ! Nous vivons dans l'amour et le respect.

— D'anciens adeptes ont évoqué des sévices corporels...

— Ce sont des menteurs.

— ... et des abus sexuels de la part du révérend Jones.

— Pff ! Si on était maltraités, vous pensez qu'on serait restés ici ?

Les journalistes s'éloignent, s'octroient une pause cocktail. Moi, je suis terrifié par ce que j'ai entendu. « Abus sexuels. » Je repense aux gémissements entendus l'autre nuit, en provenance du pavillon de Jones. À Amy et Esther, qui en sont ressorties à l'aube. À l'ado qui y est entré l'autre soir. L'horreur me saisit à la gorge... et la musique fait place à Jones, sur l'estrade :

— Qu'il est bon d'être ensemble ! Tout le monde passe une bonne soirée ?

— OUI, PÈRE !

— Eh bien, moi aussi ! Avant de poursuivre les festivités, j'aimerais remercier nos invités pour avoir fait le déplacement ! Nous sommes heureux de partager avec vous notre monde de paix ! Monsieur Ryan, voulez-vous dire un mot ?

Celui-ci hésite mais, sur l'insistance de Marceline, finit par se lever. Il traverse les tablées, les acclamations, monte sur scène. Tout sourire, l'air décontracté. C'est un pro de la politique, il a l'habitude des discours en public. Jones lui donne le micro et se met en retrait, laissant Ryan face à la foule.

— Merci monsieur Jones ! Merci à tous pour votre accueil et votre générosité !

— MERCI À VOUS !

— Vous savez pourquoi je suis là ! Pour en savoir plus sur votre communauté et répondre aux questions que beaucoup se posent au pays. Eh bien, voilà ce que je sais déjà : vu les échanges tout au long de la soirée, il y a des gens ici qui considèrent que c'est la meilleure chose qui leur soit arrivée dans la vie !

Standing ovation. Un millier d'applaudissements ; j'en ai le tournis. Il les remercie et tente de poursuivre, mais leur ferveur couvre ses mots. Jones a gagné. Mon unique espoir s'est évaporé. À peine Ryan a-t-il quitté la scène que la musique reprend, à la grande joie de tous. Je suis dévasté, le regard perdu. En face, l'un des mecs de NBC, bras croisés, bat du pied en observant la fête, lorsqu'un jeune apparaît derrière lui.

Je le reconnais.

Le mec en marcel.

Celui qui m'a retenu, quand je voulais alerter Ryan. Anxieux, il échange un regard avec une nana, près d'un spot. Il a un truc dans sa main. Un petit morceau de papier, qu'il glisse discrètement dans le pli du coude du journaliste, à son insu… mais le papier tombe, balayé par un couple de danseurs. Le mec de NBC n'a rien vu. Personne. Rien que moi et ces deux jeunes, dépités.

- 96 -

C'était un soir, aux infos. Tous ces gens fuyant la dictature des Khmers, attendant leur tour pour monter dans les hélicos. Il y avait cette Cambodgienne au milieu de la foule, qui fixait la caméra. Ses yeux... j'ai jamais oublié. Cet éclat unique, précaire, tiraillé entre bravoure et terreur. Eh ben, c'est ce que j'ai retrouvé chez le mec, lorsqu'il a tenté de glisser son papier. Lui et sa pote avaient cette intensité-là dans le regard. Et ça me fait un bien fou.

On n'est plus seuls.

Tu te rends compte ?

Il y en a d'autres comme nous. Ouais, ils ont échoué, mais s'il y a eux, il y en a peut-être davantage. Des dizaines en train de cogiter, eux aussi, pendant que Jonestown dort, à l'image de mes *colocs.* Darius et son caleçon, les Chicanos et leurs ronflements. Je les observe, les hais, les étouffe avec mon oreiller. Ce serait si facile. C'est en partie à cause d'eux que Jones a gagné, ce soir. Mais demain, je trouverai un moyen d'alerter Ryan. On l'aura, notre revanche.

Je me lève, marche jusqu'à la fenêtre. Nuit bleu pétrole, où se confondent palmiers et cabanons. Une vision qui m'apaiserait, si le bureau de Jones n'était pas éclairé. Peut-être est-il en train de violer une énième victime. Non, trop risqué avec Ryan dans les parages. Alors, il veille, tout simplement. Débriefe la journée avec ses avocats et prépare celle de demain. Fils de pute ; toujours à squatter mon esprit. Ses lunettes, ses sermons… qui n'ont pas résonné depuis des heures, je ne le réalise que maintenant. Ce soir, les haut-parleurs ont juste diffusé de la musique. « Radio Jones, stratège FM. » Et toutes ces armes qu'il a dû planquer ailleurs, qui finiront par servir.

Tintement, sur le toit.

Averse.

La saison des pluies ; Founé avait raison. Founé qui me manque, cette nuit. À travers la fenêtre, je ne distingue aucune pluie, mais elle est pourtant là, n'existant que par le son. Un bâillement, et je regagne ma couchette, m'allonge sur le côté, attends le sommeil, concentré sur l'extérieur. Clapotis. Ruissellement. Bruissement des feuilles, que j'imagine plier sous l'assaut, commenté par les oiseaux. Rien qui ne perturbe le sommeil des autres.

J'écoute, les yeux ouverts, et Yannick me revient. Lui et tout ce qui m'a conduit ici, recroquevillé dans l'obscurité, à des milliers de kilomètres de chez moi. La fatigue me gagne, mais je résiste pour profiter un peu de ce moment. Apaisant. Troublant, aussi. Comme si la pluie me parlait, comme s'il fallait que je veille, comme si cette nuit était la dernière de toute mon existence.

- 97 -

— Ça y est ?

— Non.

— Qu'est-ce que tu fous ?

— Je chie.

Alors, j'attends devant la cabine. L'odeur ; un échantillon de l'atmosphère générale. À peine sorti, j'ai vu qu'ils avaient rebranché les sourires. Chacun a repris son rôle, du gourou aux moutons. Et Larry, en pleine discussion avec Ryan, devant l'école. J'imagine leur échange – « Vous avez bien dormi ? » « Oui, merci » – et la haine me reprend. Je balade mon regard, révulsé par le Jonestown Show : projo de cartoons pour les gamins, séance de yoga, match de basket. Personne dans les potagers et aucun convoi en partance pour la jungle. Jones, *dans son infinie bonté*, a dû leur offrir un jour de repos.

— Et voilà !

Darius ferme la porte derrière lui, se frotte les mains pour virer ce qu'il y restait de sciure. Excédé, je prends le chemin de la cantine. Il me rattrape :

— T'es vachement speed, ce matin.

Je n'ajoute rien, car il n'y a rien à ajouter, juste à marcher, traverser le décor et son millier de figurants. À chaque pas, j'espère repérer le mec et la nana d'hier soir, mais je ne les vois pas. Ils sont peut-être au petit dèj. On continue notre trajet, croisant des jeunes et des moins jeunes... et parmi eux, des alliés, peut-être. Des résistants trop craintifs, comme moi, pour oser discrètement un signe de solidarité.

- 98 -

Assis à l'ombre d'un palmier, à supporter les moustiques et la guitare folk de Tom. Reprises de Dylan, Crosby et compagnie. Les autres sont ravis, pas moi. Aucune trace des deux, comme s'ils avaient disparu. Quant à Ryan et Speier, ils sont allés visiter je ne sais quoi. Idem pour NBC. Impossible d'alerter qui que soit.

Mais je le sens.

De plus en plus.

Quelque chose de différent, aujourd'hui.

Une tension latente, émanant de tout le monde, jusqu'aux gars envoyés par l'armée. Ils ont remis leurs bermudas, leurs tongs, mais la cool attitude n'y est plus. Ouais, l'air est électrique. Tom termine son morceau, ils l'applaudissent et, évidemment, je fais pareil. Il se roule une clope, me fait passer le paquet. Darius, l'air contrarié :

— Regardez-moi ce sourire...

De la tête, il nous désigne Ryan, de retour avec son assistante.

— Ouais, dit Amy, un beau sourire de faux cul.

— Vivement qu'il se casse.

— Patience. Plus qu'une heure.

Je bloque, la clope entre les doigts, me ressaisis pour ne pas éveiller leurs soupçons. Une allumette, et j'avale une bouffée, me tourne vers Darius.

— Ça y est ? Ils repartent ?

— Mm. Ils bouffent et reprennent l'avion.

— Qu'est-ce que t'en sais ?

— C'est ce qu'ils ont dit à Père.

Je fume en regardant Ryan et Speier investir la cantine. Midi, déjà. « Ils bouffent et reprennent l'avion. » Le compte à rebours est lancé. Tom réaccorde sa guitare, puis entame *Down by the River*. Un morceau que j'aimais, avant. Dix minutes. Ça va être long et ça l'est. Très long. Dix putains de minutes à poireauter ici. Ma clope est finie, pas la chanson. Je contiens mon impatience, entonne le refrain avec le groupe, tandis que la cantine se remplit. Tom conclut enfin, et je me redresse.

— J'ai la dalle. Pas vous ?

Ils hésitent, torturant mon impatience, finissent par se lever, et on traverse le site. Toujours cette tension, un peu plus perceptible à chaque pas. Ça glande, ça joue au basket, et surtout, ça surveille Ryan. Les gens saturent, et si je le sens, *mes potes* aussi. Ils peuvent faire semblant, mais il suffirait d'un mot – un seul – pour tout dynamiter. Un mot et des couilles, ce qui me manque. La peur de déclencher le chaos, de devoir assumer l'incontrôlable. Tous ces flingues quelque part, et ces centaines de gamins.

Darius me tire par le tee-shirt, m'obligeant à ralentir. L'écart se creuse avec les autres, lorsqu'il me parle à voix basse :

— Tu trouves pas que Ramón est tendu ?

— Ben, comme nous.

— Non, pas « comme nous ».

— Comment ça ?

— Depuis hier, il observe beaucoup Ryan et les autres.

— Tu crois que...

— J'en sais rien, mais faut l'avoir à l'œil. J'ai peur qu'il fasse une connerie.

Arrivés à la cantine, on prend nos gamelles (porc, riz, poivrons) et le groupe choisit une table à proximité de Jones. Je me retrouve entre Ed et Darius, avec leur gourou en face. Tout près, dans sa chaise en osier, en train de parler avec ses avocats. J'ai pas faim, mais je me force, épiant Ryan et Speier. Mary évoque l'averse de cette nuit et tous enchaînent avec la saison des pluies. Tous sauf Ramón, rivé à son repas, pensif. Un allié, peut-être. Il saisit la cruche d'eau, remplit son gobelet, croise mon regard...

— Je te sers ?

... et la connexion s'établit : on pense pareil. Ma chérie, j'en ai trouvé un autre. On est au moins trois à vouloir se tirer d'ici. Et s'il y en a un par tablée, ça fait au moins... ouais, ça fait peu sur un millier, mais il faut garder l'espoir. On n'est plus seuls et c'est tout ce qui compte. Ramón lorgne Ryan, croise à nouveau mon regard, puis renoue avec son repas. Il n'ose pas y aller. Moi, si.

— *T'es sûr ?*

— *C'est maintenant ou jamais.*

Je me lève, Ed et Darius bloquent mes cuisses. Leurs mains ; ils me maintiennent sur le banc. Je me tourne vers eux, ils me fusillent du regard, tous, même Ramón. Je me suis fait avoir. Jones et ses avocats n'ont rien vu. À table, les autres se remettent à bouffer. Ed et Darius me libèrent les jambes mais se rapprochent, m'emprisonnent, quand les journalistes apparaissent. L'un se présente devant Jones :

— Révérend...

— Ah ! Le repas est servi ! Installez-vous donc !

— ... savez-vous où nous pourrions trouver Vernon Gosney et Monica Bagby ?

— Ces noms ne me disent rien. Il y a beaucoup de monde, ici.

— Je comprends, mais nous devons les voir.

J'attends la suite – on l'attend tous – et le mec de NBC sort un truc de sa poche. Un petit papier, semblable à celui d'hier soir.

— J'ai trouvé ça sous ma porte. C'est signé de leurs noms.

Jones s'empare du papier. Il lit et ses sourcils se froncent, pesant sur ses Ray-Ban. Il lui rend le mot, d'un geste agacé.

— Allons, ce n'est pas sérieux.

— Peut-être, mais c'est intrigant. « Aidez-nous à sortir de Jonestown. »

L'instant se brise.

Ce que Jones redoutait depuis des mois, ce que j'espérais depuis hier, vient de se produire. La lecture du SOS sème le trouble dans le groupe. Échanges de regards ; même réaction aux tables d'à côté. Ceux qui sont loin n'ont rien entendu, mais bientôt, ils sauront eux aussi : à partir de maintenant, plus rien ne sera comme avant. À moins que Jones ne rattrape le coup, ce qu'il tente de faire avec son plus beau sourire.

— Messieurs, vous travaillez pour une grande chaîne, vous êtes des professionnels. Ne me dites pas que vous croyez à...

— Nous voulons les voir.

— Des menteurs. Les gens mentent, vous savez. C'est comme ça et je n'y peux rien.

— Révérend...

— Maintenant, j'aimerais que vous nous laissiez tranquilles... je vous en prie... vous voyez bien que les gens sont heureux, ici, alors partez, s'il vous plaît.

Les journalistes insistent et l'autre transpire, se répète. Plus il s'embourbe, plus son empire se fissure, je le vois sur les gueules de Darius, de tout le monde. Jones croise les jambes, les décroise, se frotte les narines - besoin de coke - et tente de reprendre la main face aux journalistes. Speier intervient :

— Que se passe-t-il ?

Le mec de NBC lui transmet le mot. Elle lit, blêmit et interpelle Ryan, qui découvre le message, sidéré. Il demande des comptes à Jones. Le voyant en péril, Darius et d'autres y vont, me laissant face à Ramón. Je me lève à mon tour, il me capture le bras, je le repousse et me précipite vers Ryan. Larry surgit et m'éloigne de force, mais il est bousculé par une vieille à lunettes :

— Monsieur Ryan ! On veut partir ! Aidez-nous !

Son fils et d'autres personnes le supplient de les emmener. Ça y est. Jones quitte son trône, tente d'apaiser la situation. Ryan, sur un ton sec :

— Révérend ! J'attends vos explications !

— Je ne comprends pas... les gens sont libres, je ne les ai jamais empêchés de...

— C'est faux ! hurle la vieille.

— Vous nous avez menti ! enchaîne le fils. Vous avez fait de nous des esclaves !

Alertés, des dizaines d'adeptes viennent se greffer au conflit. Certains se plaignent, d'autres les conspuent. Jonestown implose. Ryan et les siens parlent avec les insurgés, de plus en plus nombreux. Je les revois danser, chanter, rire, et mesure à quel point la peur les avait censurés. Je reconnais Vernon et Monica, qui confirment leur SOS aux journalistes, pendant que la foule déballe tout : les journées infernales, les passeports confisqués... j'entends aussi parler de coups de fouet, de viols jusqu'au sang.

— C'est un monstre ! Il oblige nos propres enfants à nous dénoncer !

— Ils mentent, monsieur le député ! Ne les croyez pas !

Marceline apparaît, aussi tendue que Larry et les avocats. Jones, à la vieille :

— Vous voulez partir ? Très bien. Je vais vous rendre vos passeports et...

— Et notre argent ! Tout ce que vous nous avez volé !

— Monsieur Ryan, emmenez-nous avec vous ! C'est dangereux ici ! Vous voyez ces gens ? Ce sont des soldats du Guyana !

Le regard de Ryan se durcit. Il se fraye un passage jusqu'aux mecs en civil :

— Vous êtes des militaires ?

Silence.

— Répondez ! Vous êtes des militaires, oui ou non ?

Les autres restent de marbre. Ils n'ont pas leurs armes, mais ont l'aplomb qui va avec. Ryan serre les dents. L'affaire était glauque, elle devient géopolitique. Il revient se mêler à la foule, retrouve son assistante – « Il faut partir ! » – et s'adresse aux adeptes – « Si certains veulent rentrer au pays, ils peuvent venir avec nous ! » À ces mots, les adeptes se bousculent, s'empoignent. Jones essaie de négocier :

— Monsieur le député...

— Contactez l'aérodrome, dites-leur d'affréter un deuxième avion !

Jones fait un signe à Larry, qui s'élance en direction du pavillon. La délégation se met en chemin, suivie par des dizaines de personnes. Certains sont si pressés qu'ils foncent vers le camion, et parmi eux, Amy. Elle a plaqué Darius ; j'en reviens pas. Autour de moi, des familles se déchirent. Ici, une femme supplie son fils de la suivre. Là, un mec essaie d'emmener ses enfants, retenus par leur mère. Cacophonie d'invectives et de cris déchirants. Jones et ses avocats quittent la cantine, rattrapent le groupe. Je m'élance à mon tour, mais Darius s'interpose, les larmes aux yeux :

— Alors, toi aussi...

— Il faut y aller !

— Toi aussi, tu me trahis... t'étais comme un frère...

— Mais tu comprends pas ? Jones s'est servi de toi, de vous tous !

— J'ai pris soin de toi, mec... je t'ai soutenu quand ton pote...

— Je t'expliquerai sur le trajet ! Allez, viens !

Je lui pose la main sur l'épaule, il la rejette et recule en me fixant, meurtri, puis me tourne le dos, s'en va rejoindre Tom et Esther. Les autres, je ne les vois plus. Peut-être sont-ils partis avec Amy. Je m'enfuis et cours jusqu'à l'attroupement. Frénésie. Chaos. Et ces gens en larmes, qui ne sont pas parvenus à convaincre leurs proches. Devant le camion, Speier et les journalistes - bouleversés - notent les noms des évadés. Je les rejoins, essoufflé, tandis que ça clashe entre Jones et Ryan :

— C'est une propriété privée ! Vous n'avez pas le droit !

— Si ! Et je reviendrai avant la nuit chercher d'autres prisonniers !

— Ce ne sont pas des...

Un mec surgit avec un couteau. Il tente d'égorger Ryan, les avocats le retiennent in extremis. On se disperse, terrorisés. L'enragé se déchaîne et se blesse avec la lame, éclaboussant Ryan. Sous le choc. Speier le tire par le bras, le fait monter à l'arrière du camion avec les journalistes et une quinzaine de gens. Nous aussi, on pourrait y être, si tous ceux ayant choisi de rester ne nous encerclaient pas. Ils nous insultent, nous ramènent de force avec l'aide des militaires.

Jones, furax, revient avec ses avocats. Le camion démarre et je me débats – « NON ! » – quand Larry me dépasse en courant, un flingue à la main. Il le cache dans son dos, sous son tee-shirt, rejoint le groupe à l'arrière du véhicule, qui s'éloigne et disparaît dans la poussière. Un deuxième camion vrombit avec, à bord, des mecs armés de mitraillettes. Ils se lancent à la poursuite de Ryan et des autres.

Qui vont mourir.

Tous mourir.

Eux aussi.

- 99 -

Je m'appelle Franck, j'ai trente-deux ans et je sais plus quoi penser. Trop de choses dans ma tête. C'est dur, mais j'essaie de comprendre comment j'en suis arrivé là.

Rembobiner.

Revenir au gamin que j'étais, né à Paris, d'un couple de commerçants. Leur boutique de fringues se trouvait rue Mouffetard. Après l'école, c'est là que je faisais mes devoirs, dans l'atelier. C'était morose, comme à la maison. Mon père avait fait la guerre, il en était revenu avec un certain sens du silence. Ma mère était tendre avec moi. Effacée, mais tendre. À l'époque, j'étais plutôt timide, mais ça ne m'empêchait pas d'être joyeux, d'avoir des copains. Un jour, il a fallu vendre le magasin et mon père s'est recyclé en inspecteur pour une boîte d'assurances. Il gagnait plus, mais à cause de son job, on a pas mal déménagé. Caen, Lille, Angers... à chaque ville, je me faisais de nouveaux potes, que je ne retrouvais plus l'année suivante. Et la fille des voisins, à Bourges, m'a longtemps manqué. Ensuite, mon père a fini par obtenir un poste fixe à Paris et on y est retournés. Nouveau quartier, collège pourri, puis la découverte du rock. Une révélation. Alors, ma vie s'est accélérée : dépucelé à quinze ans, fumeur à seize, cinéphile à dix-sept… après l'armée, j'ai traîné avec des hippies, j'ai enchaîné les meufs, les jobs, et grâce à mes économies, et à la banque aussi, j'ai pu ouvrir ma boutique à Belleville.

Puis, ta mère est entrée dans ma vie.

L'amour.

Ta mère et toi.

L'émerveillement.

Huit ans de bonheur. T'étais enjouée sans être chiante, et nous, cool sans être laxistes. Notre harmonie était permanente, irradiant toute la famille. Avec mes parents, si on a commencé à se parler, c'est grâce à toi. Bref, chaque jour, c'était les vacances. Et la joie quotidienne de te voir grandir, de côtoyer ton intelligence, ton sourire.

Voilà.

J'ignore pourquoi je t'ai raconté tout ça. Peut-être parce que, après, je pourrai plus. *Nuit blanche.* Il fait encore jour, mais il y a tellement de monde qu'on s'y prend à l'avance. Ce sera bouclé à la tombée de la nuit, sauf s'il y a des réfractaires, mais j'en doute car je ne vois ici que des illuminés et des soldats armés de mitraillettes. Ryan, Speier, les journalistes ; j'imagine leurs cadavres sur le tarmac, criblés de balles.

Jones apparaît dans un silence funèbre. Ray-Ban, chemise rouge, pantalon blanc – tout y est, sauf le charisme. Je le retrouve tel qu'il était à l'issue de notre échange, acculé. Tous le regardent passer, livides, les yeux écarquillés. Darius n'est pas loin, j'essaie de le fixer, mais il m'ignore. Jones monte sur l'estrade, lisse sa raie gominée, s'empare du micro. Un regard à sa famille, au premier rang, et il se lance :

— Merci… merci à tous d'être restés… je vous aime !

— NOUS AUSSI, PÈRE !

Leur ferveur est intacte, même chez ceux qui voulaient fuir, tout à l'heure. Sitôt repris, sitôt réembrigadés. À les voir si fascinés, j'ai l'impression d'être revenu une semaine en arrière. Rien n'a changé, comme si la délégation n'était pas venue, comme si la vérité n'avait pas vaincu. Un larsen, et Jones poursuit :

— Je n'ai pas voulu ça… j'ai fait de mon mieux, mais certains d'entre nous, avec leurs mensonges, ont rendu notre vie impossible.

— C'était des Blancs ! dit une femme. Ils finissent toujours par trahir !

— Pas tous, non… préservons-nous du Mal, qui cherche à nous opposer les uns aux autres… ces gens sont partis parce qu'ils étaient faibles… et nous, nous sommes forts.

— OUI, PÈRE !

— Forts et unis face au Mal… la mort du député va déclencher une intervention de l'armée américaine… la CIA va venir ici et tuera vos enfants.

La peur se répand alors, les couples s'enlacent, les parents étreignent leurs petits. Mon cœur s'emballe. Je veux me tirer d'ici, mais les soldats sont bien trop nombreux, tous à l'affût, le doigt sur la détente. Jones continue et, au fil des secondes, se régénère devant ses fidèles. Leur foi est son carburant. Ses mots, ses phrases se remettent à claquer. Le discours fait le dieu, et le dieu fait le discours, toujours plus grave.

— Ils vont venir, mais n'ayez pas peur ! Faites-moi confiance, je ne vous ai jamais menti et je sais que l'assaut de la CIA est imminent !

— AIDEZ-NOUS, PÈRE !

— N'ayez pas peur ! Nous allons agir comme au temps de la Grèce antique ! Et nous le ferons sereinement car il ne s'agit pas d'un suicide, mais d'un acte révolutionnaire !

« Suicide. »

Le mot est lâché, et personne ne s'en émeut. Ils l'ont tant entendu durant des nuits qu'ils ont fini par le banaliser, le vider de sa substance mortifère. Et moi, prisonnier de ce cauchemar. Jones en remet une couche sur la CIA, enchaîne avec l'URSS, prétend qu'il a tenté de négocier notre exfiltration et que ça n'a pas marché.

— Ils nous ont trahis, eux aussi ! Tous ! Mais je ne vous abandonnerai pas !

— Père ! dit un vieillard.

— Oui ?

— Je vous remercie de tout mon cœur, car je n'ai jamais été aussi heureux. Et je suis heureux de choisir mon destin. C'est notre droit à tous.

— Exact ! Et ce droit est notre ultime liberté ! Ils vont venir pour tuer nos enfants ! Je ne les laisserai pas s'en prendre à ma famille ! Et vous ? Les laisserez-vous faire ?

— NON, PÈRE !

Il se tourne vers sa femme, lui dit qu'il l'aime. Marceline lui répond la même chose, émue, tandis que je cherche un moyen de me casser. Jones parle maintenant à ses gamins, leur dit qu'il les aime tout autant, puis s'adresse à nous.

— Je suis prêt ! Nous sommes tous prêts et nous allons donner nos vies en signe de protestation contre le Mal, le vice des autres, leur cruauté !

Un mec éclate en sanglots, dit qu'il aime trop sa fille pour le faire. Jones le rejoint et lui caresse les cheveux, le prend dans ses bras.

— N'aie pas peur, puis à la foule : n'ayez pas peur de mourir ! Si nous ne le faisons pas, ils tortureront nos enfants et nous ne pouvons accepter cela !

L'homme essuie ses larmes, remercie Jones, qui lève le poing :

— Nous œuvrons pour la paix !

— NOUS ŒUVRONS POUR LA PAIX !

— Et si nous ne pouvons vivre en paix, alors nous mourrons en paix !

Et ce que je redoutais se produit. Comme l'autre nuit, un groupe avance. Comme l'autre nuit, ils saisissent les bidons. Comme l'autre nuit, ils versent les sédatifs dans les cuves de soda. Avec, ce soir, l'ingrédient qui fera toute la différence :

Cyanure.

Des litres de cyanure. Oh, mon Dieu. Ce salaud a préparé ses fidèles depuis des mois, les a conditionnés à boire ce cocktail, sauf que là, ce n'est plus une répétition. Je l'ai fait l'autre nuit, bien obligé, et cette fois, je refuse. Les autres prennent de grandes louches et, méthodiquement, mélangent le contenu des cuves.

— N'ayez pas peur !

Ils n'ont pas peur.

— Regroupez les enfants !

Ils regroupent leurs enfants, les alignent en rangs. Ma chérie. Ils font boire aux premiers. Ma chérie, ne regarde pas. Ils font boire aux suivants - une louche chacun, ça suffira - et l'émotion m'étrangle. Ceux qui ont bu sont accompagnés à l'extérieur par leurs parents, qui les enlacent, les allongent dans l'herbe.

— N'ayez pas peur, les enfants ! Ça va bien se passer, vous allez juste dormir !

Les gamins se succèdent ; c'est horrible. Et ces bébés en pleurs, ces seringues, ces parents qui leur embrassent le front. Le couple Jones accompagne sa famille vers les cuves. Deux de leurs aînés s'enfuient, Marceline en rattrape un, d'autres petits flippent et s'échappent, coursés par des militaires. Ils en ramènent plusieurs, terrorisés, empoisonnés, allongés par dizaines, quand résonnent des cris épouvantables. Ça y est, les premiers ont succombé. Leurs parents sont dévastés, consolés par le monstre.

— Je sais ce que vous ressentez, mais grâce à vous, ils ont échappé au pire !

— J'ai... j'ai tué mon fils ! hurle une nana, la tête entre les mains.

— Non, tu n'es pas responsable ! Les coupables sont ceux qui nous ont trahis ! Ton enfant, vos enfants sont partis en paix, car nous œuvrons pour la paix !

Les derniers avalent le poison, avant de se mêler aux autres. Tous allongés sur le ventre, la face dans l'herbe. Certains convulsent ou se tordent de douleur, mais la plupart meurent sereinement. Trois cents gamins, trois cents cadavres. Des parents s'effondrent, d'autres les soutiennent. Jones embrasse sa femme et lui caresse la joue.

— Nous les avons sauvés.

— Oui, mon amour.

Un dernier baiser, et Marceline se dirige solennellement vers les cuves. D'autres parents, les yeux rougis, la suivent d'un pas robotique. Jones a réussi son coup : maintenant que leurs gamins sont morts, ces gens n'ont plus aucune raison de vivre. Il s'installe sur son trône et s'enfonce dans le dossier, exténué, la chemise transpirante. Le crépuscule s'abat sur Jonestown, où les haut-parleurs s'en font l'écho.

« ALLEZ, BUVEZ ! VOUS AVEZ VÉCU
COMME PERSONNE N'A VÉCU ET AIMÉ ! »

Ils boivent...

« BUVEZ ! N'AYEZ PAS PEUR ! »

... boivent...

« MOUREZ AVEC DIGNITÉ ! »

... boivent...

« BUVEZ ! DÉPÊCHEZ-VOUS ! »

... boivent...

« BUVEZ AVANT QU'ILS N'ATTAQUENT ! »

... vont à l'extérieur...

« ALLEZ, BUVEZ TOUS ! »

... s'allongent sur le ventre...

« VOUS VOICI LIBRES ! ENFIN ! »

... par dizaines, par centaines. Les couples se tiennent par la main, les parents se couchent contre leurs petits. Beaucoup se tordent en hurlant, comme Marceline, là-bas. Un spasme, un autre, et elle se fige dans l'herbe. Tous. Le sol n'est plus qu'un tapis de cadavres, qui ne cessent de s'accumuler. C'est là, dans les râles inhumains et l'agonie la plus atroce que meurt la promesse d'un monde meilleur. Devant, on nous remplit des gobelets et la foule avance, m'obligeant à faire de même.

« N'AYEZ PAS PEUR ! »

Non.

« BUVEZ, LIBÉREZ-VOUS ! »

Je refuse de crever ainsi. Mitraillé, peut-être, mais pas comme ça, pas de ma propre main. Après toi, j'aurais pu en finir un milliard de fois, et si je ne l'ai pas fait, ce n'est pas pour mourir ici, avec tous ces fous. Je résiste, mais les suivants me poussent vers la mort.

Encore quelques mètres, quelques cris, et me voilà face à ce gobelet offert par une nana souriante, les yeux larmoyants. Et Jones, avec sa rengaine aliénante. Et ce gobelet, qu'on me tend avec insistance.

— *Allez, fais-le.*
— *Non... pas toi...*
— *Tu as tellement souffert, ça va te faire du bien.*
— *Non... je veux pas !*
— *Fais-le, Franck. Nous œuvrons pour la paix.*

Un hurlement résonne derrière ; ce mec qui s'enfuit. On le rattrape, on le force à boire, d'autres paniquent à leur tour. Jones appelle au calme, et moi, je ne suis plus là. Courir. Courir. Courir et trébucher, m'écrouler parmi les morts, tous ces morts étendus à perte de vue. Leurs yeux vitreux, leurs lèvres baveuses – l'horreur. Des militaires se précipitent et je repars, la peur au ventre. Je ne suis pas seul, d'autres ont fui avec moi. Des jeunes, des vieux... fusillés, qui roulent dans la poussière. Je fuse, zigzague entre les balles, lorsqu'on me plaque violemment au sol. Je me retourne, découvre Darius, enragé. Il me boxe, me maintient sur le dos, Esther s'approche avec un gobelet. Je me débats et ferme la bouche, Darius essaie de me la rouvrir, je résiste de toutes mes forces.

— Mmmm !

Il s'acharne.

— Mmmmmmm !

Il me serre les couilles, je hurle et Esther vide le gobelet dans ma bouche. J'essaie de recracher, ils ferment mes lèvres pour m'obliger à avaler. Tirs, quelque part. Un corps tombe près de nous, détournant leur attention. Je les expulse d'un coup de pied, crache le poison, Darius se jette sur moi et m'assène des coups de poing, tandis qu'Esther est prise d'une quinte de toux. Elle bave. Convulse. Se tord en hurlant. Ses cris se mêlent à ceux de Darius, animal, qui me frappe sans relâche. Je lui boxe la gueule, lui explose le nez. Plus je cogne et plus il tousse, lui aussi. Il redouble de rage, comme dopé par son calvaire. Coups, insultes... et il se fige au-dessus de moi, la gueule en sang, les yeux révulsés. Une expiration, caverneuse, puis il s'écroule.

Je me redresse, sonné, au milieu du champ de bataille. Tous ces corps allongés, ces vivants mitraillés. Chaos. Anarchie. Yannick. Et Jones, au loin, qui continue de déblatérer ses saloperies. Il reste encore un peu de monde, alors il donnera tout jusqu'à sa dernière victime. Je repars sous les tirs, fonce entre les cadavres, les cabanons. Devant, une poignée de gens parvient à s'enfuir de Jonestown et disparaît dans la jungle. J'accélère, à bout de souffle. Plus que cinquante mètres, quarante, trente...

« MAMAAAAAN ! »

... et une vision annule toutes les autres : cette gamine en larmes, agenouillée, qui s'acharne à secouer une morte. Sa détresse viscérale, sa blondeur violacée par le crépuscule. Je bifurque, la prends dans mes bras et l'arrache à l'enfer, l'emportant avec moi.

— MAMAAAAAN !

Elle se débat en hurlant, me frappe avec ses petits poings. Tant de fureur dans un corps si frêle. Sa sueur, ses cris m'enfièvrent, mais je la contiens et fonce vers la sortie, avant de plier sous son poids. Stoppé net, je pose un genou à terre, elle se déchaîne :

— Laissez-moi !

— N'aie... n'aie pas peur...

J'essaie de me relever, mais vacille, manque de la lâcher. Si lourde, bordel. Forcer sur mes cuisses, me rétablir enfin. Non, j'y arrive pas et contracte davantage mes muscles, exigeant l'impossible de mon corps éprouvé. Hystérique, la p'tite implore sa mère, lorsque mes. Pou. Mons s'em. Brasent. Ça brûle, me bouffe de l'intérieur. Spasmes. Mal au bide, aux os. Torture si extrême que c'est pas humain, qu'il y a pas de mot, même pas un dieu à supplier. Me. Me relever, mais chaque effort, chaque pression accroît le calvaire. Et les morts. Et l'écho des mitraillettes. Et ces décharges en moi, toujours plus féroces. Comprends pas ce qu'il se passe, juste ce fiel qui me crame l'œsophage. Cyanure ; ça peut être que ça. Les salauds, ils ont réussi. Je vais mourir. Je vais mourir, putain de merde. Plus *ça* me déchire, plus la gamine se tord de douleur dans mes bras.

— MA... MA... MAMAAAAN !

Son appel se déforme en hoquet compulsif. Empoisonnée, elle aussi – le gobelet dans la main de sa mère. La fillette panique, bave sur mon torse. Non, c'est moi qui bave. Bave et convulse. Convulse et la serre contre moi, lui caresse le front de ma main tremblante, quand retentit une ultime détonation : Jones, au loin, la gueule en sang, entouré de morts agrippés à son trône. L'image chancelle et je me sens chavirer, claquer au sol. La terre se fait poussière, mystique évanescente, *and I went into a dreaaaaam* où la gamine se blottit contre moi. Son souffle, ses cils frénétiques qui me chatouillent le cou. Elle se relâche, s'abandonne à mon étreinte. Son agonie, lente, est la mienne. Je m'appelle Franck, je suis né à Paris et je crève à Jonestown. Un dernier spasme, un dernier arôme de vie, et la nuit m'absorbe dans le doux parfum de ses cheveux.

Et c'est bon.

Si bon de se retrouver.

Tu m'as tellement manqué.

Je t'aime.

Le 18 novembre 1978, sur le tarmac de Port Kaituma, le député Leo Ryan ainsi que trois journalistes ont succombé sous les balles de Larry Layton et d'autres adeptes du Temple du peuple. Les onze personnes qui les accompagnaient ont été blessées, dont Jackie Speier, l'assistante de Ryan. Tous ont été hospitalisés en urgence, tandis que les autorités locales alertaient le président Carter.

Le lendemain matin, plusieurs hélicoptères de l'US Army se posaient à Jonestown, où les militaires ont découvert les corps de plus de 900 victimes dont 304 enfants. Seules 167 personnes ont survécu à cette tragédie, qui constitue à ce jour le plus grand suicide de masse de l'histoire. Quant à Jim Jones, tué d'une balle dans la tête, on ignore toujours s'il s'est suicidé ou s'il a été assassiné.

Note de l'auteur

Ce roman se base sur les informations contenues dans les ouvrages *Affaire Ranucci : du doute à la vérité* (Jean-Louis Vincent, François Bourin, 2018), *Aventures en Guyane : journal d'un explorateur disparu* (Raymond Maufrais, Points, 2014), *Nuevo Dorado : à la recherche de la cité d'or* (Tristan Ranx, Hoëbeke, 2021), *Dictionnaire bilingue wayana-français* (Éliane Camargo et Tapinkili, Celia/Drac-Guyane/Tekuremai, 2010), *Jim Jones : le démon de Guyana* (Marc Dem, Henri Veyrier, 1979), *Salvation and Suicide : Jim Jones, the Peoples Temple, and Jonestown* (David Chidester, Indiana University Press, 2003) et les ressources numériques *Jonestown Extended NBC Footage* (Youtube, 2021) et *The Jonestown Death Tape* (Youtube, 2016).

Playlist

Chapitre 1 : *Death Walks Behind You* (Atomic Rooster, *Death Walks Behind You*, 1970).

Chapitre 6 : *Sentimental Fool* (Roxy Music, *Siren*, 1975).

Chapitre 12 : *The Soft Parade* (The Doors, *The Soft Parade*, 1969).

Chapitre 15 : *Musique* (France Gall, *Dancing Disco*, 1977).

Chapitre 16 : *Freebird* (Lynyrd Skynyrd, *Pronounced*, 1973).

Chapitre 20 : *Relay* (The Who, 1972).

Chapitre 22 : *Flash Forward* (Serge Gainsbourg, *L'Homme à tête de chou*, 1976).

Chapitre 29 : *Stayin' Alive* (Bee Gees, *Saturday Night Fever*, 1977).

Chapitre 45 : *See me, Feel me* (The Who, *Tommy*, 1969).

Chapitre 53 : *Les Gondoles à Venise* (Sheila et Ringo, 1973).

Chapitre 66 : *Trans-Europe Express/Metal on Metal* (Kraftwerk, *Trans-Europe Express*, 1977).

Chapitre 67 : *Up To My Neck In You* (AC/DC, *Powerage*, 1978).

Chapitre 68 : *Changer la vie* (Mikis Theodorakis et Herbert Pagani, 1977).

Chapitre 69 : *I'm Going Home* (Ten Years After, *Woodstock : Music from the Original Soundtrack and More*, 1969).

Chapitre 85 : *South Side Of The Sky* (Yes, *Fragile*, 1971).

Chapitre 92 : *L'Aigle noir* (Barbara, *L'Aigle noir*, 1970).

Chapitre 94 : *Welcome* (Peoples Temple Choir, *He's Able*, 1973).

Remerciements

Merci à Carine pour son accompagnement, son enthousiasme, à Anne-Flore et Amandine pour la qualité de leurs corrections, et aux membres des éditions Belfond pour leur implication. Merci également à Yvan pour sa bienveillance, à Julien, Christophe et Olivier pour leurs relectures, à Fred, Michel, Pascal et Philippe pour leurs précieux renseignements. Enfin, merci à l'équipe du Café de l'Église, dont l'énergie et l'humanité ont accompagné mes moments d'écriture.

Composition et mise en pages
Nord Compo à Villeneuve-d'Ascq

CET OUVRAGE
A ÉTÉ ACHEVÉ D'IMPRIMER
SUR ROTO-PAGE
PAR L'IMPRIMERIE FLOCH
À MAYENNE EN MARS 2023

N° d'impression : 102171
Imprimé en France